輪舞曲

朝井まかて著

新潮社版

11735

目次

輪舞曲

ロンド

Nからの招待状

市電から降り立つと、風が変わっていた。

頭の学帽を指先で動かして空を仰げば、澄み渡っている。そうか、もう秋が始まっているのかと、福田《ふくだ》清人《きよと》は辺りを見回した。

麻布《あざぶ》の閑静な屋敷町だ。自動車が二台行き交えるほどの道幅で、通りに面しては柊《ひいらぎ》と山茶花《さざんか》を混ぜた昔ながらの生垣や、白と黄色のダリアが咲き残る庭もある。子守りの女中らしき頰の赤い娘が乳母車を押してやってくるのとすれ違い、中折れ帽の紳士の二人連れが脇《わき》から追い越していく。

清人の恰好《かっこう》といえば、いつもの飛白《かすり》の襯衣《シャツ》に濃紺のズボン、素足に足駄《あしだ》で、腰には洗い晒《ざら》しの手拭《てぬぐ》いだ。右手には白い洋封筒を持っていて、さっきの紳士らのように上着を着込めば内隠しに入ってしまう程度のものだが、この季節に羽織れるジャケッツなど持ち合わせていない。

しばらく歩くと、道端の草叢《くさむら》で虫が鳴いている。行く手の陽射《ひざ》しが薄《すすき》のごとく光って揺れて、また季節のことを思った。夏の記憶が無いのだ。下宿の炒《い》りつくような暑さを経験したはずなのに、記憶は杳《よう》としている。今年も、大学の仲間と鎌倉に泳ぎに行ったのだったか。窓辺に降り注いでいた蟬《せみ》の声はいつ止《や》んだのか。

この二月《ふたつき》もの間、僕は何をどう過ごしていたのだろう。

息を一つ吐き、それでも目的地に向かって歩くうちは景色が動いて、微《かす》かな感情の起伏は背後へと流れてゆく。

子供がバイエルを復習《さら》っているのだろうか、ピアノの音が途切れ途切れに響く。いくつかの角を折れるうち緩やかな坂になって、それを上り、下り、やがて道を案内するかのように先んじていた己の影が消えていた。界隈《かいわい》を見渡せば、塀という塀が高く聳《そび》え立っている。屋敷はいずこも深い木立に閑《しん》と包まれ、ヒマラヤ杉や樅《もみ》、榎《えのき》の枝々の間で、三角屋根の西班牙瓦《スペインがわら》や煉瓦《れんが》造りの煙突《チムニー》だけが垣間見《かいまみ》える。辺りには焚火《たきび》に香木でもくべたような匂《にお》いが満ちていて、清人はふと足を止めた。

こんなところに、洋食店なんぞあるのだろうか。

麻布は初めての町でなし、方角さえ摑《つか》んでいれば辿《たど》り着くだろうと軽く考えていたのだが、もしかしたら角を曲がり損ねたのかもしれない。参ったなと首筋に手をやり、練塀《ねりべい》に身を寄せた。洋封筒の中から二つ折りの厚紙を引き抜く。やけに白い白だ。指先で紙を開く。

昼餐《ちゅうさん》を共に囲み、共に思量したき儀あり。

九月一日〈土曜〉午後一時、カーチャ亭にお出《い》でを請《こ》ふ。

食堂の住所も筆圧の強い、黒インキの達筆でしたためられている。招待者は筆記体のアルファベットで、「N」という署名のみだ。縦線の末は気取って跳ねている。

本郷の下宿でこの書状を受け取ったのは一週間前で、まったく、欧米仕込みの自信家らしい流儀だ。サインだけで己が誰であるかが相手に伝わる。そして相手は、この誘いを決して断らない。そんな自惚《うぬぼ》れが前提となっている招待状だ。それともひょっとしてと、微かな疑念が過《よぎ》った。もしかしたら知っているのか。僕たちが陰で彼を話題にする時、符牒《ふちょう》のごとくイニシャルで呼んでいたことを知っているのか。

大丈夫よ。Nは今日は来ないわ。私にはわかるの。あの人のことは、ぜぇんぶ知ってるの。

彼女はいつも、韻《いん》を踏むような話し方をした。

招待状に記された住所と食堂の名を頭に入れ直し、封筒を手にまた歩き始める。電信柱に住所表示のプレエトが付いているはずだ。まずはそれを見つけねばと少し足を速めた。懐中時計を持っていないので時がわからないが、下宿を出てきた時刻から考えればおそらく十二時半を回っているだろう。

しばらく塀沿いに坂を下り、四ツ辻《つじ》にようやく電柱を見つけた。町名と番地も合っていることが知れてほっとするも、それらしき構えの建物や看板が見当たらない。首を傾《かし》げながら辻を渡ると、黒塗りの鉄の門扉《もんぴ》が見えた。両開きの片側だけが開かれており、閉じた方には蔓薔薇《つるばら》を絡《から》ませてある。蕾《つぼみ》は小さな赤を点じているがまだ固そうだ。清人は数歩行き過ぎて、ふと引き返した。開かれた右扉に横長の板が掛かっており、目を近づければ、果たして目指す食堂の名が記してある。

ようやく到着したという安堵《あんど》よりも、こんな邸宅が食堂なのかと、半《なか》ば呆《あき》れて首を伸ばした。門扉から始まるアプロオチは芝生の中に石を畳んであり、それが急角度で左にクランクしているので玄関が見えないほどだ。ともかく足を踏み入れた。躑躅《つつじ》を平たく丸く、正月餅《もち》のように刈り込んだその奥に玄関ポオチが現れた。本当にここで間違いないのかしらんと少し気後《きおく》れしながら、呼び鈴を押す。ほどなく扉が開かれ、給仕らしき洋装の青年が現れた。ゆったりと頭を下げ、「福田様でいらっしゃいますね」と微笑を含んだまま訊《き》く。

清人はとまどいつつ、「は」と学帽を少しだけ外して応《こた》えた。

「いらっしゃいませ」

帝國ホテルのドアボオイのような慇懃《いんぎん》な出迎え方だ。おずおずと中に入った。正面には畳二枚分はあろうかと思われる硝子《ガラス》のレリイフが飾られ、床は樺色《かばいろ》と白、そこに黒を利《き》かせた大理石のモザイクだ。

「ご案内申します」給仕が右手の廊下に入ったので後に続いたが、ここも底光りするような石張りだ。高い天井には角張った笠《かさ》の洋燈《ランプ》が続き、その下を歩く給仕は革靴であるのに踵《かかと》はまるで音を立てない。己の足駄だけが場違いに耳障《みみざわ》りな音を立てているのだが、今さら如何《いかん》ともしがたい。

まるで貴族の邸宅じゃないか。

不平めいた気持ちが肚《はら》の中でふつりと泡立った。それならそうと知らせてくれれば、せめて着物に袴《はかま》をつけてきたものを。「カーチャ亭」などと書いてあれば、行きつけの赤門食堂やヒツジ亭、そんなのを少し上等にした程度の店を想像するじゃないか。

清人は掌《て》の中の洋封筒を睨《にら》む。

Nはまったく悪趣味だ。他人を振り回して可笑《おか》しがる。自身の正体からして、わざと得体の知れぬ男だと装《よそお》っているとしか思えない。大金持ちの紳士か一文無しか、政界の黒幕かお尋ね者か、その時々で都合のよい役柄を演じるのだ。ゆえに世間で山師《やまし》なんぞと風評が立つ。

誘いに応じたことを早や悔いながら、しかし給仕は毅然《きぜん》たる足取りで廊下を進み続けている。やがて天井まで届く扉の前で足を止め、優雅に三度ノックをした。扉を押し開き、「どうぞ」と中へ導く。足駄の音が急に響かなくなったのは、床に絨毯《じゅうたん》が敷きつめられているからだ。正面にいくつも穿《うが》たれた窓は天井まで届き、磨《す》り硝子の向こうで緑の影が揺れているのは庭が近いからなのだろう。

部屋は左右に長く、三十畳ほどはある。そこに大小さまざまなソファが不規則に配されている。振り返れば、給仕は姿を消していた。

清人はソファの間をすり抜け、部屋の奥へと足を向けた。壁の中央は暖炉だ。黒大理石で縁取られ、その上には燭台《しょくだい》が並び、黒みをおびた真赤の秋薔薇が溢《あふ》れんばかりに活《い》けられている。壺《つぼ》は亜麻色《あまいろ》と黒の縦縞《たてじま》だ。

薔薇壺のかたわらに、小さな写真額がひっそりと立てられていた。近づいて、見下ろした。

素朴な木額は煙草《たばこ》の煙や火鉢の炭の匂いを吸って、手垢《てあか》じみている。この館《やかた》で初めて出会う、懐《なつ》かしい日常だ。

その中に彼女がいた。

写真の中の彼女はロシア婦人風の洋装で、膝《ひざ》の上で両手をきちんと重ねている。たしか二年前、大正十五年に撮ったのだと聞いたことがあった。

この帽子も外套《がいとう》もお手製なのよ。いいえ、舞台衣裳《いしょう》じゃないわ。ほんの普段着よ。

茶目に肩をすくめて笑っていた。

それにしても、この人は何という顔を持っていたことかと、木額を持ち上げる。

信奉者の誰もが口にすることであったけれど、舞台映えのする大作りな造作なのだ。双眸《そうぼう》は堅固な意志と好奇心で生き生きと光り、くっきりと紅《べに》を引いた唇は何かを言いたげに少し開いている。悩みはふくらはぎの太いことで、スカアトをつけねばならぬ役柄の際は気鬱《きうつ》そうだった。

徳利《とっくり》みたいじゃないこと？　膝から下がしなるような脚に生まれつきたかったわ。東欧のバレリイナのような。

写真を暖炉の上に戻し、窓際《まどぎわ》沿いに歩く。カアテンは薄茶色と白レエスの二重仕立てだ。その裾《すそ》の前の床に、また場違いな物がある。柳行李《やなぎごうり》だ。幅三尺《さんじゃく》ほどの大きさが二つ、これもたいそう古びて色褪《いろあ》せている。訝《いぶか》しんで行李に近づくと背後で扉の気配がして、振り向いた。

「やあ、お待たせした」

銀縁の眼鏡の奥と目が合った。

招待状の差出人、Nこと内藤民治《ないとうたみじ》だ。

「珈琲《コオヒイ》？　それともクワスにするかい。まあ掛けたまえ」

面倒な挨拶《あいさつ》は抜きとばかりに、内藤は気安い口をきく。清人は二人掛けのソファの隅を選び、内藤は窓辺の一人掛けに腰を下ろして脚を組んだ。

「クワス、ですか」

「ソヴェートの飲み物だよ。麦の一種を使った、ロシア時代からの伝統的な飲料でね。蜜《みつ》を加えてあるんで少し甘いが、なかなか清涼なものだ」

「では、それを」

肯《うべな》うと、内藤はドアのかたわらで控えている給仕に命じた。背広の裾を払って坐《すわ》り直し、卓上の葉巻入れから一本を取り出して火をつけている。「君もやるんだろ」と木箱入りのそれを指でこちらに押しやって勧めたが、「は」とうなずいて自身のズボンのポケットからバットと燐寸《マッチ》を出した。一服つけてから今日の意図を確かめるつもりだったが、内藤はそれに先んじるように口を開く。

「君は、郷里はどこ」

「長崎です」

「にしては、訛《なま》りがないね」

「いえ、そうでもありません」

「僕は新潟だ」

それは彼女から聞いて知っている。

内藤は新潟の地主の家に生まれ、東京高等農学校を卒業した後、数え二十二歳で単身、渡米した。それが明治三十九年だったと清人が憶《おぼ》えているのは、自身がまだ三歳の頃かと頭の中で照らし合わせたからだ。

「訛りは若い時分に克服したつもりだが、外国人と論争するとふいに出るんだなあ。そのニュアンスがまた相手に伝わるんだから、面白いものだ」

内藤は彼《か》の地で苦学していくつかの学校を経て、最後はプリンストン大学に学んだ。当時の大学総長が、後に第二十八代大統領になったウッドロウ・ウイルソンだった。

総長の推薦を受けてニューヨーク・ヘラルドに入社したのよ。編集長がまた親日家で、彼の記者としての腕を買って、ロンドン特派員まで命じてくれたのですって。

Nは強運の持ち主なのよ。

明治の日本人としては大変な時運に乗ったと言うべきだろう。ロンドン駐在中にヨーロッパ諸国を歴訪し、大戦前には帝政時代のロシアに入ってニコライ二世に謁見《えっけん》、その記事を書いたことでジャーナリストとしての名を上げたようだ。やがて日本に帰ってきた内藤は中外社《ちゅうがいしゃ》を興《おこ》し、総合雑誌「中外」の主幹となった。清人にとってはあまりにもスケールが大き過ぎ、現実離れした講談を聞かされている心地になったものだ。内藤を語る時、彼女が誇らしげな口調を遣うのも決まりが悪かった。

あなたはどんな男になるつもり？

己の将来に、ぐいと匕首《あいくち》を突きつけられているような気分に陥った。

しかし「中外」以降の内藤の履歴は俄然《がぜん》、現実味を帯びてくる。

「中外」に寄稿していた執筆陣には、三上於菟吉《みかみおときち》と長谷川時雨《はせがわしぐれ》の夫妻に後藤新平《ごとうしんぺい》、そして堺利彦《さかいとしひこ》や伊藤野枝《いとうのえ》、神近市子《かみちかいちこ》らが名を連ねていた。震災前は谷崎潤一郎《たにざきじゅんいちろう》とも親しく交わり、佐藤春夫《さとうはるお》の『田園の憂鬱』を掲載したのも「中外」だ。今は会社も「中外」も無くなって久しいが、現ソヴェート連邦要人との関係は深く、日ソ国交回復の陰の立役者として知られているらしい。

Nは一つの肩書に収まり切れない人だけれど、政治フィクサアとして動くことはままあるわね。彼自身は社会主義者ではないのよ。でも、アメリカに亡命した日本人やロシア人の革命家をそれは親身に支援していたわ。思想、主義ではなく、人間を支援して尽くす人なの。

内藤はまだ何かを話していて、「北洋」や「ソヴェート」などの言葉が耳に留《と》まるが、さして興味を引かれるわけではない。それよりもここに招待された理由を知りたいと思うのだが、文学仲間との合評会でも他人の言葉を遮《さえぎ》ってまで自己アッピールしたい方ではなく、こうして耳を傾けているふりをするうちに話柄《わへい》が彼方《かなた》へ移っているのが常だ。

それにしても、痩《や》せた。

内藤の面窶《おもやつ》れに気がついて、曖昧《あいまい》に相槌《あいづち》を打ちながらその姿に目を這《は》わせる。髪は後ろに撫《な》でつけられ、口髭《くちひげ》も綺麗《きれい》に整えられている。仕立ての良い黒の三《み》ツ揃《ぞろ》いと糊《のり》のきいた白の襯衣、タイは幅の広い縦縞、黒の革靴も磨き上げられ、非の打ちどころのない装いだ。さりながらどこかゆったりと寛《くつろ》いで、これが欧米の社交界を経験してきたセンスというものなのだろうか。しかし顔の皮膚は乾いて、脂気《あぶらけ》が抜けてしまったようだ。

清人は彼女の部屋で一度、内藤と出くわしたことがある。「今夜はNは訪れないわ」と彼女が囁《ささや》くから二人きりで幾時間も過ごし、部屋の置時計は夜の九時を回っていた。彼女が横坐りになって舞台写真のスクラップを披露するのについ夢中になった。そのうち肩と肩が触れ合わんばかりになり、彼女の声が甘みを帯び、そんな時に内藤が突然現れた。小柄だが隆《りゅう》として、いかにも押し出しの強い、生気に満ちた容子《ようす》に清人は気圧《けお》された。階段の手摺《てすり》越しの一瞥《いちべつ》で何もかもを見透かされたような気がする。いいえ、僕は指一本触れていません。胸の中で言い訳を繰る己が後ろめたく、挨拶の言葉も舌の上で転がった。

僕は触れていないんだ。まだ。

胸中の弁解が聞こえたかのように、内藤の頬に不快めいた強張《こわば》りが泛《うか》んだ。が、それも今から思えば数瞬のことだ。

またにするよ。部屋に足を踏み入れもせずに、内藤は階段の上で踵《きびす》を返した。彼女は慌《あわただ》しく彼を追った。

帝大の学生さんよ。いつもここに集まってる同人誌の一人。演劇にも関心があって、私の舞台も観《み》てくれているのよ。

今度は彼女が言い訳をしている。内藤はすっと手を上げて遮った。いや、例の訴訟がうまく行きそうでね。弁護士らと祝杯を上げた帰りに寄っただけだ。君にも心配をかけたから、報告しようと思った。

そして「君」と、清人に眼差《まなざ》しを投げた。

ゆっくりしていきたまえ。

階段を下りていく。その後を彼女は追いかける。玄関で機嫌を取るような小声で話すのが洩《も》れ聞こえ、やがて彼女一人が外気の匂いをつれて戻ってきた。スクラップ帖《ちょう》の前に腰を下ろし、笑い濁しながら肩をすくめた。

近頃の青年は神経過敏でいかんね、ですって。ごめんなさいね。いつもは若者にも隔てがなくて、理解のある人なのよ。邸《やしき》には郷里出身の書生をたくさん置いているわ。

得体の知れぬ圧迫を受けたような気がした。相手は紛《まご》うかたなき人物だった。社会人として、男として。片や清人は、彼女の内藤を庇《かば》うような物言いにも傷ついていた。そう、傷つくことしか能のない若造だ。

芝増上寺《しばぞうじょうじ》での葬儀も内藤は見事に執り行なってのけ、またも圧倒された。財力、人脈、ソーシャルな地位、二十ほども歳上《としうえ》の男が獲得している力量のほどを思い知らされた。

しかし目前の内藤は頰が削《そ》げ、首と襟許《えりもと》の間の隙間《すきま》も痛々しい。

給仕が戻ってきて、清人の前に彫りの細かなグラスを置いた。薄荷《はっか》の葉が添えられた蜂蜜色の液体は、微細な泡を立てて揺れている。内藤は白磁に薔薇を描いた珈琲茶《ぢゃ》碗《わん》を持ち上げて一口啜《すす》った後、己の掌で頬をつるりと撫でた。

「しばらく体調を崩してね。五十日ほども寝込んだ」

清人が問いを発するまでもなく、自ら打ち明けた。目尻《めじり》から頬にかけての長い皺《しわ》が動いた。どうやら、笑んでいるつもりのようだ。

「君が送ってくれた『明暗』も、ベッドの中で読んだのさ」

文学仲間と発行している同人誌の名を口にした。

その七月号で、彼女の追悼特集を組んだ。

そうだ。僕は夏の間、あの編集に没頭していたのだった。

内藤は何か言葉を継ごうとして少し前のめりになったが、つと顎《あご》を動かした。給仕が静かに入ってくる。

「徳川《とくがわ》様と、伊藤《いとう》様がお着きです」

内藤は左手首の時計に目を落とした。

「なんだ、もう二時近いじゃないか。大阪からの列車が遅れたか。いや、さては奴《やっこ》さん、またも呑《の》んだくれて東京駅への迎えをしくじったな。いつも遅れる男！」

そういえば、増上寺に姿を現したのも出棺の寸前だった。

徳川と佐喜雄《さきお》、二人の顔を思い泛べ、そうか、彼らも招かれていたのかと思った。

客が己だけではないと安堵しつつ内藤の意図はいまだ判じかね、あの徳川とまた同席するのかと思うと気が重くなる。

「おっつけ僕らも行くから、先に案内を」

内藤は給仕に命じ、ソファから緩慢《かんまん》に腰を上げた。清人に立つようにと手ぶりで示し、自らもドアに向かって進み始める。立ち上がりざまに振り向くと、暖炉の上の彼女と目が合った。

蘭子《らんこ》さん、Nの企《たくら》みは皆目《かいもく》見当がつかないが、ずいぶんと弱っているようだ。仕方がない。しばしつき合うよ。

内藤は廊下の突き当りで足を止め、ドアを自ら引いた。

濃厚な香りが鼻腔《びこう》をくすぐる。タイル張りの床の上には屋根もなく、なだらかな芝庭に続いている。その手前に途方もない数の秋薔薇が咲いていた。暖炉の上に飾られていた黒みがかった真赤に、花弁の多い黄色、深い紫も見える。薔薇園の向こうには、丸い純白が光っている。差し渡し一間半《いっけんはん》は超えるであろう大きな丸卓だ。椅子《いす》は四脚配されている。

しかし二人は立ったまま庭を眺めているのか、後ろ姿だ。一人はまだ躰《からだ》の線が細い学生服姿で、そしてもう一人のジャケッツ姿は背丈も肩幅もがっしりとしていかにも三十代の男盛りだ。が、なぜかそれを持て余すように前屈《かが》みになって腕を組んでいる。

「佐喜雄君、徳川君。ようこそ。さあ、昼餐を始めよう」

内藤は精一杯のように、掠《かす》れた声を張り上げた。

夢声《むせい》はウォトカのグラスを持ち上げ、またも一気に呷《あお》った。

食卓の上に覆《おお》いかぶさるように肘《ひじ》をつき、料理には見向きもせず、給仕が運んでくる皿も勝手に動かして脇へ押しやり、ひたすら口の中に流し込む。内藤が何を話しかけても「さてね」や「いいえ」と一言で返し、ひどくとっつきが悪い。

内藤が推測した通り、佐喜雄を伴ってこの庭に立っていた時はすでに酒臭かった。

しかし内藤はいっこうに気を損じた様子を見せず、ナイフとフォオクを動かしながらまたも訊《たず》ねる。

「以前から疑問だったのだが、君のその大時代な弁士名《べんし》はどこから来ている」

徳川夢声は、日本で最も有名な活動弁士だ。そしておそらく、日本一稼いでいる弁士。彼女の縁戚《えんせき》でもあり、ただし血のつながりはなく、別れた夫の遠縁であるらしい。

彼女が女優になる前の明治の末、彼が一高を目指して浪人中であった頃からだと聞いたから、かれこれ十七、八年、この四人の中では彼女との交誼《つきあい》は最も長いことになる。

「赤坂の葵館《あおいかん》がカツベンのデビュウでしてね」

ようやくセンテンスらしきものを発した。

「なるほど、葵で徳川か。となれば、夢声はドリイムヴォイスかい」

「芸名なんぞ、成り行きで付けちまうものですよ」

素っ気ない言いようにも内藤はさも可笑しそうな声を立て、佐喜雄や清人にまで同調を求めるような笑みをよこす。いつも油断のならない眼光を放っている男だったが、今日はやはり様子が異なる。病み上がりで鋭さを欠いたのか、それともこれが社交の席のマナアなのか。

内藤は薔薇園を背にした席に坐《ざ》しており、その左が夢声、佐喜雄、そして清人の順で円卓を囲んでいる。

伊藤佐喜雄は、彼女の一人息子だ。たしか数えの十九で、今年から大阪高等学校の理科に通っている。母親譲りの美形で、とくに目許《めもと》がそれはよく似ている。

「佐喜雄君、どうかね。口に合うかい」

「はい。ロシア料理は初めてですが、おいしいです」

スプウンをいったん皿に置いてから、会釈《えしゃく》を返した。育ちのよい青年らしい所作だが、面持ちは硬い。同感だ。清人もこの昼餐が奏《かな》でる気まずさを、ひたすら食べることで紛らわせている。咀嚼《そしゃく》している間はともかく喋《しゃべ》らなくて済む。実際、ひどく空腹でもあった。

またスプウンでスウプを掬《すく》い、口に運ぶ。これはボルシチという料理であるらしいが、つまりはロシア流の羹《あつもの》だろう。鴨肉《かもにく》の代わりに牛肉、白い蕪《かぶ》ではなく赤蕪を用いているようで、スウプも澄んだ赤だ。そこに酸味の強いクリイムと刻んだパアスリイをのせてあり、酸味には少し閉口するが、久方ぶりに口にする牛肉の味は有難かった。

小皿にはブレッドではなく狐色《きつねいろ》の揚げ物がのっている。

夢声は給仕に「君、ウヰスキイ」と命じ、肘をついたまま佐喜雄に顔を向けた。

「佐喜雄君、不味《まず》けりゃ不味いと言いなすったらよろしい。さすればこの内藤氏は指をパチンと鳴らし、ビーフステエキでも牛鍋《ぎゅうなべ》でもたちまち食卓に並べ立ててくれますぞ」

「私はまるで奇術師だな。そりゃ結構」

内藤は夢声の冗談とも本気ともつかぬ言葉も機嫌よく受け流し、小皿の揚げ物にナイフとフォオクを入れている。中には挽肉《ひきにく》と玉葱《たまねぎ》の炒《いた》めたものが詰められていて、ぼろぼろと零《こぼ》れ出るので清人は食すのに難儀した。しかし内藤は手摑みでやりだし、さも旨《うま》そうに唇を脂《あぶら》で濡《ぬ》らしている。何だと思った。手を使ってもいいのか。

給仕が洋酒の瓶を運んできて、新しいグラスに琥珀色《こはくいろ》を満たした。夢声はそれをまた、ガブリと呷る。

駿雄《としお》さんは凄《すご》いのよ。いくら酔っ払って説明したって、観客は拍手喝采《かっさい》なの。もともと噺家《はなしか》になろうと思ってた人だから。

夢声のことを、彼女は「駿雄さん」と呼んでいた。それが本名であるらしい。

清人は内藤が苦手なら、この夢声にも気が置ける。会うのはこれで三度目になるが、快活で知的な写真説明をする印象とはまるで異なって、いつも大きな目を、そう、夢声も彼女に負けず劣らず彫りの深い造作で、しかしその瞳《ひとみ》は淀《よど》んだ闇《やみ》を思わせる。

誰も俺に近づいてくれるな、話しかけるな。

夢声はこの中ではただひとり、佐喜雄にだけは自ら口をきいているのだが、佐喜雄は誰に対しても口数が少なく、最も歳の近い清人にもさして懐《なつ》く気配がない。ここで顔を合わせた時も少し驚いたように肩をすくめ、黙って頭を下げただけだ。

佐喜雄はごく幼い時分に母親と生き別れており、母子《おやこ》が再会したのは昨年、昭和二年で、佐喜雄はまだ中学生だった。今年になって高等学校への進学が決まり、休みを利用して上京してきた。彼女は舞台稽古《げいこ》の合間を縫って佐喜雄と共に過ごし、その東京見物の供をしたのが清人だった。

佐喜ちゃん、小説も読むんでしょう。じゃあ、ママが市電の中で文士に会ったら教えてあげる。吊革《つりかわ》をこう持ち上げるから、それが合図よ。よくって？　あ、菊池《きくち》先生よ。ほら、菊池寛《かん》。

合図もそっちのけの大きな声で、「先生」に駈《か》け寄った。そんな時の彼女を僕は憎んだ。彼女は時には夢声をも呼び出し、佐喜雄は有名人を前にしてぎこちなく、話しかけられるたび俯《うつむ》いて頰を赤らめていた。しかし清人が驚かされたのは、彼女だ。あれほど陽気で優しい風情《ふぜい》を初めて見た。母というよりも、永遠に己から去ることのない恋人を得たかのように映った。そんな彼女を僕はやはり憎んだ。

佐喜雄は七日間を東京で過ごし、大阪へ帰った。その翌月の六月七日、彼女は自宅で倒れた。病院で息を引き取ったのは翌八日。脳溢血《のういっけつ》だった。

食器とシルバアが触れる硬質な音が静まり、内藤もすでにナフキンを食卓の上に置いている。自身は夢声と同じウヰスキイをやり始め、佐喜雄は紅茶、清人は珈琲を頼んだ。バットに火をつけ、深々と吸いつける。

「大変な薔薇園ですな」

呟《つぶや》くように言ったのは夢声だ。

「庭師は何人います」

内藤は目を眇《すが》め、葉巻を口に咥《くわ》えた。

「さて、何人だろう」

「あいにく私の持物ではないんでね。この庭も屋敷も」

「ここが宮家の邸宅であったことは私も承知してますがね。てっきり、あなたがお買いになったものだと」

「事情があって、ここはお退《ひ》き払いになる。たぶん東京市が買い上げることになるのだろうが、その寸隙《すんげき》を縫って私が借りたのさ」

「よく借家になすったもんだ」

「いや。今日一日だけ拝借した」

さしもの夢声も言葉を詰まらせ、そして太い眉根《まゆね》をしわめた。

「まさか、一日限りのロシア料理店を開いてみたかったなんぞの、酔狂ではありますまい」

「むろん、君たちと集うためさ」

内藤は椅子を引いて、立ち上がった。葉巻を手にしたまま腰の後ろで手を組み、両の脚を揃える。そして右肘を曲げ、胸に手を当てた。

「私は彼女の」

そう、伊澤蘭奢《いざわらんじゃ》の。

「愛人、内藤民治。通称はN」

いったい誰を観客と見立てているのか、俳優のごとき大仰な辞儀をした。いつか見た、あの自信に満ちた笑みを泛べている。そして数歩進み、夢声の肩に手を置いた。

「彼は福原《ふくはら》駿雄、彼女の長年の恋人。芸名は徳川夢声」

夢声は顎を跳ねて目を剝《む》き、内藤を見上げた。

長年の恋人。

清人も微かな違和感を感じて内藤を見返し、そして夢声の横顔に視線を戻す。

彼女が夢声について口にしていたのは「昔、少しあった相手」であって、「長年の恋人」ではなかった。内藤は何かを勘違いしているのか、それとも。息を詰め、内藤の動きを見守る。内藤は興が乗ってか、なお優雅な足取りで円を描くように歩を進めている。そして佐喜雄の肩に手を置いた。

「彼は伊藤佐喜雄。伊澤蘭奢というより、三浦繁《みうらしげ》の愛息と呼ぼう」

彼女の本名を口にした。

佐喜雄はただ黙っている。いったい何が始まったのかが解《げ》せず、しかし不穏な気配を察してか、目瞬《まばた》きをしきりと繰り返している。

内藤はやがて清人の背後にも立ち、やはり肩に手を置いた。我知らず、ひくりと腕が動いた。

「福田清人」

何を宣告するつもりだ。

「伊澤蘭奢の火遊びの相手。通称はK」

観念しろとばかりに肩をいくどか叩《たた》かれて、清人は「内藤さん」と見返した。

「火遊びとは、どういうことです。Kって何です」

声が喉《のど》にひっかかって掠れた。

「だいいち、佐喜雄君の前ですよ。よくもそんな」

内藤は「ほう」と、口の片端を上げた。頬にまで微細な皺が広がる。

「ふしだらな紹介だとでも言いたいのかい。佐喜雄君は十九だ。子供じゃない。そうだろう、佐喜雄君」

佐喜雄は否《いな》を唱えることなく、身じろぎもしない。

「どうやら、君だけ高みの見物ってわけにはいかないようだな」

そう言ってよこしたのは正面の夢声だった。今日、初めて視線を交わした。

内藤は円卓の周囲を巡り、また元の位置に戻っていた。だが坐ろうとはせず、懐《ふところ》から何かを取り出している。黄変した紙切れを丸めて掴んでいて、それを振りかざすようにして皆を見回した。

「諸君。伊澤蘭奢は女優であり、かつ書く人間であったことはご承知だろう。それは私が勧めたからだ。演劇人としての大成を焦《あせ》るな、まずは一個の人間として思索せよ、とね。ゆえに彼女は書いた。私の想像を超える日々のさまざまを、じつに詳細にね。あの借間をうちの書生に整理させたら、押入れから柳行李が、大きな行李が二つも出てきたのだよ。その中がすべて原稿用紙、あるいは紙片だった。信じられるかね。彼女は依頼原稿の下書きや日記めいた書付けも、すべて残していたんだ」

清人は内藤から視線を剝《は》がし、背後の木々の向こうを顔だけで振り返った。

あの部屋、そう、あのカアテンの足許に行李が二つ置かれていた。

「その中に、自叙伝の草稿らしきものもあった」

姿勢を元に戻せば、内藤は政治家が街頭で演説するかのように両の腕を左右に広げていた。

「自伝の原稿？」

夢声がやにわに訊いた。

「やはり気になるかね」

内藤が唇の端を上げる。

「あなたは目を通したのか。その行李二つ分を」

「五十日間、自宅の書斎に引き籠《こ》もって読んだ。メモ程度の書付けも、演技プランに迷ってああでもないこうでもないと走り書きしたものも、そして男たちとのやりとりも、すべてだ。君とのことも、役者仲間や学生との火遊びもね」

僕とのことも書き記していたのだろうか。それで内藤は僕を火遊びの相手、と。

清人は唾《つば》を呑み込んだ。内藤の掌中の紙を奪い、すぐさま目を通したい。しかし動けない。佐喜雄の目が気になって椅子から立ち上がることができない。

臆病《おくびょう》ねえ。

彼女のあの言葉が、今も突き刺さっている。昆虫の標本のごとく、椅子に固定されている。

「あれほど書いていたとは、私にも思いも寄らぬことだったよ。しかし誓って言うが」

内藤は紙を鷲摑《わしづか》みにした手をまたもかざし、夢声の顎に向かって突き出した。

「紙片一枚、処分していないぞ。いかに私に都合の悪いことが書かれていようと、いかに彼女が私を裏切っていようと、何もかもそのままにしてある」

清人はもはや顔を上げ、内藤を凝視していた。

「これは彼女の遺稿だからね。突然、逝《い》ってしまったんだ。本人に死んだ自覚があるかどうか、それさえも判然としない死に方だ」

いつしか日が西に傾いて、空が色を変え始めている。薔薇の花は秋の夕風に揺れ、なお香りを放つ。

「内藤さん、率直におっしゃったらどうです。生き残った者は皆、忙しいんだ」

夢声は明らかに苛立《いらだ》っている。

「遺稿集を出す。その助力を君たちに願いたい」

「遺稿集」と、清人は口の中で呟いた。

「原稿を選りすぐって出版するのだよ。夭折《ようせつ》の女優、伊澤蘭奢がこの世に生きた証《あかし》を、私たちの手でこの世に留《とど》めるんだ」

すると夢声がいきなり躰を横に向け、二つに折った。背中を震わせ、腹を抱えるようにして両手を当てている。笑い声が洩れ、やがて活動写真館の闇の中で響くそれになった。

「あなたはまったく、ロマンチストですなあ」

軽くあしらわれ、さしもの内藤も色をなした。

「徳川君、君はあれほど蘭ちゃんに焦《こ》がれていたんじゃないのかね。いや、若い時分だけじゃない。君たちはずっと切れていなかった。それは彼女の書付けを読むまでもない。私は知っていたさ。まったく、君こそ似非《えせ》ロマンチストじゃないか。おめでたい間男《まおとこ》だ」

夢声は「ほう」と、顔を上げた。

「あなたは己をコキュだと、間男された亭主だと認めるんですな。そいつぁ、ご同慶の至り」

純白のクロスが翻《ひるがえ》り、陶器の割れる音がした。内藤がいきなり夢声の胸倉を掴み上げたのだ。夢声が手をつけなかったボルシチの皿が動き、方々にスウプや赤蕪、肉片が散った。

「何が遺稿集だ」

夢声は内藤の手を払いのけて立ち上がった。

「そんなもの、どうせゴテゴテと粉飾して本人とはほど遠い女性像を創《つく》り上げようってぇ寸法でしょう。くだらん。そもそも、夭折なんぞと簡単に言ってもらいたかありませんな。彼女が脳溢血なんぞで死ぬものか。しかも朝風呂《あさぶろ》から帰って倒れた、だと。そんな平凡な死に方があるか」

「平凡だと。人の死に非凡も平凡もあるか」

「また、それだ。言うこと為《な》すこと、何もかも上《うわ》っ面《つら》をなぞっているだけなんだ。あんたのその似非平等主義には虫唾《むしず》が走る」

「私をどう評しようとかまわないが、彼女を貶《おとし》めるのは許さん」

いやいや、いやいやいやと、底響きする声が鳴った。

「内藤さん。あんたは蘭del奢という女を何もわかっちゃいない」

「呑んだくれのカツベン風情が、きいたふうな口をきくな」

「そらそら、本音が飛び出しなすった。あんたはカツベンも女優も、そうやって見下してんだよ。欧米仕込みのバタ臭い知識と教養とやらで彼女を支配して、混乱させてきた。あんたのその言葉が、伊澤蘭奢を苦しめてきたんだ」

「私は思考する人間であれと教えただけだ。いつまでもつきまとって彼女の人生をかき回したのは、君じゃないか」

政界のフィクサアと目されている男と日本一有名な活動弁士が、芝生の上でぶざまに対峙《たいじ》している。

清人は佐喜雄と顔を見合わせた。佐喜雄の頬に赤い点がついている。清人は腰の手拭いを抜きかけ、しかし思い直して卓上のナフキンを差し出した。

「え？」と、佐喜雄が小さく口を開く。

「ここ、付いてるよ」

佐喜雄は手の甲で頬を拭い、そして清人の手からナフキンを受け取った。もう一度ナフキンの先を頬に当てる。

「有難うございました」

「いや」

ふと、初めてだと思った。こんなふうに自然に彼女の息子と接するなど、春にはできなかった。どう遇したらいいのかわからず、東京見物もただ一行の後ろをついて回っただけだ。気の利かない従者のごとく。

「母の書き遺したもの。福田さんはどう思われますか」

声は細いが明瞭《めいりょう》な口調だ。そしておそらく、出会って初めて真《ま》っ直《す》ぐに清人を見た。

「僕としては、やはり読んでみたいと思うね」

本音を返した。

「しかし正直に申せば。ん、怖いな」

「何が怖いのです」

「蘭子さんの意志にかかわらず、僕たちは彼女の人生に立ち入ることになる」

佐喜雄は「そうですね」と深く息を吐き、少女のように細い指先でナフキンをいじり始めた。

「でも僕はママのことを知りたい、です」

途切れた末尾を吸い込んで、伏し目になった。「そうか、そうだな」と清人は呟く。

二人でぼんやりと俯き、あとの二人は応酬を続けている。

「私は彼女に理想を示し続けたんだ。イプセンのノラが何と言ったか、君も知らぬわけではなかろう」

夢声が「はッ、俺に言わせたいのか」と鼻で笑い、

「ええ。私は女である前に人間です」

深く響く。だがその余韻を打ち消すかのように「内藤さんよ」と声を変えた。

「この台詞《せりふ》がいってぇどうした」

「だから私はこう教えたのだ。俳優である前に人間であれ、生き生きとした生活人であれ、徹底した社会人であれ」

「その、あなたの理想が彼女を追いつめたと言ってるんだ。苦しめた」

顔を上げると、夢声が間合いを詰めていた。内藤の胸を小突く。内藤は後ろに数歩たたらを踏み、足を踏み替えるや、右の拳《こぶし》をいきなり夢声の横面に打ち込んだ。その

まま縺《もつ》れるように芝生の上に落ち、互いに腕を振り上げ続ける。

「芸術に葛藤《かっとう》は付きものだ」

「世俗まみれの人間が芸術を口にするな」

内藤が示したという「理想」、それを清人は知っていた。内藤が書き与えた巻紙を彼女は壁に貼《は》り、諳《そら》んじていたのだ。無垢《むく》な女学生のように、大切そうに。佐喜雄の視線を感じて、清人は坐り直した。食卓から墜落せんばかりになっているフォオクを皿の上に戻し、人差し指と中指の二本を立てて佐喜雄に示す。

「例の理想には、生活信条と俳優鉄則の二つがある」

「ええ。ママの部屋で目にしました。たしか、人生は意外に短い、刻々に生きよって書いてあった」

「それは二つめの信条だね。冒頭は、生活は思索によって深みを増す、だ」

佐喜雄は黙ってうなずく。

「男を恐れるな、進んで男を知れってのもあったね。どんな種でも蒔《ま》け、その実りを刈り取る決意で、というのも」

「社交や名聞《みょうもん》を顧《かえり》みるには及ばぬ、サーカス的人気を排して進め」

「それは俳優鉄則の四番目。僕が印象深いのは、これだ」と、清人は顎を上げた。

「給金だけを目当てにする俳優は、興行師か観客公衆の奴隷《どれい》である、儲《もう》けた割前《わりまえ》で生活する独立人であれ」

松井須磨子《まついすまこ》の後を継ぐ女優と謳《うた》われながらも、伊澤蘭奢は貧しかった。あの芥川龍之介に『桜の園』のラネフスカヤ夫人を絶賛されながらも、世の多くの俳優女優と同様、舞台だけで食べていくことはできなかったのだ。毛皮の外套を着て銀座を闊歩《かっぽ》するかと思えば着物をしじゅう質入れし、質屋でいかなる口説《くぜつ》を用いて一円を上積みさせるかの秘訣《ひけつ》を自宅のサロンで楽しそうに伝授した。

サロンといえども、麻布の笄町《こうがいちょう》によくある平凡な、貧弱と表現した方がよい家の二階だ。六畳に四畳半の二間きりの借間で、そこに時には七、八人も集まった。文学部の学生だけでなく駈け出しの新聞記者や演劇青年、彼女が属していた新劇協会の若手もしばしば顔を見せた。彼らと知り合って、清人は役者稼業《かぎょう》の過酷を知った。劇団から給料らしきものはほとんど出ないうえ衣裳や鬘《かつら》は自前、切符も売り捌《さば》かねばならない。それでも観客席は七割と埋まった例《ためし》がない。喰うに困らぬ家庭の子女でなければ、カフェーなどに働き口を持つか、あるいはパトロンを持つか。

彼女は愛人の内藤がパトロンであった。演劇人の間ではよく知られていることのようで、けれど彼女の口から明確に聞かされたことはない。実際、経済的援助がいかほど、どのくらい持続していたか、清人は知らない。彼女の散歩に供をした夜、近所の寺を訪ねるので何用かと思えば、坊主《ぼうず》に頭を下げて切符を買ってもらっていた。

「伊澤蘭奢は我らと同じく貧しい生活者で、ゆえに古畳が波打つような安い借間を、僕らはサロンと呼んだ。あの無闇《むやみ》な勇ましさが僕たちの誇りでもあったんだ」

言いながら、僕らしくもない、芝居がかった語り方だとたじろぐ。

「なるほど」

佐喜雄が大人びた応え方をした。清人は隣席に視線を戻した。料理や酒で滅茶苦茶《めちゃくちゃ》になった食卓に両の肘をつき、手の甲を組み合わせてそこに細い頤《おとがい》をのせている。ひとり超然と微笑して、昔、奈良の古寺で見た仏像を思わせる。

「福田さん、僕が感じ入った文言を言ってもいいですか」

黙って首肯した。

「たぶん、俳優鉄則の最後だったと思うけれど」と断って、声を低めた。

「俳優は多忙なる実務家である。草臥《くたび》れた人間にはできない、貴い職業である」

「貴い職業」と、清人は韻を踏むように繰り返した。

世間ではいまだに、女優と淫売《いんばい》の区別がつかぬ差別意識が根強い。優れた女優を輩出する土壌が日本にはまだないのだ。長年、「役者」は男だけの稼業であったから。

いつだったか、蘭耆も口にしたことがある。

日本の女は、三百年ぶりに演じることを取り戻したのよ。舞台を取り戻した。

それが、新劇よ。

赤く染まった雲が流れていく。秋空の青も残っている。赤と青が秋の夕暮れでせめぎ合い、庭と食卓は片側だけ光を受けてひどく小さい。頼りない。

内藤と夢声は膝立ちで、まったく酷《ひど》いありさまだ。三ツ揃いやジャケッツは言うに及ばず、頭まで枯草にまみれ、怒鳴り合うつど唾と共に草の端《は》切《ぎ》れが飛び散る。

「だいたい、こんな邸宅を借りて僕らを招くなんぞ茶番も甚《はなは》だしい。遺稿集を編みたいなら編みたいと、手紙をよこせばいいだけの話だ。佐喜雄君まで大阪から呼び寄せるなんぞ、どうかしている」

「君は平気なのか。彼女があんな逝き方をして、それでも平然と日常に戻れているのか。私はもう、どうしようもない。そうだ。君の言う通りだよ。私はどうかしている。魂の一部が欠けたんだ。何も手につかず、茫然《ぼうぜん》と打ちひしがれていた。だが、あの行李が出てきた。嬉《うれ》しかったね。蘭ちゃんが甦《よみがえ》ったような気がした。ところが、どうだ。あの原稿、あの一行を読むごとに彼女が遠ざかる。私がこの手で育て上げた伊澤蘭耆じゃない」

内藤は身を折るようにして叫んだ。眼鏡は蔓《つる》が歪《ゆが》んでか、鼻の上で斜めになって揺れる。

「彼女はいったい、誰なんだ」

　この人はいたたまれなくなったのだろうかと、清人は思った。主義や画策や儀礼とはまるで無縁の、若者のように。

「あなたは傲慢《ごうまん》ですよ。人間一人を知り得ていると思うことが、傲慢なんだ」

　夢声は言い放ち、内藤は頭《かぶり》を振る。

「彼女は死んでしまった。これからだったというのに。あともう少しで、後世に名を残す女優になった」

「だから、彼女は病死じゃないと言ってるじゃありませんか」

　夢声は自身の膝を手荒く叩き、芝草を払い落とした。

「彼女は自らの意志で、我々の前から去ったんだ」

　清人は食卓に手をつき、立ち上がっていた。またも食器が音を立て、椅子が後ろに倒れた。佐喜雄もゆるりと席を立ち、そして夢声に近づいてゆく。重く落ち着いた足取りだ。

「おじさん。ママの死は自らの意志？」

夢声はゆっくりと顔を回《めぐ》らせ、うなずく。

「私はそう思っている」

「なぜ」

夢声は自らの厚い胸に手を当てた。

「彼女の口癖だった」

息を吸い、吐く。

「私、四十になったら死ぬの」

内藤は両膝立ちのまま肩を落とし、夢声は佐喜雄と向き合っている。ただ黙して、彼女によく似た面差しを見つめている。

清人は三人を順に見た。

「遺稿集を出しましょう。編纂《へんさん》をお手伝いします」

内藤が顔を上げた。鼻の上の眼鏡を指でずり上げ、ようやく我が意を得たとばかりに立ち上がる。夢声は清人の真意を探るように視線を据えてくる。心中はわからない。

卒業論文に着手しなければ、後がない時期に差しかかっている。夏の間に目星をつけるつもりであったのに、彼女の死と折り合いをつけられなかったのだ。同人誌で追悼特集を組んでも、自ら追悼文を書いても空虚は埋まらなかった。己の気持ちをあれこれいじるだけでは一歩も進めなかった。

「僕はまだ、蘭子さんから離れられそうにありませんから」

死はかくも強く生々しく、「生」を反芻《はんすう》する。生き残った者たちに、死んだ者の生を要請してくる。

「僕もお手伝いします」

佐喜雄はそう言い、暮れ空を仰いだ。


片手で吊革を持ちながら、夜の車窓を睨んでいた。

あの庭でウヰスキイを呷り続けたのに、頭は冴《さ》え切っている。正統なる貴族の邸宅は、薔薇園の色彩や香りまで計算されていた。冷徹なほどの洗練は昨日や今日這い上がったばかりの成金ブルジョアにはとても手の届かぬ趣味で、あれはもはや主義と言えるだろう。

舞台としては特上だ。それは認めよう。

しかし、三人の男を招いた昼餐会はどうだ。俄《にわ》か仕立てのマチネじゃないか。ことにあの男、Nの前説《マエセツ》ときたら。自身をのうのうと「愛人」だと言い切りやがった。

違うだろう。俺ならこう「説明」してやる。

新劇女優としてこの数年は高い芸術性をものし、悪口毒舌の評論家どもを唸《うな》らせた伊澤蘭奢、彼女が去る六月八日に急逝いたしたことはご承知の通りでありまして、その訃報に接したる演劇界、文学界には雷光のごとき衝撃が走り、皆々、涕泣《ていきゅう》いたして袖《そで》を絞ったのであります。手前、内藤民治は彼女のかつてのパトロンであり、法の埒《らち》外《がい》における伴侶《はんりょ》であり、女優人生の師でありました。さりながら近年は手掛けた事業がことごとくオジャンと化し、それもこれも思想と理想と現実の乖離《かいり》が甚だしい昨今の政情の煽《あお》りを喰った所以《ゆえん》でありまして、さあ、こうなりましてからは一転、彼女にセブン屋の暖簾《のれん》を潜《くぐ》らせて当座の金子《きんす》を工面させ、己は葉巻を燻《くゆ》らせて起死回生の策をムンムンと練っては頓挫《とんざ》させる。かように胡乱《うろん》な身分に堕《だ》しておったわけでありま す。

ここで、「ゆえに」と言い継ぎながら息継ぎをする。

彼女がしばしば帝大生相手に火遊びをしようが、見て見ぬふり聞いて聞かぬふりを決め込むより致しかたなく。との推測を巡らせておいででしょうが、いや、このNはかような凡夫《ぼんぷ》ではありませんぞ。蘭子ちゃん、間男、大いに結構だ。女優には艶《えん》なるローマンスのすべてが芸術の種となる、熱となる。もっとヤレヤレ、そうらヤレと彼女をけしかけ、天晴《あっぱ》れにも自らをコキュの立場に祭り上げたのであります。さあさあ、これは悲劇か、それとも喜劇でありましょうや。皆々様におかれましては、とくとご賢察のほどを願い上げまする。

そこで口を閉じ、いつものように暗がりの中を見回した。

拍手喝采のかわりに、靴の下の床がゴトと音を立てる。頭上の電燭が動き、前の座席で広げられた新聞も揺れる。見出しが目に入る。昨日、八月三十一日、ベルリンで『三文オペラ』なる戯曲が演じられたらしい。作家はブレヒトだ。

視線を戻せば、暗い硝子に映った己の顔も上下左右に揺れている。頬や唇が皮肉げに持ち上がって、太い鼻梁《びりょう》と眼ばかりが主張している顔だ。

活動弁士、徳川夢声の素顔か、それとも福原駿雄の顔と言おうか。

とはいえ、病院の受付で「福原さぁん」と呼ばれてもしばし気がつかないし、妻は「お父さん」だ。

駿雄さん。

いつまでもそう呼んでいたのは彼女だけだった。

駿雄さんは猫背なのよ。背筋を伸ばせばもっと男ぶりが上がるのに。

俺はいつも、こう抗弁した。

噺家にも猫背が多いんだ。客に向かって首を伸ばして、前へ前へと喋るんだから。俺も前を向くのが精一杯でね。背中なんぞ知るもんか。

高等小学校の頃から寄席《よせ》に親しんだ身だ。ある日、噺家の表情を目の当《ま》たりにして驚いた。こんな憂鬱な顔つきがあるのか。噺家はこの世の終わりのような顔をして、小屋を沸かせ続けた。駿雄は無性に惹《ひ》かれて、鏡の前でそれを真似《まね》ては修練した。が、どう転んでも頓狂な面相にしかならない。今から思えばあの頃は途方もなく若く、陽気だったのだ。片眉を上げても人懐っこい笑顔になってしまった。あれは父譲りだったのだろう。しかしそれがいつしか身について、今ではどうだ。窓に映った男を見据える。みごとに「憂鬱党」の顔だ。いつも何かに腹を立て、不平と悔恨を抱えている。目の下が薄暗くたるみ、眼の奥だけが炯々《けいけい》と鋭い。

こんなもの、三十四歳にもなれば労せずして手に入ったじゃねえか。

窓の中の顔が嘲笑《ちょうしょう》する。

ふと、佐喜雄は会の後、どうしたのだったかと、吊革を持ったまま首だけで後ろに視線を投げた。土曜の夜だというのに車内は空《す》いていて、立っているのは駿雄だけだ。

ああ、あの文学青年だ。俺がどうしても入りたくて入れなかった帝大の、実際にはその手前の一高の入試でものの見事にしくじったのだが、あの、烏賊《いか》に藻《も》をくっつけた文学青年が新宿まで送って行ったのだった。

蘭奢の兄である三浦虎平《とらへい》がジャスミンという喫茶店を営んでいるためで、佐喜雄はその伯父宅に泊めてもらうらしい。まったく、内藤の気紛れのせいでご苦労なことだ。ジャスミンは駿雄が勤めていた武蔵野館の近くにあるので以前はたまに顔を出したものだが、今は無沙汰《ぶさた》している。どのみち珈琲は好きではない。ガブガブ飲めんものはお断りだ。

背後の座席には勤め帰りらしき男が脚を組んで居眠りをし、その隣には袴ほども幅の広いズボンを身につけた三人組の娘が声高に話をしている。モダンガアルを気取って断髪を波打たせているが、いかんせん髪はゴワゴワと黒く、顔立ちは魚みたいに平板だ。駿雄は活動写真を説明するのが稼業であるので、西洋の女の髪、その流麗なる曲線を飽きるほど見てきた。

お前さん方は、オカッパ頭の方がよほど似合う。

肚の中で吐いた言葉が聞こえでもしたかのように三人組の一人が眉を顰《ひそ》め、隣に何か耳打ちをした。そそくさと立ち上がり、前へと席を移る。

「いやね。酔っ払いは、電車に乗るのを禁止していただきたいわ」

文句が耳に入った途端、睨みつけていた。

「酔っ払ってねえぞ、俺は。酔えたら世話ァねえんだ」

車輛《しゃりょう》の中に響き渡った。目の前の紳士が新聞から顔を出し、感心したふうに呟いた。

「やけに通る声ですなあ。カツベンみたいだ」

や、ご慧眼《けいがん》。仰《おお》せの通り、私は日本一有名な活動弁士、徳川夢声であります。

ヤイヤイ、迷わず、往生しやァがれッ。

姫、貴女《あなた》のその麗《うるわ》しい手に、一度でいい、接吻《せっぷん》をお許しくださりませぬか。ああ、姫よ。

言い草はそれっきりかね。犯した罪は取り消せんのだよ。永遠に。

十九で弁士に弟子入りして福原霊川《れいせん》と名乗って以来、映写幕の脇の暗がりで喋り続けてきた。しかし先頃、「トーキー映画が完成した」との噂《うわさ》を耳にした。写真に合わせて音声も流れるらしい。となれば、説明者も楽隊も不要になる。

カツベンはもうお払い箱だ。

吊革を持ったまま、駿雄はうなだれる。いや、お前にはラジオがあるじゃないかと頭を擡《もた》げ、窓外に流れるガス燈の光を睨んだ。

初めてラジオに出演したのは四年前、大正十三年の初冬だ。『サロメ』の一節を口演し、管弦楽付きの歌劇物語『カルメン』を語り、漫談と称して『デンタ』を放送した。反響は大きかった。これからはラジオの時代だ。が、あれは大きな黒箱に向かって声を発するだけだ。目の前に観客がいるわけではない。ウケが悪くて「引っ込め」「下手、下手」と野次られることはないが、わッと小屋じゅうが沸騰《ふっとう》するかのような拍手もない。泣いたり笑ったりする熱やざわめき、陶然たる吐息が聞こえない。

いや、何だったか。そうだ、トーキー映画のことを考えていたのだった。

客席を思い泛《う》べる。インテリの紳士や法被《はっぴ》姿の職人、羽織の隠居に孫の学生は説明のない写真を受け容《い》れ、満足するのだろうか。

どうなる、夢声。どうする、徳川夢声。

答えなど出るはずもなく、つまり、呑むしかない。だが酔えない。いつもこうだ。

俺はどうして酔えぬのだろう。一時は、見習いの若者に薬局から睡眠薬を買ってこさせ、それをザッと掌で受けて口に放り込み、猪口《ちょこ》ごと口に入れる勢いで流し込んでいた。ザッ、ガブ、ザッ、ガブだ。そうしないと、泥のように酔えない。

駿雄は己の掌を上着の裾で拭《ふ》き、もう一度吊革を握り直す。生まれつきの脂手《あぶらで》だ。ウカとすると手が滑って尻餅をつきかねない。それでも頭が揺れるので、両手になお力を籠めて摑まる。すると今度は腰が砕けるように力を失って、両の肘《ひじ》がグウンと伸びた。足の踵は床に固定されたかのように動かず、躰はくの字になって左右に揺れる。妙な恰好だ。

「失礼」

洋帽に顎を突かれ、見下ろせば前の席に坐っていた新聞読みの紳士が立ち上がっていた。停車場に着いたらしく、足音が続く。モガもどきの連中も、これ見よがしに鼻をつまみながら降りていく。

「はい、皆の衆、ごきげんよう。また明日」

駿雄が笑いながら見送ると、車掌の怯《おび》えたような目と目が合った。

「やだね、俺のフモールを解さない奴《やつ》は。憂鬱党に入れてやらんぞ。失格だ、失格」

電車は溜息《ためいき》のような音を立て、また動き始める。両腕を広げてその揺れに身をまかせ、天井やら電燭やらを仰ぎ見るうち、彼女の鼻の穴が泛んだ。

駿雄は「ああ」と、頬笑む。あの穴が無性に好きだったのだ。彼女の素顔をさほど知らぬ者は大きく瞠《みは》るような瞳や西洋人のごとき鼻筋、あるいはスパニッシュに例えられた額の生え際を称賛する。

だが、二つの穴の形こそが稀有《けう》な美しさだった。

「なのに、何だ」

天井に向かって毒づく。彼女は古びたセルロイド人形みたいに棺《ひつぎ》に収まって、鼻の穴には白い脱脂綿を詰められていた。

「俺が愛したあの鼻に、よくもあんな物を。あれじゃあ台無しじゃないか。あの穴を、いかほどの感情が出入りしたと思う。倦怠《けんたい》と熱情、不安と希望もあの鼻を通じて呼吸されてきたというのに」

俺はそれを、ずっと見てきたのだ。

フンと鼻を鳴らした。

「その俺に向かって、あなたも追悼文を書いてくださいだと。遺稿集を編むだと。ごめんだね。だいたい、あのNが彼女の原稿や手紙や日記に目を通したというのが気に喰わない。何であいつが最初なんだ。何で俺じゃない」

「お客さん、お静かに願います」

車掌が近づいてきたが、片手で追い払う。「俺はァ」と、さらに音量を上げた。

「俺はいつだって二番手なんですよ。いつも亭主だの愛人だのがいて、けッ、笑わせるんじゃねえや。何が、長年の恋人だ」

長年とは、じつに安直な言葉だ。初めて出会った時、俺はまだ十七の中学生、丸髷《まるまげ》を結った彼女は二十二だった。それから十七年の歳月だ。離れても別れても、また出会ってしまう縁だった。

身を仰《の》け反《ぞ》らせたまま、「そういえば」と目瞬きをした。腕で上半身を引っ張るように起こし、床を踏み直す。暗い窓を覗き込んだ。

駿雄さん。また、そんな眼をして。天才のようね。あるいは、狂人のよう。

彼女は俺のことを、どう書き記していたんだろう。

本当はどう思っていた。この男を、一度でも心から愛《いと》おしいと思う瞬間はあったのか。それとも、心底では倦《う》んでいたか。もはやこの俺も、舞台の切符を買ってくれる信奉者の一人に過ぎなかったか。

窓外の闇に泛んだ己の顔を睨《ね》めつけた。

丸《まる》髷《まげ》の細君

日比谷公園は躑躅《つつじ》が盛りだ。

公園前の大通りには半町《はんちょう》おきに柳が植わっていて、緑の枝をベンベンと投げ出している。通りに面しては都新聞社やタイムズ社が並んでおり、二社の建物の間の小径《こみち》を入った所に駿雄の家がある。

家といえども、政党である帝国党の本部事務所の二階だ。駿雄の父、福原庄次郎《しょうじろう》は石州美濃郡益田《せきしゅうみのぐんますだ》の出身で、故郷では警察官であったが上京後は帝国党の事務員としての勤めを得て、本部の新築を機にこの二階に引き移った。八畳、四畳半の二間で、父と継母、そして祖母の四人暮らしである。

駿雄は読んでいた書物を閉じ、畳の上に置いた。

第一高等学校の入試準備におさおさ怠りなく励むつもりが集中は続かず、近所の恵《え》智十《ちじゅう》という寄席《よせ》に足を運ぶか、府立一中の仲間とトランプで遊ぶかだ。こうして家にいる時もつい書物を手に取ってしまう。好みはとくになく、小説や詩、戯曲、哲学、何でもござれだ。読んで面白ければ甘茶を飲んだような心持ちになって仲間に絶賛し、拙《まず》ければ拙いでまた友達の家に集まってこき下ろす。

数日前から流行《はや》りのニイチェを借りているが、これは皆目、歯が立たない。駿雄にはやはり、綺堂《きどう》のものが面白い。

開け放した窓の敷居に尻《しり》を移し、階下の横丁へひょいと視線を落とした。襯衣《シャツ》を腕まくりした記者らしき男が耳に鉛筆を挟んで走り、酒屋の小僧が麦酒《ビイル》の木箱を積んだ大八車《だいはち》を牽《ひ》き、近所の女房らが鍋《なべ》や箒《ほうき》を背負った荒物売りを相手に世間話をしている。

初夏の昼下がりは白く、駿雄は窓の欄干《らんかん》に腕をあずけて顎《あご》をのせた。顎の面皰《にきび》が痒《かゆ》くて、つい力を入れて掻《か》く。爪《つめ》の間に血混じりの脂《あぶら》が入ったので、それを着物の袖《そで》になすりつける。継母のタケが洗い張りをするたび、「駿雄さんの着物はペカペカしてる」と嘆くが、己ではいかんともしがたい。生まれつき躰《からだ》が脂っぽくできているようで、湯屋や寄席でも駿雄の下駄だけは盗まれないほどだ。足裏の形が指先までべったりと濃く捺《お》したようになっているからで、誰も間違わず欲しがりもしない。

風が香って、公園の躑躅の真紅が目に甦《よみがえ》る。まるで燃え立つような赤で、毎年、初夏の風はその色と蜜《みつ》の香りを掬《すく》い取り、この界隈《かいわい》にまで運んでくる。前の家の板塀からは青楓《あおかえで》が枝を伸ばし、若葉を吹いている。陽射《ひざ》しは白い。

角を曲がって小径に入ってきた丸髷《まるまげ》に気がついて、思わず首を伸ばした。

あれ。薬屋の細君じゃないか。

半月ほど前だったか、郷里の遠縁だという夫婦が近所に越してきたと言って、挨拶《あいさつ》に訪れたのだ。

夫君は伊藤といい、津和野《つわの》では老舗《しにせ》の薬屋の跡取りで、東京帝大の薬学科を出ている博士であるらしい。その場で耳にしたのではなく、二人が帰ってから父と祖母との間で交わされたやりとりで知っただけだ。祖母はどういう遠縁かを問わず語りに語った後、「偉いのう」と言った。

「伊藤家は徳川の御世《みよ》から続く名家じゃけえの。津和野におりんさったら左団扇《ひだりうちわ》の旦《だん》那《な》暮らしじゃろうに、労咳《ろうがい》の薬を作って病人を救おうたあ、生半可な志《こころざし》でできることじゃありゃせんよ」

祖母は肺結核を昔ながらの労咳と呼び、感心しきりだ。すると父は「いやあ」と笑った。

「その事業が手詰まりになって、それで芝から移ってきたんだそうだ。新薬開発には見切りをつけて心機一転、薬学の講義録を出版するんだと」

「あの奥さァ、乳飲み子を津和野に置いてきんさったと言うてなさったろう。そうまでして若夫婦二人で気張ろうとは、見上げたもんじゃよ。平気で子を捨てる母親もあるというに、ご亭主の仕事を手伝うのに姑《かか》さァに赤子を預けてまで出稼ぎしんさるとはのう」

風向きが前の女房の出奔《しゅっぽん》に向かいかけても、父は門付《かどづけ》芸人のごとく笑顔を崩さない。タケは目を伏せ、客用の茶碗《ちゃわん》をそそくさと片づけ始めた。駿雄からすれば、おとなしく優しい継母である。祖母はいまだに嫁の出奔を思い出しては「ナミさァは鬼じゃ」と罵《ののし》るのだが、その尻馬には決して乗らず、かといって止め立てもしない。いつのまにか、その場からいなくなるだけだ。

駿雄の実の母、ナミは若い男と出奔した。ある日、まだ三歳だった駿雄をつれて散歩に出て、たしか牛込見附《うしごめみつけ》で三角形の豆餅《まめもち》と薄いポンチ画帖《がちょう》を二冊買ってくれ、こう言いつけた。

ええ子じゃから、帰りんさい。お母さァはご用があるけにのゥ、ひとりで先ィ帰りんさい。

駿雄は素直に、喰いかけの豆餅で指先を白い粉だらけにしてうなずき、胸には極彩色の画帖を抱えて道を引き返した。不安になって振り返ると、母の後ろ姿は人が混んだ神楽坂《かぐらざか》を上っていく。我が子を見返りもせぬ急ぎ足で、瞬《また》く間に母の姿は坂に吸い込まれた。

その光景がやけに鮮明であるのは、その後、繰り返しその日のことを思い泛《うか》べたからである。もしかしたら本当は何も憶《おぼ》えておらず、後に祖母や親戚《しんせき》が口にした言葉をつなぎ合わせて形を作ったのかもしれない。版画のように線を彫り、何度も色を足して摺《す》り続けたのかもしれない。

とにもかくにも、母の駈落《かけお》ちはまもなく父と祖母の知るところとなり、祖母は「あの女は鬼じゃ、おうおう、恐ろしやの」と恨んだ。鬼と呼ばれても無理からぬところはある。一家が東京に出てきたのは母のナミが「赤十字の看護婦たらん」との願望を抱いたからで、父は仕事の後仕舞いで郷里に残り、祖母と駿雄との三人で先に上京したのだ。だが母は駿雄を牛込見附に置き去りにして駈落ちした。相手は国許《くにもと》の家老の子息だった。祖母にすれば、息子がまだ郷里に留まっている間の事件であり、手ひどい裏切りであっただろう。

だが父は奇妙なほど明るかった。そう、サバサバと明るかったのだ。駿雄もつられたように、すぐに日常の笑いを取り戻した。母に捨てられた子が不憫《ふびん》であるという図式に長いこと気づかなかった。

　母に置き去りにされた晩秋から十年ほども経《た》って、そもそも、駈落ちが目的の上京計画であったのかもしれない、そんなことに思い至った。だが口にはしなかった。祖母の繰言《くりごと》はもはや寄席の人情噺《ばなし》を思わされるほど一言一句が定《き》まっており、しかもサゲがない。

　ゆえに駿雄はあの日も「平気で子を捨てる母親」には何の感情も動かされることなく、去った夫婦の佇《たたず》まいに気を取られていた。

　細面の亭主は、政党本部に出入りする書生崩れの記者にも似た趣《おもむき》だった。「ひとつ、よろしく」との挨拶は口早で、どことなく上の空だ。何ゆえこんな家にまで出向いてこねばならぬのかと、気位の高さを隠そうともしていない。たしかに、彼の事業に父は何の役にも立ちそうにない。

「出稼ぎではないだろうよ。あれは仕送りする側じゃない、されている方だ」

　父はまた意味のない笑声を立てる。同郷の狭い人間関係を東京でも慮《おもんぱか》らねばならぬのはまだ親がかりの養子であるからなのだろうと察しをつけ、勝手に気の毒がっていた。

　旧《ふる》い血筋には昔からよくあることだが伊藤家は実子に恵まれず、今の当主と跡継ぎの治輔、二代続けて他家から養子に入った身であるそうだ。ゆえに治輔はいずれ津和野に帰って家を継がねばならぬのだが、その前に東京で己の力を試したい、栄達を遂げたいとの志を持ったらしい。事がうまく成れば故郷ではなく、この東京に一族郎党を呼び寄せることができる。それが明治に生まれた人間の「錦《にしき》の飾り方だ」と、父は言った。しかし事業は捗々《はかばか》しく進まず、路線変更と共に家移《や》りを余儀なくされたらしい。

駿雄は父の解釈を聞いて、なるほどと思った。そう言われれば、野心と挫折《ざせつ》の入り混じったような容子《ようす》ではあった。こちらまで居心地が悪くなるような、手負いの侍を想起させた。

ゆえに己の妻の上等を歯牙にもかけない、気づいてさえいないふうだったのか。細君はじつに瑞々《みずみず》しかった。駿雄は窓際《まどぎわ》でかしこまっていて、一言も発せぬまま上目遣いでその横顔に見惚《みと》れていた。

西洋人のようにくっきりと鮮やかな二皮目《ふたかわめ》で、額の生え際は冴《さ》え冴《ざ》えとしている。肌は白くはないが、うっすらとひいた白粉《おしろい》がほのかに匂《にお》う。

家内の繁《しげ》にございます。よろしゅうお願い申します。

物言いも善良そうで、祖母ほどではないが微《かす》かに訛《なま》りを残しているのが好もしく響いた。しかし膝前《ひざまえ》で揃《そろ》えられた両手の指先に気がついて、ふと目を注いだ。爪の根許の皮膚が荒れて、節も赤く腫《は》れて切れている。冬みたいな手だ。その指先は掌《て》の中にたちまち隠されてしまったが、その時は何とも思わなかった。夫婦が帰った後、父と祖母が二人の話をするのを聞くともなしに聞くうち、徐々に気持ちが醸成されたのだ。見てはいけないものを見てしまったのかと、細君が気の毒になった。けれどそれも束《つか》の間《ま》の気紛れな感傷に過ぎず、今、こうして窓から再び姿を目撃して、やっと思い出した程度のことだ。

それにしても、この細君の風情《ふぜい》ときたら。

駿雄は己の顎を片腕に押し当て、目を凝らした。父はいつものように同じ建物内の政党本部に出勤し、継母は買物、祖母も灸治《きゅうじ》に出かけている。誰を憚《はばか》ることもなく、とっくりと上から観察を決め込んだ。

楓の青いような影の中を、細君は歩いてくる。家は筋向いだと言っていたので外出《そとで》先から帰ってきたのだろうが、歩調は急いでも緩慢でもない。やがて葉影の中からスウと、白い陽射しの下へ出てきた。

綺麗な鼻だなあ、と思った。道具立ての大きな顔立ちであるのにどことなく品を感じるのは、この鼻の端正さゆえだ。うん、そうに違いないと己の分析に満足する。

手に何かを持っている。チリリンと鳴った。風鈴だ。

細君は真下に立っていた。結った丸髷が重いとでもいうように小首を傾《かし》げ、そして顔を上げる。目が合った。薄く笑んでいる。

僕のことを憶えているのか。そう思った途端、油紙に火をつけたような勢いで顔が火照《ほて》った。しかし彼女は悠然として、口をゆっくりと開く。聞こえない。「え」と欄干から身を乗り出して、すると彼女は口の脇《わき》に掌を立てる。

「駿雄さァね」

名前を憶えてくれていた。しかも先だってより明確な音律で、甘やかなアルトだ。脇腹をくすぐられたような心地になって、蛙《かえる》が柳に飛びつくように立ち上がっていた。

また風鈴が鳴った。


「こんちは」

二冊の文学書を小脇に抱え、今日も筋向いの家を訪《おとな》った。

御用聞きのごとく語尾を尻上がりにするのが、我ながら卑《いや》しい。そう思うが、亭主の治輔が出てきたら気ぶっせいだ。長く切れ上がった目を眇《すが》め、「何用だね」と尋問口調を遣う。口にこそ出さないが、浪人生が足繁く遊びにきて、呑気《のんき》が過ぎるのではないかと咎《とが》めている。

今年の三月、駿雄は一中を卒業し、七月に一高の入試に失敗した。同じ月に大帝が崩御して、七月三十日から元号が大正になった。夏の間はさすがに友人の家を訪ねるのも憚られ、むろん寄席も木戸を下ろしている。父は夕餉《ゆうげ》も摂《と》れぬほど忙《せわ》しげで、祖母は涙声で「これから、どうなるんじゃろう」と不安げだ。

駿雄は一人、モヤモヤしていた。

丸髷の細君の家を気安く訪れるようになってほぼ一年が経っており、今年に入ってからは頻繁だった。とりたてて何かを話し合うわけでもなく、互いの身の上話などもしたことがない。学校で起きた出来事や同級生、教師の話、時には細君が手慰《てなぐさ》みに弾くというマンドリンに触らせてもらい、勝手に詞をつけて唄《うた》う。彼女が笑えば、それがたとえ苦笑めいたものであっても気持ちが浮き立って、入試の不安も吹き飛んだ。

何とかなるだろうと構え過ぎ、いざ受験すれば何ともならなかった。落ちたなと思って試験の結果を見に行きもせず、だが心のどこかで「もしや」との期待はあった。まかり間違っての僥倖《ぎょうこう》なんぞ、やはり我が身には降ってこなかった。

来年の試験こそはと勇み立ち、その勢いのままに薬屋の細君宅を訪ねる。それが崩御によって足止めを喰らった格好で、八月に入ってようやく「九月半ばに大喪之礼《たいそうのれい》を執り行なう」との発表があり、市中は日常を取り戻しつつある。そこで駿雄も訪問を再開した。

「こんちは。福原です」

抱えてきた本を胸まで引き上げて、まずは身構える。亭主の治輔が出てくれれば、これが「訪問の正当な理由だ」と表紙を見せる作戦だ。いわば検閲用の書物で、一中時代に使っていた漢詩の解説本を携えている。

まもなく彼女が姿を現わしたので、ほっと顎が緩んだ。

「谷崎を持ってきたよ」

検閲用に重ねて隠し持っていたのは谷崎潤一郎の『刺青《しせい》』が載った「新思潮」で、二年前に発行されたのを友達から落手してあった。先だって駿雄が「あれは凄《すご》いよ」と話したら、彼女は「読んでみたいわ」と応《こた》えた。

駿雄としてみれば、小憎らしく茶目たりふざけたりするのにも限界があった。彼女の首筋に張りついた後《おく》れ毛の幾筋かに目を奪われたり、傷《いた》んだ指先にふと我が手を重ねたくなったりという衝動は、断じて彼女に悟られてはならないのである。まして、彼女と亭主が同衾《どうきん》している姿を夜更《よふ》けに想像している、などという不埒《ふらち》は。

そこで懸命に無邪気を装《よそお》ってきたのだが、中学を卒業してからは話の種も切れ、苦し紛れに文学の話を持ち出した。すると、これがすこぶるウケがいい。駿雄は先に読んでは語り、受け売りの批評を己の考えのように仕立て直して熱弁をふるう。

いつものように彼女は団扇を持ったまま、柱に凭《もた》れるようにして立つ。

「お上がりなさいな」

つまり、ご亭主は留守ということだ。駿雄にとっては気づまりがなくて有難いのだが、今年に入ってからやけに外出が多い。時には出張で、何日も家を空けることが増えているようだ。

玄関脇の六畳がいつものように開け放してあり、インキと糊《のり》の臭《にお》いがする。『薬学講義録』と記された冊子や封筒が畳の上に山積みされているのが、チラリと見えた。新しく手がけている出版業が行き詰まっているらしきことは、何となく察せられた。今年の初め、駿雄が祖母の言いつけで郷里の干《ほ》し柿《がき》を持ってきた時は彼女も襷《たすき》がけで忙しげで、手には糊の匙《さじ》を持っていた。購読契約者に冊子を送る手続きをしているのだと言っていた。

二階への段梯子《だんばしご》を上がる。素足の裏にたちまち視線が吸われ、浴衣《ゆかた》の裾《すそ》から露《あら》わになったふくらはぎを目にして、駿雄は生唾《なまつば》を呑み下した。たっぷりと肉がついているが足首は切れ上がり、一本の線がキュ、キュッと動く。胸の裡《うち》が腫れたように熱くなって、二冊をかき抱いて二階へと入った。

窓障子は引かれているが、風鈴は鳴っていない。

彼女は黙って、窓の一尺ほどの出っ張りに腰を下ろした。何となくいつもと拍子が違って、気怠《けだる》そうだ。駿雄は畳の上に坐《すわ》って胡坐《あぐら》を組み、本を膝脇に置いた。『刺青』については永井荷風が「三田文学」で論じた評を頭に叩《たた》き込み、「肉体的恐怖から生ずる神秘幽玄」や「肉体上の惨忍《ざんにん》から反動的に味ひ得らるゝ痛切なる快感」などをいつでも繰り出せるようにしてある。

けれどその横顔は「読んでみたいわ」と言ったことなどまるで忘れたふうで、胸許を団扇で扇《あお》ぐばかりだ。

「伊藤さんは？」

まるで興味のないことを口にしていた。

「伊藤は出張」

「どこに」

「さあ。どこだったかしら。あの人、私に何も言わないのよ」

彼女は夏の空のどことも知れぬところに視線を投げたままで、他人事《ひとごと》のように言った。

「仕事、手伝わなくていいんですか」

「仕事って？」

「冊子を送る」

「あれは、もういいんですって」

「そんなら良かった。手が荒れないで済む」

彼女の鼻が動いて、こちらを見下ろした。

「この手？」

団扇を膝の上に置き、両手を引っ繰り返して眺めている。

「芝ではね、本当に働いたの」

五本の指をピアノでも弾くかのように動かして、彼女は唇の両端を上げた。

「工場《こうば》の竈《かまど》の火を熾《おこ》して焚《た》いて、あれは本当に熱くて、汗みずくになるの。木槌《きづち》を持って薬石を砕いたり、練ったりもしたわ。炭鉱婦のようにね。白粉も紅も、鏡台の中に埋もれたままよ。書生も一緒に三人で毎日毎夜没頭したけれど、結句、新薬は創製できずじまい。伊藤は、失敗したの」

当人を目の前に引き据えて宣告するかのように、彼女は「失敗」のところで声を低めた。駿雄が初めて耳にする言い方だ。

「でも、今、巻き返しを図っているんでしょう」と、訊《き》く。

「どうなるかしら」

ふいに彼女は顔を上げた。

「どうなると思って？　駿雄さァは」

蟬《せみ》が一斉に鳴き始めた。横丁の建物の合間に昔から居坐っているような、樅《もみ》の巨木がある。あれだ、あの木が騒いでいる。

「そんなこと、僕にわかるわけがありません」

口ごもって、己の胡坐を抱えた。

「じゃあ、駿雄さァと私は？」

彼女は立ち上がり、団扇が膝から滑り落ちた。近づいてくる。膝をつき、顔を覗き込んでくる。

「私たちは、どうなるのかしら」

危ういことを、またも他人事のような口調で言う。駿雄は彼女を見返した。

薄化粧がところどころ剝《は》げて、瞼《まぶた》の縁が暗い雀色《すずめいろ》になっているのに気がついた。これはどうしたんだろう。独りで屈託を抱えて、憂鬱《ゆううつ》をおくびにも出さずに夫に仕えて、それがこんな柔らかそうな場所の色を変じさせたのか。

そんなことを目まぐるしく考え、けれど口をついて出るのは、「あの」や「いや」という端切《はぎ》れが精々で、顎を引き、とうとう胡坐を摑《つか》んでいた手も放して背後に手をついた。彼女が両膝立ちのまま、顔を近づけてくるからだ。毎夜、床の中で夢想していた仕儀の通りで、今、まさに鼻先がこすれ合い、唇から洩《も》れる吐息の音まで聞こえる。しかし駿雄は狼狽《ろうばい》するだけだ。思い描いていた己とはまったく違って、現実は情けないほど意気地が出ない。

すんでのところで、彼女の顔がにわかに遠ざかった。尻を下ろしたようで、真正面で正坐《せいざ》をしている。

「そんなに大きな目をして驚いて」

眉間《みけん》をしわめ、「困ったわね」と長い睫毛《まつげ》をしばたたかせた。彼女の機嫌を損じてしまったらしい。蟀谷《こめかみ》にじわりと汗が湧《わ》く。

「私、あなたのことが好きになってきたみたい」

今、何と言った。

間抜けにもポカリと口を開いたまま、丸髷の細君を見つめた。

駿雄は彼女の許に通いつめるようになった。

治輔が在宅している際も度胸がついて、時には玄関先で化学方程式について質問した。さも治輔に用があっての訪問だと装ったのだが、そんな三文芝居はかえって駿雄の株を下げたようだ。

「あんな不良少年を近づけてはいかん、向後は出入りさせるんじゃない、なんて言うのよ」

言挙《ことあ》げされると、駿雄は憤然とした。そして彼女になお同情を寄せたものだ。

これほど美しい細君をあの夫は可愛《かわい》がらぬばかりか一顧《いっこ》だにせず、事業家としての成功にのみ腐心しているのだ。たまに家にいても、ろくに口をききもしないらしい。時折、洩らす言葉の端々から、彼女の寂寥《せきりょう》は疑うべくもなかった。

乳飲み子であった我が子を津和野に置いてこざるを得なかったのも、一足先に芝に戻った夫が電報をよこしたからだったという。「ビョウキ、スグカエレ」との連絡で、尋常なら子供を抱いて汽車に乗るべきところ、姑《しゅうとめ》がどうしても渡さなかったらしい。

駿雄は世間話のようにして、そのことを祖母に話してみたことがある。

まあ、ようやっと生まれた自前の男児ゆえ、本家も手放さぬじゃろう。孫さえ手許に置いておけば、若夫婦はいずれ必ず帰ってくるけえの。

それじゃあ、人質に取られたも同然じゃないか。なおのこと気の毒で、彼女の落ち着いた物言いや所作が気高いものにさえ映るようになった。

ただ、今は罪悪感にも苛《さいな》まれている。治輔の留守中に上がり込んだ駿雄に対して、彼女は大胆に振る舞うようになったのだ。マンドリンを爪弾《つまび》けば背中合わせになって唄い、書物を開けば頰を寄せ肩を触れ合わせる。

誘われている。

どう考えても勘違いではなく、何度も彼女の腕に手を伸ばしそうになった。けれどその途端、すっと躱《かわ》される。苦しい。身悶《みもだ》えするほど苦しくて、もう二度と来るもんかと心に誓う。しかし朝、目覚めれば、訪ねる理由を懸命に考えている。書物の何冊かはもう毎度同じもので、それ以外に何か適当な言い訳を拵《こしら》えねば自身が踏み出せない。それで、祖母に無断で郷里から送ってきた菓子を反故《ほご》紙に包んだり、継母の目を盗んで浴衣を持ち出したこともある。これ、繕《つくろ》ってもらえませんか。

そしてまた、もう来るもんかと思う。

今日こそ、とことん勉強するぞ。そう決めて、しかし窓外が暮れかかると矢も楯《たて》もたまらなくなる。ひっそりと自分を待ち侘《わ》びている姿に胸が張り裂けんばかりになって、駿雄は鉛筆を放り出した。

空虚な、淋《さび》しい彼女を、僕は慰めてやらねばならない。

麦湯を運んできた継母に「湯屋に行ってくる」と告げた。

「今から？」

「うん。暑いから」

台所脇に置いてある桶《おけ》と手拭《てぬぐ》いを持ち上げ、また引き返す。文机《ふづくえ》の上に広げたままにしてあったノートと鉛筆を桶に放り込んだ。

「加藤君の家に寄ってくる。参考書を借りないと、勉強が進まん」

とっさに「伊藤」を「加藤」に言い換えた。

「夕飯はうちで食べるでしょう」

「要らない。加藤君の家、いろいろと出してくれるから。コロッケやライスカリーも。親父《おやじ》さんが外洋の船長なんだ」

すらすらと嘘《うそ》をついた。何事にもあっさりとしている継母は「そう」と短く応え、追及しなかった。

桶を抱え、わざと遠回りをして伊藤家の前に立った。玄関口の戸を引き、三和土《たたき》に足を踏み入れる。治輔はまた出張で留守にしていることは承知しているので「こんちは」も言わず、ズカズカと段梯子を駈け上がる。

夕陽の差す窓辺で、彼女はいつものごとく坐っていた。大袈裟《おおげさ》に歓待もしなければ眉《まゆ》を顰《ひそ》めることもせず、しかしどことなく物憂《ものう》げだ。いつものごとく。

「湯屋？」

駿雄が小脇に抱えている物に目を留め、静かに訊いた。駿雄は「いや」と頭を振り、畳の上に腰を下ろして桶を放り出す。

「カムフラージュさ」

「悪い子」

睨《にら》むように笑み、「手伝って」と言った。彼女は目的語を曖昧《あいまい》にする癖がある。それにはもう慣れているので、黙って先を促した。

「蚊帳《かや》を吊《つ》りたいの」

「蚊帳」と鸚鵡《おうむ》返しにした途端、胸の中で何かが蠢《うごめ》いた。

「まだ日は暮れちゃいないよ」

「でも一人じゃ手に余るのよ。昨夜《ゆうべ》、こんなに喰われちゃって」

袖に指をかけ、「ほら」と捲《めく》って見せた。腕の内側や肘《ひじ》には蚊にやられたらしき痕《あと》があるが、すぐに目を逸《そ》らした。

「蚊帳、どこだい」と、立ち上がる。

「そこの押入れ」

「何なら、蒲団《ふとん》も敷いておいてやろうか」

わざと平気な声を出して、床の間の脇の戸襖《とぶすま》を引いた。押入れの中に頭を突っ込めばなぜか薬の臭いがして、あの亭主の細面が過《よぎ》る。折り畳んだ蒲団の上に枕《まくら》が二つ並べてあって、思わず口を歪《ゆが》めた。その横に浅葱色《あさぎいろ》をした蚊帳を見つけ、手荒く引っ張り出す。吊り手を持って鴨居《かもい》を見上げ、そこに打ってある釘《くぎ》に吊り手を引っ掛ける。四隅に掛け終えると、部屋が急に狭くなった。

身の置き所に困って床の間に腰を下ろしかけると、彼女は窓辺から離れ、蚊帳の中にするりと身を入れた。畳の上に膝を畳み、四方を珍しげに見回している。

「存外に青いわね。水の中にいるみたい」

雫《しずく》を受けるみたいに、両の掌を差し出している。蚊帳を知らぬ西洋人みたいな仕草だ。

「大袈裟だなあ」

「だって、夜とはまるで景色が違っていてよ。ああ、本当に綺麗。水の中から夕陽を見たら、こんなじゃないかしら」

きっかけを投げ入れてもらった。気を惹《ひ》かれたふりをして、「どれどれ」と蚊帳の中に入った。彼女のかたわらに正坐して、肩を並べて窓外を見る。

「本当だ。夕陽がユラユラしてる」

そう口にしたきり何も言えなくなった。右の肩に、彼女が顔を寄せてきたからだ。途方もなく倖《しあわ》せで恐ろしい。黙りこくったまま、やがて腕が痺《しび》れても一寸も動けなかった。


秋になって、久しぶりに友人の家の洋間で集まった。

この七月に入試をしくじった一高浪人組、五人だ。駿雄と同い年の十八歳が三人、落第や休学を経た年上も二人いる。

「他人《ひと》の女房と枯木の枝は、上りつめたら命懸け」

間男が出てくる噺を始めると、波のように何度も笑いが起きる。文学談義をして、入試の準備の進まなさを互いに打ち明け合い、そして余興のように駿雄が一つ二つ噺を披露するのが番組のようになっている。

戸が開いて、芙美子《ふみこ》が顔を覗かせた。女中を従えて、紅茶や菓子鉢を運んできたようだ。浪人仲間の妹で、駿雄らと同い年である。女学校を卒業して花嫁修業中であるらしく、いつも手製だという洋装姿だ。今日は提燈《ちょうちん》みたいな形の袖をした綿のブラウスに、白地に大きな格子《こうし》柄のスカアトをつけている。足許は白い洋靴下だ。

芙美子は茶碗を配り終え、女中を去らせた後、自身はそのまま長椅子《ながいす》の端に腰を下ろした。茶色を帯びた長髪は肩から滑り落ちて背中へと流れ、前髪は眉の上で水平に切り揃えられている。

「そこィ、長襦袢《ながじゅばん》一枚の女房《かみ》さんが。……こんちくしょう、いいことしやがって」

気の小さい男が出入り先の女房に誘惑され、いざという段になって亭主が突然、帰ってくる。慌《あわ》てて裏から逃げたものの、大事な紙入れを忘れてきたことに気がつき、寝とられ亭主に事の次第を打ち明ける羽目に陥る噺だ。

俺はよりによって、何でこんな噺を選んじまったのだろうと思いながら、口からツルツルと台詞《せりふ》が出てくる。

駿雄はもう幾度も繁の躰に躰を重ねていて、首筋の味や乳房の柔らかさも知っていた。しかし、どうしても最後の寸前でやめてしまう。彼女は口には出さないが、脚をそっと開いて迎え入れんとする。経験のない駿雄をそれとなく導いているのだ。手順ももう何となく察しがつくようになった。けれど、いざとなれば空恐ろしくなる。

これは大罪だ。姦通《かんつう》罪だ。

そう思うと父の顔が泛んで、我に返ってしまう。そんな小心が情けなくて、彼女が浴衣の前を合わせながら躰を起こし、そっと溜息《ためいき》をつくのもいたたまれない。あの家を飛び出して、そのまま雨の中を青山墓地まで歩いたこともある。まるで、マダム・ボヴァリーじゃないか。とんでもないことになった。もう引き返せない。いや、今ならまだ間に合う。

馬鹿《ばか》みたいに揺れて懊悩《おうのう》して、墓地の塀際で夜が明けた。朝顔が咲いていた。しかしこうして友達と過ごしていると皆が幼く見え、優越を感じないでもない。駿雄が知っている限り、女郎屋に上がってコトを済ませた者は芙美子の兄だけだ。

噺を終えて拍手喝采《かっさい》を受け、長椅子に坐り直した。脚を組み、冷めたリプトンにたっぷりと砂糖を入れた。なかなか溶けないが、かまわずに呷《あお》って喉《のど》を湿《しめ》す。

芙美子はさんざん笑い転げ、「腕を上げたのねえ」と話しかけてきた。

皆の視線がこちらに集まる。芙美子は杏《あんず》形の目を持った美少女で、仲間の数人は彼女に恋慕の情を抱いている。むろん駿雄も以前は同類であったのだが、繁を知った今となっては少し心持ちが違う。何となく余裕めいたものが備わって、芙美子とも落ち着いて言葉を交わせる。

「小学生の頃からの寄席通いだぜ。噺は浴びるほど躰の中に入っている」

「その才は身を助けるわ。いっそ玄人《くろうと》におなりになれば？」

「やめてくれよ。僕は今度こそ一高に入って帝大に進む。博士か大臣になる」

府立一中に受かった時、父がそれは喜んだ。あの、いつだって妙に明るい父が涙ぐみ、洟《はな》を啜《すす》ったのだ。

「将来をそんなふうに考えていらっしゃるのね」

「芙美ちゃんは？」

訊《たず》ねておいて、「ああ」と駿雄は合点《がてん》した。

「今は、見合いで忙しいか」

「まさか。私、お見合いなんてしません」

また何人かが西洋の焼菓子を口に入れながら、こなたを見やった。芙美子の兄が茶碗を皿の上にカチャリと戻した。

「うちの親が難儀してるさ。こいつ、写真も見ずに軒並み断ってしまうんだからな」

「だって」と、芙美子は細い顎を上げた。

「私、二十歳になったら死ぬんだもの」

ギョッとして、芙美子の兄と顔を見合わせた。彼は呆《あき》れたふうに首を横に倒す。

「よせよ、芙美子。悪い冗談で福原の向こうを張ろうったって年季が違わあ。かなわねえぜ」

「ううん。私、本気よ」

美しい唇で自死を宣言している。そういえば、女学生の頃から人を煙《けむ》に巻くような、不思議な物言いをするところがあった。

「芙美ちゃん、何で二十歳になったら死ぬんだい」

駿雄が訊くと、芙美子は目を瞠《みは》るようにして見つめ返してくる。

「二十歳を過ぎたら、もうお婆《ばあ》さんだわ。そんな私を、私は見たくないの」

「死ぬ死ぬと言う奴《やつ》に限って、世に憚るぜ」

駿雄は人差し指を立てて左右に揺らした。やがて、この九月に日本で初めて設立された活動写真会社へと話柄《わへい》が移った。その名も「日本活動写真」という。これまでは、「活動」といえば西洋からの移入品ばかりだったのだ。

「さて、鑑賞に堪えるものが国産で製作できるんだろうか」

誰かが懐疑的に言うと、やけに胸を張る者がいる。

「そりゃあ、大丈夫だろう。我が国はもはや一等国だぜ。活動なんぞ、お茶の子だ」

「入試もお茶の子ならいいんだがな」

「それを言うなよ。お先が真っ暗にならあ」

自嘲《じちょう》めいた笑声が洋間を満たし、駿雄も半分気が重くなりながら盆《ぼん》の窪《くぼ》を掻いた。

「精々、気を入れてお励みになって」

芙美子は笑って八重歯を見せた。この世が退屈なのだと気取ってみせたって、その歯じゃ駄目だ。白く溌溂《はつらつ》としている。

また初夏を迎えた。入試まで、あとひと月だ。

試験に合格するまではもう彼女に会うまい、あの家を訪ねまいと心に決めていた。気分を転換したくなれば友人の家へ向かう。芙美子を交じえて談笑していれば、人の道を踏み外すことだけは免《まぬが》れる。浪人生であるという己の身の上も再確認できた。

駿雄は今日も窓際に置いた机の前に坐っている。ふと、声が聞こえた。振り向けば彼女が湯道具を小脇に抱えていて、祖母に小腰を屈《かが》めている。

「奥さァ、どうしんさった」

「いえ、湯屋に行きたいんですが、あいにく今日はうちのひとが旅行中でございまして、留守番をお願いできないかと存じまして。図々《ずうずう》しいお願いで恐縮でございますが」

何だ、なんだってぇんだ。

動悸《どうき》の音が外に洩れそうで、駿雄は胸を守るかのように半身を前に倒した。

「ああ、近頃は物騒《ぶっそう》にございますけんねえ」

「そうなんですの。先だってもご近所が入られてしまって」

背後から祖母が「駿雄」と呼んだ。

「伊藤さァの留守を守ってやりんさい」

「いや、僕は勉強中だ」

「何を偉そうに。いつも友達と遊び歩いとるくせに。ほれ、たまにはお役に立ちんさい」

「でも。学生さんにお留守番なんぞ、いいのかしら」

彼女はわざとのように遠慮を立てる。

「かまいません、かまいません。ほれ、駿雄、さっさと行かぬか」

「じゃ、よろしく」

繁は先に出て行ったようで、台所にいた継母が前掛けで手を拭いながら駿雄のそばに寄ってきた。その時、すでに本を手にして立ち上がっていた。机の上に広げていた『西洋史』だ。

「私が行こうか」

継母は眉間を曇らせている。彼女を不快に思っているのではないかと察すると、何が何でも俺が行ってやらねばという気持ちになる。

「いや、いいよ。留守番の間も勉強はできる」

本を見せ、わざとゆっくりと下駄をつっかけて階下に下りた。窓から継母が見ているような気がして、肩や背中が強張《こわば》った。彼女の家に上がり、本当に『西洋史』を広げた。むろん、何も頭に入ってこない。彼女がわざわざ足を運んできたことが嬉《うれ》しくてたまらないのに、腹立たしいような思いも行き交う。

窓外の空が赤く染まり始めたことに気づいた時、段梯子を上がる足音が聞こえた。振り向くと、湯上がりの浴衣の彼女が立っていた。胸許から上気している。

「来てくれたのね」

「いや、僕は」

声が掠《かす》れた。彼女に恐る恐る目を合わせると、彼女は切なげに微笑《ほほえ》んだ。

「もう、どうにも」

「どうにも？」

「ええ」と言いながら黙り込む。駿雄は立ち上がり、腕を伸ばして乱暴に引き寄せた。サボンが匂い立つ。唇を重ね、頬や耳や首筋も愛した。

そしてとうとう、閾《いき》を越えた。

最中、鼻の穴の美しさに気がついた。この角度でしか知り得ぬ形だ。

歯止めが利《き》かなくなった。これは重罪だと己を戒めるのに、数日の後にはまた訪れて帯《おび》を解いた。果てた後、素裸に浴衣をはおって話もする。天井を見つめ、時には彼女の崩れた丸髷を撫《な》でながら。

「友達の妹に、面白い子がいるんだ」

「妹？」

芙美子のことをなぜ思い出したのか、それはわからない。何か印象めいたことを話したくて、そうすると、あの言葉が口をついて出た。

「べらぼうな美少女でさ。私、二十歳になったら死ぬんだもの、が口癖なんだ。生きて老いていくことは我慢できぬほど醜いものであるらしい。いや、薄命に見られたくてそう言ってるのかもしれないな。まだネンネだ」

彼女はしばし黙していて、「いいわね」と呟《つぶや》いた。

「私はもう、そんな口癖が似合う季節を過ぎてしまったわ」

「そんなことない」肩を抱き寄せ、額や頬に唇を押しあてた。彼女の息が熱くなり、首筋に腕を回してくる。乳房を持ち上げて乳頭を口に含んだ時、階下で物音がした。はっとして顔を上げた。彼女は気づいていないのか、からめた腕になお力を籠《こ》めてくる。

「駿雄、おるんだろ」

父の声だ。飛び起きた。全裸のまま息を凝らし、耳を澄ませる。

「この下駄はお前の物だ。父さんにはわかる。出てこい。出てくるまで、わしはここを動かんぞ」

張り上げた声は、罪状はもはや明らかだぞと突きつけていた。

荻窪《おぎくぼ》駅で電車を降り、道を歩く。

駅からしばらくは住宅街で、家々の屋根の上には秋の星空が広がっている。夜露の匂いがする。

昨年の末、長年の借家住まいから脱して家を建てた。三歳からの東京暮らしで、借家住まいは当たり前だと思って生きてきたが、女房の弟が小才のきく男で、「高い家賃を払うなんぞ馬鹿馬鹿しい。三年もすれば、自分の家を持てるじゃありませんか」と勧めるので、さして考えもなく「そうか」と重い神輿《みこし》を上げた。

しかし、やれ地鎮祭だ、棟上げだと騒いでいる最中に武蔵野館が面倒なことになった。地主である三越から追い立てを喰らい、移転せざるを得なくなったのだ。結句、別の場所に新築することになり、今年の十二月から新武蔵野館として興行を行なうことで結着した。

休館している間は、思い切って羽を休めようかとの考えがチラリと過った。ここいらで人生の息継ぎも悪くねえな。縁側の陽溜《ひだ》まりで読書に明け暮れ、時には庭に下りて土いじりもしようか。

物心ついた頃からなぜか花癖《かへき》があり、庭の一隅にある花壇に鳳仙花《ほうせんか》の種を少しばかり蒔《ま》いたり、今から思えばヒヨヒヨと貧相なダリアの苗を父に買ってもらって植えたりしていた。中学生になれば課目に「植物」というのがあって、その時間は待ち遠しかった。だが我が身をハタと顧みれば、家の新築で借金を抱えたばかりだ。長女は小学生、その下の双子はまだ幼い。晴耕雨読の暮らしは望むべくもなく、古巣である赤坂葵館や神楽坂の牛込館で出演料を得ている。

今日もさんざっぱら説明をして楽屋で呑《の》んで、だが珍しく日付が変わらぬうちに家路についた。子供たちはもう寝ているだろうが、妻はエプロンをつけたまま編み物をしているだろう。着物に着替えて久しぶりに居間でくつろぎ、洋酒の杯を傾けよう。

ズボンのポケットに手を入れ、ゆっくりと歩く。

始まりは十五年前、そう、十五年前だ。

あんのじょう、二度目の一高入試も不成功に終わった。ひと月前に彼女との情事が父の知るところとなり、駿雄は引き摺られるようにして家に連れ戻された。継母のタケが心配げに心を砕いているのが露わで、けれど祖母は何も知らぬ様子だった。その夜は父は一言も口をきかず、翌日、伊藤家に出向いて抗議したらしかった。夫はまだ不在であった。それは祖母と継母が湯屋に出かけた最中に、父から聞かされたことだ。

「あの女房、私が不心得でございましたと詫《わ》びおった。当然じゃ。受験生を誘惑して深間《ふかま》にはまるなど、下手をすれば新聞沙汰《ざた》の醜聞ぞ」

「あの人が悪いんじゃない。僕が好きになった」

言い終わらぬうち、父の大きな掌に顔を張られていた。左の耳ごと潰《つぶ》されるかのような力で、躰が斜めに崩れた。

「他人様《ひとさま》の女房に手を出しておいて、好きも惚《ほ》れたもあるもんか」

父は両膝立ちになり、唾を飛ばした。白目の血管が幾筋も走って、倅《せがれ》をひたと睨みつけていた。

母が出奔した時、我が子はまだ幼かったのだ。ゆえにケロリと明るかった。酒に逃げもせず、父はひたすら働いて一家を営み続けた。そして、末は博士か大臣かと期待を懸けた息子が密通事件を起こした。

駿雄は再々度の受験を決意した。ただ、父を裏切った手前、学資は己で稼がねばなるまいと考えた。寄席の噺家なら夜だけ働くことができる。昼間は今度こそ、勉強に身を入れる。彼女と縁を切る。

恵智十へ出向き、敬っていた師匠に弟子入りを願って直談判《じかだんぱん》した。

坊っちゃん、噺家ってもなァ気楽な稼業《かぎょう》に見えて、なかなか苦労ですぜ。辛抱できやすか。

駿雄はそれこそ命懸けで精進すると肚《はら》を括り、師匠も「なら、おいでなさい」と言ってくれた。ところが父が承知しない。

「寄席が悪いというわけじゃない。だが、わしは政党の事務方だ。何かと頭の硬いお歴々が出入りする事務所に詰めている。自慢の一中生だった倅がいつのまにか他人様に笑われる稼業に転じたとあっちゃ、具合が悪い」

「だから、夜だけだ」

「電気が点《つ》いている。顔は晒《さら》すだろう。この界隈では、すぐに面が割れる」

「そんなこと言ったって、昼間勉強をして夜だけ働ける稼業はなかなかないよ。喋《しゃべ》ることくらいしか、すぐにできそうなことが他にないんだ」

己のしでかした事件が発端だというのに、一人前の苦学生のような口をきいた。父はそれを責めもせず、事件などなかったかのように触れない。

「なら、活動の弁士はどうだ。あれなら暗がりの中で喋るだけだろう。顔がわからない」

「そいつぁ名案」

父子《おやこ》で久しぶりに笑った。

それからは無我夢中だった。初舞台では声がいっこう出せずに「引っ込め」と客に怒鳴られ、館の事情やら人間関係やらがウジャウジャと混み合って大阪、秋田の小屋を転々とし、やがて東京に舞い戻った。弁士として芽が出たのは、米国の活動写真「シビリゼーション」の説明だった。

駿雄は葵館の主任弁士、徳川夢声になった。

大正四年の暮れのある日、祖母が「気の毒にのう」と言った。

「頑張っとりんさったのに、借金がえろう嵩《かさ》んで、その返済も万策尽きたんだと」

祖母は郷里の遠縁との文のやりとりで、それを知ったようだ。

繁と治輔夫婦が事業に見切りをつけ、郷里の津和野に帰ったという。駿雄は驚いて、

「帰った？」と声が大きくなった。

「祖母《ばあ》ちゃん、本当かい。先《せん》に、葵館で二人を見かけたぜ」

「見かけたって、葵館を訪ねてきたのか」

父が不安げな目をしたので、平静な面持ちを繕う。

「御大典《ごたいてん》のニュースだよ。あれを夫婦で観《み》ていた」

十一月十日に今上天皇の即位の大礼が行なわれ、その様子がニュース写真として葵館で掛けられた。説明を担当したのは徳川夢声、駿雄だ。舞台に上がる前、いつものように幕の袖からその日の客入りを確かめていた。

細面の、さらに頬がこけたご亭主と並んで、丸髷の彼女が坐っていた。すぐに気がついた。目を惹く容貌《ようぼう》は以前と変わりがなく、前の座席の男らが後ろを振り向いて何やら囁《ささや》き合っている。夫婦もむろん駿雄に気づいたはずだ。暗がりの中で喋るだけだと父は決め込んでいたが、まずは煌々《こうこう》と灯《とも》した照明の下に躍り出て、弁士としての自己紹介と前説明を行なうのが尋常だ。顔を晒す。

駿雄は彼女に目を合わせて声を発した。

お待たせいたしました。これよりご覧に入れまするは、今上陛下の世紀の御大典。

「説明は私、徳川夢声が相務めまする」

照明がパッと落ちて説明を始めても、割り切れぬ思いだけが渦巻いていた。この夫婦め、いったいどういう気だ。まったく心の通じ合わぬ歳月も長いというのに、仲良く活動見物か。

そうか、あれが東京暮らしの最後であったのかと、駿雄は火鉢に手をかざした。ようやく、己の犯した罪から解き放たれたような気がした。

彼女が再び姿を現わしたのは、御大典ニュースから一年と半年ばかり経った頃だ。楽屋を突然訪ねてきた彼女は駿雄の顔を見るなり、いとも懐《なつ》かしげに頬を緩めた。他の弁士や楽士の連中が口笛を吹いて囃《はや》したので、慌てて廊下の隅へと引っ張っていった。我知らず着物の袖ごと腕を摑んでいて、痩《や》せたと思った。

「どうしたんです」

「この近所に住んでるのよ。表町の易者の家に間借りしているの」

わけがわからず、顔が斜めに傾ぐ。

「私、伊藤の家を出たの。夫と別れたの」

道理で、丸髷に結っていない。あれほどたっぷりと重たげであった髪は額の上で膨らみをつけてあるものの、首筋で小さくまとめられている。

「断髪したのよ。また伸びてしまったけれど」

彼女は口許を引き結び、黒目に何かを漲《みなぎ》らせた。

「私、女優になるの。どうでも、決めているの」

駿雄に何も言わせず、顎を引いた。

「ごめんなさい、お邪魔して。初舞台を踏む時はご案内するわね」

駿雄は半ば呆れて、その後ろ姿を見送った。

本気か。その訛りはどうする。その野暮ったい歩き方は。踊りも唄も、師匠についたことがないだろう。

まして、あなたはもう二十七のはずだ。いったい、どうやって。

無闇《むやみ》な夢だと思ったのだ。まさか本当になるなど予想もしなかった。

家並みの途切れた向こうでは、田畑の合間に残る雑木の林が黒々と樹冠を広げている。またも彼女のことに考えが戻る。

彼女は女優になりおおせた。己の肉を剝いででも、出たい場所に出た。

俺とは大違いだと笑えば、肩が揺れる。俺は方々で頭を打って、何かに押されるようにして弁士になった。トコロテン弁士だ。

ふと足が止まった。何年ぶりだろう、あの子のことを思い出すのは。芙美子は自ら宣言した通り、数えの二十歳の年の秋、大滝に身を投げて死んだ。駿雄が受験に再び失敗した直後だった。

芙美子の鈴を振るような声に、重なって響く声がある。

私、四十になったら死ぬの。

彼女の口癖だ。あの笄町の借間で古びた天井を見つめながら、銀座のカフェーでグラスを揺らしながら、時に不忍《しのばず》の待合で俯《うつぶ》せになって彼女は唱えていた。低く甘やかな声で、夢見るように。

目を見開いた。もしかしたらと黒い空を仰ぐ。偶然だと思っていた。女というものは自らの運命を決めて実行してしまえる生き物かと、どこかで感嘆すらしていた。

俺はといえば、四年前に二歳の次女を急病で喪《うしな》った時も酩酊《めいてい》して足腰が立たなかった。おかげで、葬儀に出ずに済んだ。可愛い盛りであったあの娘《こ》がこの世からいなくなったなんぞ、どうしても認められなかった。後に双子が生まれた時、「帰ってきた」と思った。有難くて、また呑んだ。

俺はいつも、いつまで経っても弱虫だ。

いや、待て。芙美子のことを話したかもしれない。彼女がまだ細君であった頃、あの家の二階で睦《むつ》み合って寝物語にしたような気がする。

もしかしたら、あの言葉を躰の中に取り込んでしまったのか。

踵《きびす》を返していた。駅前へと足早に引き返し、タクシーの姿を探す。まもなくヘッドライトが駿雄を照らし、扉に手を掛けた。

「銀座だ」

運転手は「かしこまりました」と応え、駿雄は座席に身を沈めた。腕を組み、目を閉じる。

俺は、あんな死に方をする彼女ではないと思いたかった。

もっと劇的に死んでほしかった。

タイヤが石を踏んだのか、尻の下に小さな衝撃があった。

そうよ。

駿雄は顔を上げた。聞こえた。あのアルト。総身が痺れる。けれど彼女はどこにもいない。車はいつものように夜の中を走っている。長息して腕を組み目を閉じた刹那《せつな》、耳朶《じだ》をすっと撫でる風がある。

四十になったら死ぬと決めたのは私よ。

すべて、私がこの手で摑み取った運命なの。

半身をひねり、車内を見回した。目を瞬《しばた》かせ、幾度も息を呑み、腕で額をこする。

袖から何かが膝の上に落ちた。摘《つま》み上げて目を凝らせば枯草だ。妻が丹念にブラシをかけたはずなのに、まだついていたらしい。駿雄はそれを口に放り込んだ。奥歯でしがむ。

まったく、いつぞやのカーチャ亭のせいだ。Nの奴が妙なことを言い出しやがるから。

上下の奥歯を動かしながら窓外へと視線を移した。流れゆく家々の灯を見つめる。

今夜も酔えそうにない。睡眠薬を買える薬局を求めて延々とタクシーを走らせねばなるまい。

イジャラン

新橋駅の手前で車を降り、少し歩くとその仕舞家《しもたや》がある。

通りに面した引戸の磨《す》り硝子《ガラス》部分には白墨で「かゝしや」と、自棄《やけ》のように殴り書きしてある。節の多い板壁にベタベタと貼《は》りつけてあるのは何枚ものビラだ。いずれも同じもので、西洋人と思《おぼ》しき男女の絵が中央に配され、その天地で大仰な飾り文字が踊っている。

上山草人《かみやまそうじん》　近代劇協会第十一回公演　沙翁《しやおう》〈ヴェニスの商人〉　ストリンドベリ〈犠牲〉　大正七年六月　自五日至十四日　於有楽座

一瞥《いちべつ》して、何だ、先月終わったのをまだ貼ってやがると、民治はズボンのポケットからハンケチを取り出した。七月というのに今日は油照りだ。駅前から歩いただけで汗が噴き出している。顔に首筋、パナマを外して頭まで拭《ぬぐ》ってからまたかぶり、硝子戸を引いた。三和土《たたき》には薄汚れた草履や鼻緒の色が去った下駄が六、七人分ほど散乱して、ちびた歯が露《あら》わに裏返しになって何足か重なっている。虫の遺骸に見える。

板間の奥には白髪をひっつめにした婆《ばあ》さんがぺしゃりと坐《すわ》り、煙管《きせる》を遣っている。気配に気づいてか、煙を吐きながら首を伸ばし、「おや」と目尻《めじり》を緩めた。

「内藤先生じゃございませんか。今日は格別、お暑うござんすねえ」

「まったくだ」

いそいそと出てきて、民治のパナマを受け取る。

「売れてるかい」

化粧品を目で指すと、婆さんは「いいえぇ」とパナマを左右に振る。

「さっぱりでござんすよ。何っつったって、かゝしやですから、立ってるのがやっとってね」

「違いない」調子を合わせて笑った。

婆さんは座布団《ざぶとん》を裏返して差し出し、「少々お待ちくださいまし」と二階へ上がっていく。民治は座布団を好かぬので、左手の窓際《まどぎわ》に置かれた籐椅子《とういす》に近づいて麻のジャケッツを脱いだ。内ポケットから葉巻を抜いてジャケッツを籐椅子の上に放り投げ、襯衣《シャツ》の袖《そで》を肘《ひじ》までたくし上げる。

婆さんの煙草盆《たばこぼん》の前に片膝《かたひざ》をついて火種を借り、窓際に戻った。立ったまま煙をくゆらせ、板間を見回す。雨戸を裏返したような台に大小の化粧品の瓶が並んでいる。陳列台のつもりだろうが、どことなく埃《ほこり》っぽい。

昨今の新劇ブウムを支える劇団の一つ、この近代劇協会の主宰者は上山草人といい、興行主であり俳優でもある。そして副業が化粧品を製造販売する、かゝしやだ。舞台化粧用の品であるので客の数も知れていように、何年か前に「浦路《うらじ》まゆずみ」なる眉墨《まゆずみ》が人気を集めて大いに儲《もう》けた。舞台人のみならず花柳界の女らにもウケたのだろうが、彼はその成功で味をしめたと見え、新商品開発に余念がない。

今では協会や草人を指すのに、「かゝしや」が符牒《ふちょう》になっているほどだ。むろん副業を蔑《さげす》んでの言だが、誰かがそれに憤慨してやると、

役者たる者さ、屋号で呼ばれて一人前でねぇが。

宮城訛《なま》りの高い声で嘯《うそぶ》いたらしい。

新劇であるにもかかわらず、結句は旧派の歌舞伎《かぶき》を引き合いに出す。お里が知れるね。

劇評家らが呆《あき》れるのを耳にしたが、べつだん奇妙な言だとは思わなかった。草人は主義に反しようが矛盾しようが、居直る時は何だって使う鉄面皮《てつめんぴ》だ。

ただ、かゝしやは近代工場など持っていないので、すべて手製だ。しかも草人はア

イデアを出すだけで、七輪の前にしゃがんで怪しい物を調合して煮るのは妻女の浦路が役目だ。草人は何でも妻女におっつける。

立ったまま窓外に顔を回《めぐ》らせば、隣家の塀との間に古い柿《かき》の木がある。厚い丈夫な葉はそよとも揺れず、なお暑くなる。

異国の果実屋や市場でこの木の朱《あか》い実を目にした時は、何とも懐《なつ》かしかったものだ。柿は東アジアの中国や日本が原産で、ヨーロッパには旧幕時代にすでに渡っていたらしく、アメリカには明治期と聞いた。ゆえにいずこでも品名は「kaki」だ。郷里の新潟ではほとんどが渋柿だったけれども、村のどの木に登って実を落とそうが、民治は誰にも叱《しか》られたことがなかった。生家は大地主、村人のほとんどが生家の小作人だったからだ。

頭上の天井が揺れ、荒い物音がする。葉巻を咥《くわ》えながら、やれやれと肩をすくめた。草人め、俺の来訪を婆さんから聞いた途端、本意気《ほんいき》を出し始めやがった。

「やい、もっとインスピレーションさ働《はだら》かさねが」

怒号が埃と共に落ちてくる。事情を知らねば、「やい、もっと金目の物を出さねが」と恫喝《どうかつ》する押し込み強盗と区別がつかないだろう。

「出し惜しみするでねぇぞ」

やはりそうだと苦笑しながら窓枠に凭《もた》れ、脚を交差させる。

「稽古《けいこ》でやれねぇもんが、板の上でできるわけがねぇんだ」

仰《おお》せの通り、ふだんできぬことが舞台の上でできるはずもないと、うなずく。階段を下りてきた婆さんは民治に向かって、鳩《はと》のように顎《あご》を突き出した。

「申し訳ございませんが、しばらく時を頂戴《ちょうだい》します。何しろ、うちの先生ときたら、マッチ棒の頭に火をつけたらば芯《しん》まで焼き尽くさないと気が済まねえお人にござんして」

「心得てるよ」

今さら草人の荒稽古に驚かぬし、こうして待たせる図太さも嫌いではない。

まるで、俺が金繰りを頼みにきた人間みたいだな。

この逆転が笑劇のようで、ロシアで観《み》た舞台を思い起こさせる。

近代劇協会にはこれまでも、小さな事業なら三つは興《おこ》せるだろう額をパトロネージしてきた。今日も乞《こ》われて百円ほどを持参しているのだ。しかし草人は開き直っている。この諧謔《かいぎゃく》がわからぬ人間に、金なんぞ頼んでやるものか、と。

民治が十一年ぶりに母国の土を踏んだのは昨大正六年で、執筆業や選挙参謀、その他、裏表のある稼業《かぎょう》をいくつか経て中外社を興した。日本にも真に自由な言論の場を作りたかったのだ。民治は念願の「中外」なる総合雑誌を創刊した。社には瞬《また》く間に作家や詩人、評論家が出入りするようになり、そのうちの一人が草人だ。

小説家志望だった草人は父親の友人である犬養毅《いぬかいつよし》邸に下宿し、学業よりもテニスに熱中するうち川上音二郎《かわかみおとじろう》の芝居の新しさに共感した、というのが本人の弁だ。小説や戯曲を書くよりも自身が演《や》る方に軸足を移したわけだが、筆を放擲《ほうてき》したわけではないらしい。小説家との交誼も広く、とくに谷崎潤一郎とは相当に親しい間柄で、谷崎はこの二階の稽古場にもしばしば足を運んで泊まることもあるようだ。

おかげでこの夏、「中外」八月号は谷崎の小説『ちひさな王国』を目玉にすることができた。草人の引き合わせによるものだ。

今のところ「中外」は知識階級のための良誌として評価を得ており、生田長江《いくたちょうこう》が初めて手がけた戯曲『円光』、そしてジャック・ロンドンの『野性の呼聲《よびごえ》』も日本で初めて掲載した。翻訳は、日本の社会主義の指導者たる堺利彦だ。

「チンケな思い込みで役を解釈すんでねえ」

また天井の上で足を踏み鳴らすような激しい音がして、勝手から小盆を持って出てきた婆さんが眼玉を上に向けている。麦湯の茶碗《ちゃわん》を受け取り、民治も一緒になって見上げる。

「お前ぇのせいで芝居のすべてが台無しっちゃ。俺はチェホフに恥ずかしいぞ」

女が詫《わ》びるように何か叫んでいるが、よく聞こえない。

「しごかれているのは浦路さんかい」

「いいえ、最近は珊瑚《さんご》さんですよ。まだお若いし、ポチャポチャと肉置《ししお》きのいい人でございましょう。それが先生のお気に障《さわ》るらしくて、その贅肉は何だっつって鞭《むち》でお叩《たた》きになるんです」

上山珊瑚は浦路の妹で、衣川孔雀《きぬがわくじゃく》が退団した後にデビュウし、先月の公演では新聞でも「将来有望」との評を得ていた。

「女優に鞭を遣うのか」

「さいです。こんな贅肉のあるうちは駄目だ、神経ばかりになれって、珊瑚さんの脇《わき》腹《ばら》の脂《あぶら》がのったところに、ビシリと」

婆さんは小盆を振り上げ、民治の腹を目がけて斬《き》り下げるような動作をした。素性は知らぬが、時々、群衆のエキストラで舞台に出ているのを観たことがある。とはいえ、ここで店番をさせられているのだから女優志願者ではないのだろう。

近代国家になりおおせたはずの日本だが、芸術は未《いま》だ発展途上だ。とくに新劇界では慢性的な女優不足で、台詞《せりふ》のない端役《はやく》には周囲の者が、こんな婆さんでも駆り出される。

「ねえさん、巧《うま》いもんだ。殺陣《たて》もできるのかい」

「新派の素手の立ち回りなんぞ、好きでよく観てましたからねえ。わっちの若い頃は、芸に真摯《しんし》な役者が多うござんした」

頬をぽっと赤らめた。これは艶聞《えんぶん》の一つや二つは持っていそうだと口を開きかけると階段で騒がしい音がして、若者らが連なって下りてきた。

見覚えのある団員や研究生が何人もいて、民治に気づいた者は「いらっしゃい」と頭を下げて三和土の下駄に足を入れる。硝子戸を開け放しにしたまま四、五人が出て、外でフワアと伸びをしたり、稽古のきつさを愚痴《ぐち》る声も筒抜けだ。

「ロシア人の気持ちになれと言われたって、わかるわけないよ。だいいち、うちの親《おや》父《じ》は日露の戦で片足をやられてんだぜ。露助《ろすけ》に」

「そんなことを言い出したら、貴族や大地主や成り上がりの商人の気持ちもわかるはずがないことになる。要は理解力だ」

「僕の理解が足りないと言うのか」

「流暢《りゅうちょう》にやり過ぎなんだよ。上山先生はいつもおっしゃってるじゃないか。俳優の個性が舞台にそのまま現れては醜いものだって」

「利《き》いた風な口をきく。毎度、同じ台詞でトチりやがって、一度くらい流暢にやってみろ」

「違う、あれは抑揚を確認しているだけだ」

年長らしき声が「やめろ、やめろ」と、割って入る。

「ともかく飯だ。空《す》きっ腹では議論にならん」

ズボンのポケットから懐中時計を出して目を落とせば、午後の三時に近い。昼飯抜きで稽古していたようだ。

「今日、どこで喰う？」

「貴族食堂に決まってるだろう」と応《こた》えた若者が少し引き返し、戸口の中に顔だけを入れた。

「みんな、貴族食堂に集合だ」

まだ三和土に下りるか下りないかくらいの女らに告げると、「そんなの、この近辺にできたの？どこよ、そこ」と訊《き》く者がいる。背中から腰にかけてたっぷりとしていて、物腰も鷹揚《おうよう》だ。

「んもう、珊瑚さんは鈍いわねえ。いつもの、あすこのことじゃないの」

仲間に顎で示され、「なあんだ」と口を尖《とが》らせながら通りへと出ていく。やはり浦路の妹、上山珊瑚らしい。

少し遅れてまた一人、女が板間に下り立った。着物は白地に飛絣《とびがすり》の上布《じょうふ》で、帯は緑がかった薄鼠色《うすねずいろ》の博多《はかた》だ。仕立てて随分と年月を経ているようだが、上物であることは民治にもわかる。色柄から見てさほど若くはない女だ。

それにしても着崩れがひどい。襟が開いて裾《すそ》が広がり、帯は斜めだ。髷《まげ》も歪《ゆが》み、毛タボがはみ出ている。女は手の甲を顔に当てたまま履物に足を入れているので、横顔が見えない。

「伊澤さん、貴族食堂にいらっしゃる？」

「貴族」と女は呟《つぶや》き、「ええ、もちろん伺ってよ」と即座に返した。

「だって、私、今日はラネフスカヤ夫人だもの」

剽《ひょう》げながら、また細い指先を頰に当て、そして頭を動かした。まるで民治の視線に引っ張られたかのようだ。

女は「あ」という顔をした。くっきりと切れ込んだ瞳《ひとみ》の、その目頭で透明の玉が膨らんでいる。彼女は仲間に対して笑って応えながら、滴《したた》り落ちる液体を指先で摑《つか》み取ろうとしていた、その最中だったらしい。

涙の一筋を拭うのではなく、「コン畜生」とばかりに摑んで捨てる。

そんな所作に見えた。が、女はすぐさま表情をつくろって腰を屈《かが》め、少し顎を引いた。

「いらっしゃいませ」

低い、響きのある声だ。仲間とのやりとりとは別の、板の上で発したかのように聞こえる。女はゆるりと踵《きびす》を回して外へ踏み出し、静かに硝子戸を閉めた。

民治は腕組みをしたまま、窓から顔を出してみた。

通りを挟んだ向かい側に「平民食堂」と看板を掲げた店が見えた。女は早足でそこに向かっている。

草人が階段を下りてきた。

蜘蛛《くも》の巣を花火のように染め散らした単衣《ひとえ》に濃鼠《こいねず》の兵児帯《へこおび》を締め、絽羽織《ろばおり》までつけているので、おそらく二階で着替えてきたのだろう。

「やあ、暑いね」

待たせたとも詫びずに暢気《のんき》な言いようだ。民治も手を上げて応える。

「ひと雨、来ねがな。二階はまったく煉獄《れんごく》っちゃ」

草人は狂人めいた荒稽古と、私生活のスキャンダルで知られている。

俳優、女優は新劇の劇団同士で貸し借りし合うことが多いが、草人はよその舞台に立つことを誰にも許さない。入団時には証文まで入れさせている。異様ともいえる証文好きなのだ。そして女が好きだ。かつて愛人であった衣川孔雀とは妻との三人共同生活を営み、それもこれも孔雀に浮気されるのが厭《いや》さに妻に打ち明け、強引に家に引き入れたようなものだったらしい。それでも毎日のように孔雀に愛を誓わせ、血判書《けっぱんしょ》を取った。

民治が帰国する前のことで真偽はわからぬが、草人ならやりかねない。偏狭で執着心が強いのだ。誰のことも信じていないのだろう。

だが野卑《やひ》な面貌《めんぼう》ではない。鬚《ひげ》をたくわえた顎の線は鋭く、いつも見開いた眼は奇妙なほど澄んでいる。対面した者の落ち着きを失わせるのは黒が過ぎる眉で、これでもかと強調した山形だ。浦路まゆずみの最大の愛用者は草人自身らしい。

「おふみさん、団扇《うちわ》」

婆さんに命じて座布団に腰を下ろしかけ、窓辺の民治を見やる。

「何だ、内藤さんにも出してねぇじゃないか」

「今朝、煮出したのをお出ししましたよ」

勝手から、婆さんが声だけで返事をする。

「麦湯じゃねえ。団扇さ、団扇」

化粧品を並べた台の下をまさぐりながら、語尾はスタッカートだ。「おお、あった、あった」と二本を取り出し、一本をひょいと民治に投げてよこした。民治は軸を持ち、

「近頃、やってるのか」と所作で示して訊いた。

「何だね、それ」と、板間に胡坐《あぐら》を組んだ草人は盛んに団扇を遣う。

「テニスだよ」

「駄目、駄目、そんな腕の動かし方、とてもテニスには見えねっちゃ。精々がベエスボールの素振りだな。しかもボールの芯を捕えそこねでる」

民治は籐椅子の上に置いたジャケッツの内ポケットから洋封筒を取り出し、「ひどい言いようだ」と抗議しながら草人に渡す。草人は黙ってそれを受け取って懐《ふところ》にするりと仕舞い、にんまりと民治を見上げる。

「銀座、行くか」

まるで己がパトロンのような台詞だ。

「行ってもいいが、稽古があるだろう」

「なあに、終日《ひねもす》俺が付いてちゃ己で工夫しねぇようになる。しごきにしごいて刺激して、後は自分たちで好きにやらせるのっしゃ。公園や川縁なんぞでね。夜はみんな、

仕事もあるしね」

「仕事って、公演のある日はどうしてるんだ。休めるのか」

「いや、内職を仕事と言ってるのっしゃ。もしくはセブン屋通い」

「皆、よく続くなあ」

「先だって初舞台を踏ませた女がいるんだが、最初に甘ぇことを言わずに、むしろ散々に脅しつけてやったよ」

草人は団扇を遣いながら、「いいが？」と言った。

「俳優ってものは外から見てるほど楽な職業ではねぇんだ」

女優志望者が目の前にいるかのように語っている。黙って耳を傾けるうち、いつだったか、赤坂の料亭で耳にした噂《うわさ》を思い出した。

貧乏が当たり前の新劇界にあって、島村抱月《しまむらほうげつ》の藝術座《げいじゅつざ》だけは別格であるらしい。役者に飯の心配をさせないらしいのだ。上演の有無にかかわらず月俸が支給され、上演時には役柄とキャリアによってさらに日俸が上乗せされる。舞台の仕込みやバラシも役者らの仕事ではあるが、これを受け持った者にはさらに手当が加算されるという。

巡業に出たらば、アゴ、アシ、マクラのお手当もあるらしいんですのよ。女将《おかみ》が熱心に持ち上げるので、「なら、君も藝術座に入ればいい」と同席していた銀行家がからかった。「じゃ、あたしもひとつ、隆鼻術《りゅうびじゅつ》を受けますか」と、女将は己の鼻先を摘《つ》まんだ。

藝術座の看板女優、松井須磨子は『復活』のカチューシャが当たり役となり、日本人の誰もが知る女優の第二号となった。第一号は川上音二郎が率いた一座の貞奴《さだやっこ》だ。そしてトルストイの小説『復活』を劇として脚色した嚆矢《こうし》も抱月ではなく、フランスのアンリ・バタイユだ。その成功を受けてビアボム・ツリーが英訳し、ロンドンの陛下座で掛けた。抱月はその英訳の舞台を留学先のロンドンで観たらしい。彼は原作小説とバタイユの脚本、それに少しく手を加えたツリーの脚本、この三本を元にし、さらに日本の観客の気質を考慮して再脚色を施した。

民治はその台本を目にしたことがあるので、抱月が以上の経緯を「緒言」として真率に記したことを知っている。そして緒言の末尾において、他の配役は未定であるが主役のカチューシャは松井須磨子であると明言していた。須磨子を念頭に置いて、カチューシャを造形したのではあるまいか。初演は大正三年、帝國劇場だ。劇中歌の『カチューシャの唄《うた》』は大流行となり、レコードにも吹き込まれた。

カチューシャかはいや　別れのつらさ
せめて淡雪とけぬ間と、神にねがひをかけましょか民治の耳には、『復活』とはまったく無縁の音律に聞こえた。ロシアの民謡というより、日本の小唄、端唄《はうた》の節回しに近い。しかし日本人にとっては、まさに胸を引き絞られる旋律であった。

藝術座は日本のどこで公演を打っても大入りで、大正四年にはウラジオストオクに渡り、向こうの劇団と共にプーシキン劇場で合同公演を果たしたという。つまるところ、抱月は経営手腕に優れているのだろう。ゆえに藝術座は日本で唯一《ゆいいつ》、喰える劇団であり続けている。

生憎《あいにく》だが草人には抱月のような手腕がない。劇団の経営はかくあるべし、という理念もだ。

当たれば極楽、そうでなけりゃいつでも地獄。一か八かの大勝負。

草人は常にその切羽《せっぱ》で生きている。ゆえに民治は援《たす》ける。古今東西、芸術のパトロネージは財を持つ者の務めだ。矜《ほこ》りだ。これを失えば、金持ちは欲の革袋に過ぎない。

「虚栄心の強い者はまず根本的に不適当だと、僕は彼女に言うたのっしゃ。意地悪でねえよ、親切心からだ。貧乏に悠々と耐えて芸術への努力を続けられる者でなければ、こんな稼業、とてもじゃねえが続かねえ。大丈夫ですか、あなたは。大丈夫？　そうかなあ、皆、最初は己の将来を輝かしく信じて何でもできると口吻《こうふん》も熱いっちゃ。けど五年続く者は百人に一人、十年続く者の率はもっと低い」

稽古でさんざん呶鳴《どな》って、よくもまたこうも喋《しゃべ》るものだ。が、草人の声はやはり際立っている。さほど口を動かさずとも音が出るので、声帯に何か仕込んでいるかのようで不気味なほどだ。

「しかも芝居は一人では成立しねぇもんだ。他人に交じわって、一個の芸術を成し遂げんとする志、協調の心も大切でねぇが。そう、そうだ。舞台人たる者、己の躰《からだ》は自身だけのものではないと心得よ、芸術にすべてを解放すべし、だ。ゆえに、平素の修養もおさおさ怠るべからず」

「平素の修養ねぇ」

皮肉を見舞ってやったが、草人は澄ましている。

「ご内儀は？」

「そのうち下りてくるだろう。何をやらせても丁寧なのはいいが、間に合わない丁寧ってのは愚図より苛々《いらいら》させられる。おい、俺たち、ちょいと出かけるぞ」

ほどなく、草人の妻が階段下に下り立った。

この近代劇協会の看板女優、山川浦路《やまかわ》だ。日本の女性としては大柄で、背丈は五尺半ほどもあろうか。外国人に引けを取らぬ色白の肌を持ち、ゆえに草人は陰で「白象」と呼んでいる。だが顔立ちは彫りが深く、英語も堪能だ。米国暮らしの長かった民治が舌を巻くほどの発音と語彙《ごい》で、父親が著名な鉱物学者だと聞いたので、幼い頃から外国人の家庭教師でもつけられていたのだろう。琴やピアノ、声楽、観世《かんぜ》流の謡《うたい》も能《よ》くするらしい。しかし今は三十を過ぎ、夜っぴて焙烙鍋《ほうろくなべ》をかき回して松脂《まつやに》のごとき代物《しろもの》を作っている。

浦路は伏し目がちに陳列台の背後を抜け、草人の斜め後ろで膝を畳んだ。頭はこれも草人考案の「女優髷」だ。

「先生、いらっしゃいませ」

顔を上げた途端、民治は腕組みを解《ほど》いていた。額の左側が四谷怪談のごとく赤く腫《は》れ上がり、右の瞼《まぶた》も腫れて半分ほど塞《ふさ》がっている。思わず英語で訊《たず》ねた。

「また、やられたんですか」

「いつもの荒稽古でございますよ」

浦路も英語で返してくる。しかし夫の背中につと視線を這《は》わせ、声を低めた。

「夫が気を損ないますので、どうぞ日本語で願います」

「わかってますよ」と返した。草人の額で脈を搏《う》ちかけている青筋を、目の端で捉《とら》えている。

「しかし、これだけは伝えておきます。あなたも、いかんのだ。あなたが堪えれば堪えるほど彼は増長する。少しはご自分の身を大事になさったらどうなんです。舞台人たる者、己の躰は自身だけのものではないのでしょう?」

浦路は草人の浮気と暴力、一時は愛人との同居生活にも耐え、火の車である協会と化粧品商いを切り盛りしてきた。しかもその間、孕《はら》んでは産んでいる。実家に預けたり養子にやるなどして、おそらく七、八人は子があるはずだ。草人は愛人にも子を産ませている。ともかく方々で子種を播《ま》く。

「よもや、彼に尽くすのが己の本分だと思ってやしないでしょうな」

「いえ、私のことはどうぞおかまいなく」

草人と浦路は両人とも母親が正妻ではなく、つまり外腹《ほかばら》の子だ。だが本宅に引き取られて真っ当な教育を受けたので、親がおらずとも子は育つものと甘く考えているフシがある。草人は本宅では随分と酷な扱いを受けた、父からも義母からも愛されたことがないと酔いにまかせて話したことがあるが、それで己の非道が割り引かれるものでもない。

「おい、俺の女房と何を会話している」

草人がとうとう声を尖らせた。

「そんなこと、亭主に言うわけがない」民治は籐椅子からジャケッツを持ち上げ、腕に掛けた。

「なんでだ、なぜ言えねえんだ」

「口説《くど》いてたからだよ。ご亭主に愛想が尽きたら、ぜひ中外社にいらっしゃいとね。浦路さんなら、充分、文筆家としてやっていける。翻訳でもいい」

板間をつかつかと突っ切ると、夫妻は二人とも間の抜けた面《つら》で見上げていた。

「どうしたんだ、帰っちまうのか」

「ああ、夕方に約束があるのを思い出した」

「銀座は」

「君だけで行きたまえ」

草人は無防備にも幼い素朴さを剝《む》き出《だ》しにしていて、たまにこんな顔をするから俺も浦路も見捨てられぬのだろう。靴に爪先《つまさき》を入れ、中腰のまま三和土を見回した。どう見ても靴篦《くつべら》を置いていなさそうなので、指を使う。

「じゃ、また」

「ああ、また」と、景気の悪い顔つきをする。民治が一緒でなければ帳面で呑《の》めぬので、河岸《かし》を変えるに違いない。

「浦路さん、さっきの話、真剣に考えておいてくださいよ」

「ええ」と、浦路は曖昧《あいまい》な辞儀をした。なるほど、少し象に似ているかもしれない。野生ではなく、象遣いに飼い馴《な》らされた白象だ。まったく、これほどの容姿と語学力を持ちながら女性ゆえに抑圧されているとは。腹立たしさというよりも民治は惜しいのだった。惜しくて残念だ。

「いや、その前に俺だ。俺の原稿を先に載せてけろ」

また妻を押しのけて前に出ようとする。

「いい原稿なら、いつでも歓迎するよ」

溜息《ためいき》と共に返して外に出て、新橋駅に向かう。陽射《ひざ》しはもうやわらいでいる。社に戻ろうか、それともこの足で呑みに行こうかと思いながら歩く。

何ということもなく振り返ると、平民食堂の暖簾《のれん》が見えた。人の出入りはなく、ひっそりと佇《たたず》んでいる。


椅子から立ち上がり、若い編集部員を呼んだ。

「こんな甘い見解、論とも言えん。引用の仕方も蕪雑《ぶざつ》に過ぎる」

デスクの上に広げた原稿用紙を指で弾《はじ》き、背後の洋服掛けからジャケッツを下ろした。袖に右腕を入れたところで、また視線が絡《から》んだ。先月、八月に入社したばかりの女性社員と、なぜか目が合うような気がする。だが彼女はすぐさま視線を剝《は》がし、デスクへ上品に肘を置き直す。いつもこうだ。

「これは書き直させろ」

「ボツにするんですか」若造は首筋に手をやった。

「こんなもの、方々の論を摘まんで体《てい》よく整えただけじゃないか。この原稿のどこに彼の卓見がある。これを載せたら見識を疑われるのはうちだ、中外だ」

「彼、鼻っ柱が強いからなあ。今、売り出し中でひどく忙しいらしいから、書き直しに応じるかどうかわかりませんよ」

「俺の名を出せ。こんな片手間仕事をするんなら寄稿は二度と結構だと、伝えろ」

「勘弁してくださいよ。前渡しした稿料を返してもらうの、骨が折れるんですから」

民治は「中外」の編集において、先に稿料を渡す決まりを通している。一行もよこさぬままドロンする作家、評論家もいないではないが、後発の雑誌としてはこのくらいの狼煙《のろし》を上げねば兵隊を集められなかった。この方法が間違いでなかったことは、現在の執筆陣の顔ぶれと部数の伸びで知れる。

「稿料なんぞ、くれてやる」

若造は書き直しを命じるのがよほど気鬱《きうつ》なのか、渋々と席へ戻っていく。

ジャケッツの肩や前を整え、中折れ帽と書類鞄《かばん》を手にした。

編集部を見渡す。ここは二階建ての洋館に手を入れた建物で、天井には手斧《ちょうな》をかけた跡を残した梁《はり》が並行して何本も通っている。そこからペンダント状の照明器具をずらりと吊《つ》るしてあるので、夜はなかなかの美しさだ。ことに表の坂道から木々の枝越しに二階を見上げれば、瑞西《スイス》の山荘の窓を思わせる。

民治はこの二階の編集部内にデスクを持つだけでなく、一階の応接室の奥に書斎を持っている。しかし滅多とそこに籠《こ》もる時間がなく、出張で用いるトランクと書籍が山積みだ。中外社の経営以外に別の事業もいくつか手がけており、政治家や実業家と会うのも重要な仕事である。

「行ってくる。今日は直帰だ」

ゆえに外出先を明かさないし、部員らも心得ている。

「行ってらっしゃい」

部員らの声に、女性のアルトが交じって響く。新聞社や雑誌社はほとんどが男の職場で、逆に女性向けの雑誌編集部では束髪《そくはつ》の婦人記者が大半だ。男ばかりの編集部に女が一人というシチュエーションは彼女も居づらかろうが、部員らも落ち着かぬのだ。

女優という別世界の人間が机を挟んで向こうに坐り、ペンを走らせている。といっても、いきなり記事が書けるわけもなく、原稿を印刷所に入れるための浄書仕事を担当させている。

また視線を感じたが振り向きもせず、階段を駈《か》け下りた。坂道の下の往来でタクシーに乗り、「帝國ホテル」と行き先を告げる。

シートの横に投げ出した鞄と帽子に目をやり、そうだ、帽子だと思った。

先々月だったか、近代劇協会に金子《きんす》を持って行った日、あの日は白いパナマだったが、それを忘れて帰ったのだ。草人が珍しく、この溜池《ためいけ》町まで届けにきた。

「やけに親切だな。後が怖い」

応接室でからかえば、草人はソファに腰を下ろすなり「じつは」と切り出す。民治は葉巻を挟んだ手を顔前で立てた。

「金子の工面はしばらく勘弁してくれよ。今、うちの資金繰りも綱渡りの最中だ」

「いや、今回は山吹の話じゃねえ。泣きつかれて、俺も難渋してるのっしゃ」

女の後始末かと察しをつけて、なおうんざりと脚を組んだ。

「二月の末頃からうちの研究生になった新米なんだがね。女優になりたい一心で、亭主や子と別れてまで上京したというから、それなりの蓄えを持っていると思うでねぇか。自慢じゃないが、新劇の役者なんぞ本物の貧乏人ではやれねえものだ。うちの連中も一銭飯をかっ込んではいるが、齧《かじ》る親の脛《すね》はある。そのくらいは承知でこの世界に飛び込んだのだろうと、俺も思い込んでいた。しかも親戚《しんせき》に昔、通信社の重役だったというのがいて、その縁故で藝術座への紹介状は持っていたと言うのっしゃ」

「で、藝術座で門前払いを喰らって、かゝしやを志願か」

「無礼な」草人は目玉をひん剝いた。今日は眉を描いておらず、服装も尋常な洋装だ。そのまま怒り出すかと思えば、「それが」と自ら話柄《わへい》を戻した。

「藝術座にはどうも足が向かず、気がついたらうちの硝子戸の前に立ってたと言うのっしゃ。私が生きるべき場所はここしかないと、しばし胸を一杯にして立ち尽くしたんだとさ」

浦路まゆずみの宣伝ビラがベタベタと貼られた、あんな汚い入り口の何にそうも惹《ひ》かれたのか、まったく理解できない。

「で、フラリと二階に上がってきた。えらく思いつめた顔をしてな」

「芝居を始める前から芝居めいている」

思わず笑ったが、草人はクシャクシャと長い髪に指を入れて搔《か》く。

「とにもかくにも素人《しろうと》だ。芝居の何たるかを教えて鍛えて、しかし板の上に立たねば何も始まらねえ。五月に初舞台を踏ませた。ちょうど、うちの珊瑚もデビュウでね。支援者から花輪がいくつか届くのはわかってたから、そういう習慣があることを一応伝えておいてやらねぇと、後でわざと教えなかったと拗《す》ねられても厄介だからね。彼女にも耳打ちをしたわけだ」

「君、意外と真っ当な神経で苦労してるんだな。そんなことまで配慮するのか」

「俳優、女優を束ねて一つの芝居を仕上げるってのは、並大抵の苦労でねぇんだ。鞭を振るいつつ目配りもしねぇとな。いや、そのうち俺が狂う」

「で？」

「ああ、それで、彼女にも花輪が届いた。立派な一対が。ははん、なるほど、金主《パトロン》がいるなと安心したもんだ。あれは二十円がとこはすっからね。ところが後で彼女が打ち明けるには、適当な名前を拵《こしら》えて自分で自分に贈ったというのっしゃ。国許《くにもと》から持ってきた着物や指環《ゆびわ》を売っ払って」

着物と聞いて、結ぶ像がある。

「その新米っての、三十前後か」

「そうだ。数えで三十。尋常なら、女優が引退する歳《とし》だ」

そういえば、あの着物はなかなか風情《ふぜい》だった。

「にもかかわらず、今から始めるのかね」

「覚悟していた以上の労苦だと、本人も言ってたさ」

「じゃあ、諦《あきら》めさせたらどうだね。二十円の花輪を自腹で手前に贈り続ける経済など早晩、破綻《はたん》する。今ならまだ間に合うだろう。縹緻《きりょう》も品も悪くなさそうだし、郷里に帰れば学校長や郵便局長の後妻の口くらいはあるはずだ」

「あんた、知ってるんか？」

「見当はついている。君んとこで見かけた」

「あんた、年増もいけるのか」

「ほざけ」

「いやさ。きかねえんだよ。東京でどうでも舞台女優になる、芸術を追究したいと言い張るのっしゃ」

「しかし、喰えない」

「そうだ。蓄えが底をついて、売れる物は売り払い、質に入れられる物は入れた。郷里の母親が時々仕送りをしてくるので、かえってこれ以上の無心はできねぇらしい。料理屋を裏口から訪ねて女中の仕事も当たってはみたが、舞台がある日は休みたいと口にするだけで何様のつもりだと追い払われる」

「で、中外社で雇えということか」

「話が速えなあ」草人は無邪気な笑みを満面に泛《うか》べた。

「僕に押しつける魂胆だな」

「うちの浦路にも勧めたじゃないか」

「浦路さんには才があるからだ。だいいち雇うとは言ってない。あれは執筆の依頼だ」

「いや、彼女も婦人記者の経験があるらしい。離婚して東京に出てきた時、しばらく雑誌社にいたんだと。それで、内藤さん、あんたに頭を下げてみようと思い立ったわけなのっしゃ」

草人は一度も頭を下げていなかったが、結局は請け合うことになった。自邸にも事情《わけ》ありの若者を書生として数人抱えている。女社員を一人増やすくらい雑作もないし、女優修業もどうせ長くは続くまい。

「ただし、君に一つ質問がある」

「何だい」

「彼女と躰の関係を持っているか」

草人は少し驚いたように口を半分開き、だがすぐに面持ちを改めた。

「彼女は俺の好みじゃねえ」

「不自然だな。愛人でもないのに、なぜ肩入れをする」

「女優不足だからに決まってんじゃねえか」即座に言い切った。

「とくに、あの年齢でいい女優がいねえ。イギリスやロシアの戯曲をやるのに、日本の女優事情はあまりにお粗末なんだよ。お姫様はやれたって、貴婦人を堂々とやれる女優がいねえ」

「それは同感だね。欧米には、歳を重ねて皺《しわ》を増やすごとに尊敬される女優がたくさんいる」

草人は首肯《しゅこう》してから珈琲《コオヒイ》茶碗を持ち上げて啜《すす》り、皿の上に戻した。

「ゆえにいまだに、旧派の女形《おんながた》に出番があるほどだ。さんざん旧派を否定してきた俺が言うのも何だが、舞台を観ていると頭の下がる思いがする。長年の修練が醸《かも》す趣、情緒。即製の若い女優なんぞ足許にも及ばねぇのだ。しかし彼女には、これまでの人生経験がある。その一点だけでも、続けさせる意味はあると思うのっしゃ」

「彼女って、そういや、名も知らんぞ」

「伊澤蘭奢だ。初舞台の次の有楽座では『ヴェニスの商人』のネリッサを演《や》った。都下の新聞評では好評だったよ。まあ、それは新人へのサアビス記事だとして、これから彼女が演劇技術を身につけた上で戯曲を理解できるようになれば、歳を経るごとに芸術性が深まる可能性はある。そうなると、日本には珍しいタイプの女優だ」

「須磨子を超えるか」

「それはわからねえ。松井君は唄は下手だが、芝居はやはり稀有《けう》の才だとしか言いようがない。凡百の女優が血の滲《にじ》むような努力を重ねても、あの境地にはなかなか手が届かねぇな。舞台は過酷なものだ。巧けりゃいいってもんではねぇし、努力が透けて見える芝居は臭くなる」

その翌日に彼女はおずおずと、中外社を訪れた。

「伊澤蘭奢にございます」

本名ではなく芸名を名乗った。石州の生まれ育ちと聞いたが、やはりイントネーションに訛りが感じられる。

達筆で綴《つづ》った履歴にざっと目を通した。

「女学校は英和ですか」

「広島の英和女学校です」

「広島？」

「兄が広島で勤めておりましたので」

「で、その後、東京の日本女学校に転入？」

「伯母夫婦が本郷に住んでおりまして、その家から日本女学校に通わせてもらいました」

「草人から、ご親戚に時事新報社《じじしんぽう》の幹部がおられると聞きましたが」

するとと彼女はずっと頤《おとがい》を上げた。

「伯母の夫です。今はもう引退しましたが、厄介になっている時はとても良くしてくれました。仕事柄、新聞を何紙も取っておりますので、あの家で新聞小説を読む習慣を持ちました」

「何を読みました？」

「ユウゴウの『噫無情《ああむじょう》』や幸田露伴《こうだろはん》先生の『天《そら》うつ浪《なみ》』などが面白うございました。芝居も伯母夫妻が好きで、ご招待も多うございましたので、私もよくご相伴《しょうばん》いたしたのです」

女学生であった十代に、文学と演劇に存分に親しんだというわけだ。

「藝術座への紹介状を持っていたのに、なぜ近代劇協会へ？」

質問を変えてみた。彼女はしばしば民治を見て、目瞬《まばた》きをした。返答を考えている。

「松井さんがいらっしゃるから、藝術座では主役を張れません」

正直に答えることにしたようだ。

「近代劇協会にも浦路さんがいるがね」

さあ、今度はどう答える？

彼女は黙した。待つ間に観察することにした。暮らしに行き詰まって草人に泣きついたというわりには、所帯窶《やつ》れをしていない。頰から顎のラインがたっぷりと豊かで、目と鼻が大きい。浦路に負けず劣らず舞台映えのする顔だ。が、化粧が濃過ぎる。浦路のような体格に恵まれていない分、別のサムシングが必要だろう。

「精進いたします」

つまらん答えだが、これも本音だろう。

「婦人記者の経験があると草人から聞いているが、履歴に書いていないのはなぜです」

彼女は握り締めたハンケチで鼻の下を押さえた。

「婦人記者にしていただくというお約束で雇われましたが、実際は簡単な事務とお茶汲《く》みしか経験しておりません」

「それで履歴に書かなかった？」

「はい」とうなずく。

「英語はできますか」

「女学校では得意科目でしたが、もう長いこと使っておりませんので通じますかどうか、心許ないことでございます」

「では、明日からきてください」

「え」と大きな黒い瞳がくっきりと見開かれた。ふうん、こんな顔を持っているのかと民治は目の前の女を見返した。

「よろしいんですの」

「結構です」

するとと唇の両端が上がって、白い糸切り歯が覗く。

「有難うございます」

何という瞳をしているのだろう。


あの時、己が少しとまどったことを思い出す。

民治が雇用を断らぬことを、彼女はおそらく草人から事前に聞かされていたはずだ。

これも近代劇協会へのパトロネージなのである。となれば、つまらぬ偽りを排し、己を飾らず、演技性も控えておくが賢明。そのくらいのことは思慮できる女ですよと、面接で示してみせた。民治はそう捉えている。

つまり、珍しい女ではない。

束《つか》の間《ま》見せた、あの表情以外は。

儚《はかな》げで脆《もろ》そうで、小娘のように純朴な笑み方だった。我知らず狼狽《うろた》えた。

編集部での勤めぶりは可もなく不可もなく、目立たぬように心がけているかのようにも思える。しかし時折、視線を感じる。

タクシーの窓外のビルディングの煉瓦《れんが》色《いろ》や街路樹の緑の帯、行き交う人々を眺めながら、いや、と小さく笑った。

もしかしたら、向こうも思っているかもしれない。

この男、気がつけば回転椅子を動かして、私の片頰をチカチカと見ている。

いったい、どういう気なの。痛いわ。熱い光を捺《お》されていくようよ。

民治は馬鹿馬鹿《ばかばか》しくなって煙草に火をつけ、膝のかたわらに置いた鞄を引き寄せて資料を取り出した。

北洋漁業の漁獲高推移から海上、各港の治安状況のレポートに目を通す。民治が「中外」以外にも手がけている仕事は、雇い主がある案件もあれば、自らの信念のみに従って動いているケースもある。

今からホテルで打ち合わせをするのは同郷の堤清六《つつみせいろく》で、北洋で鮭《さけ》、鱒《ます》を獲《と》る漁業会社を営む実業家だ。欧州で大戦が起きて後は軍用として魚の缶詰の需要が高まり、彼の会社は莫大《ばくだい》な利潤を上げた。民治は滞米中、北洋の情報を得れば清六に送り、相談にも乗ってきた。つまり清六は、民治の金主である。ただし互いに利益抜きで動くこともあり、今、清六と共に画策しているのは日露関係を民間で支えんとする団体の立ち上げだ。

昨年、ロシアは二月、十月の革命を経て、ソヴェート政権樹立を宣言した。

民治は日本に帰る前に「ニューヨーク・ヘラルド」紙の特派員という肩書でヨーロッパ諸国を見聞し、その足でロシアにも入った。今から思えば、帝政ロシアの終末期を通り過ぎたことになる。

あの絢爛《けんらん》たる、そして労働者と農民にかくも冷酷であったロマノフ王朝が滅びるなど、民治ならずとも世界が驚愕《きょうがく》し、おののいた。だが王朝の行く末について論考するのは、老いてからにしようと民治は決めている。

それよりも、今だ。

日本政府は社会主義の波が自国に訪れるのを恐れ、新政権を承認していない。社会主義政権を認めれば日本の国体である天皇制を自己否定することになるという、実に短絡な論理で国交を鎖《とざ》したのだ。さらにソヴェート政権がいまだ脆弱《ぜいじゃく》であるのを好機と捉え、他国よりも大量の兵隊をシベリアに投入した。世界から見れば漁夫の利をせしめんとする、実に卑《いや》しい軍事介入である。

かような真似《まね》を働き続ければ、日本は国際社会からいずれ孤立する。その際、軍部がどう動くかを予測するのは難《かた》くない。彼らは軍人たる者、戦をするのが任務であるが、戦を避けるのも任務であるとは捉えていない。当然、戦をしたがる。軍需景気を当て込む経済界がその尻を押す。

民治はまず民間から運動を起こすべきだと考えた。日本の民間で「労農ソヴェート」の承認運動を展開し、「日ソ国交回復」を目指す気運を高めれば政府筋を動かせる。そこに清六の事業、利権も絡んではいるが、お先棒担《かつ》ぎをするつもりは民治にはない。北洋で得た清六の莫大な資金を運動に用いて日ソ両国に利すれば、それは五十年後百年後への投資になる。

声を上げれば国を動かせる。

百年後の日本人がそう信じられるかどうかは、今の日本人にかかっている。

帝國ホテルが見えてきた。煉瓦造のネオ・ルネサンス様式だ。

十月に入ったばかりの昼過ぎ、蕎麦《そば》屋で昼を済ませてから出社した。短期、長期、いくつかの出張を経たので、十日ぶりだ。

今日は校了日なので、ほぼ二十名ほどがデスクに齧りつくようにして手を動かしている。編集部はいつもは閑散としているもので、優秀な部員ほど社のデスクにじっと坐っておらず、外に出ていることが多い。作家と会って原稿を依頼し、自邸を訪問して進捗《しんちょく》状況を確かめ、その間、奥方に頼まれて池の泥浚《どろさら》いや愛犬の散歩も行なう。それは相手が評論家や政治家、芸術家でも同様で、夜は都内の方々で開かれている文壇パーティーに顔を出し、他誌の人間と情報を交換し合う。時には作家を招き、呑ませて喰わせて抱かせもする。部員も必ず相伴して共犯関係を作るのが業界の慣いで、そのための経費はうるさく言わないのが中外社の主義だ。

「おはようございます」

民治に気づいた者が顔を上げて挨拶《あいさつ》をよこし、三人ほどがさっそく校正ゲラの束を運んでくる。

「ご確認をお願いします。特急で」

「わかった」帽子を取って背後に掛け、ジャケッツも脱いで腕まくりをする。ネクタイは幅広のものを愛用しており、襯衣の一番上のボタンをはずし、ネクタイも少し緩める。

「珈琲を頼みたいんだが、今日は伊澤君はいるか」

舞台の初日前と公演中は休んでもよいとの約束で、雇用契約を交わしてある。

「ええ、来てますよ。便所か、それとも台所でお茶を淹《い》れてるんじゃないですかね。最近、書類の届け物や資料探しに図書館にも行ってくれるんで、助かってますよ」

「そうか」

「しかし、今朝は驚かされたなあ」一人が言った。

「ああ、今朝ね。猫とは、とんだのを飼っている」

意味深な言いように聞こえて、民治はペンを持ったまま顔を上げて三人を見た。

「内藤さん、ここんとこにご注意」

自身の首筋をペン先で指し示すと、「違いますよ、内藤さんじゃありません」クツクツと含み笑いをする。と、誰かが「しッ」と制した。

「イジャランが来たぞ」

三人が首をすくめながら席に引き返した。

「イジャラン？」

ああ、伊澤蘭奢かと腑《ふ》に落ちた時、珈琲の匂《にお》いが近づいてきた。

「おはようございます」

「有難う」

茶碗の取っ手に指を伸ばす。彼女は盆を抱えて頭を下げ、台所へと身を返した。その束の間、首筋に痕《あと》があるのを民治は見て取った。小さな、枯れた花弁の一片が張りついたような形で、やけに生々しく、昨夜の事を思わせる色だ。その一片で、彼女が生身の女であることに初めて気がついた。

振り向いた彼女とまた目が合った。

「あの。猫が」

何か言われるくらいならと、自ら口にすることにしたらしい。しかしそこで言葉が途切れてしまい、民治は微《かす》かに笑んでうなずいてやった。下手な嘘《うそ》につき合うのも紳士たる者のマナアだ。

「ん。猫には用心したまえ」

そう言い、すぐにゲラに目を落とした。いつのまにか彼女は自席に戻り、しかし何喰わぬ顔で伝票を捌《さば》いている。その後はしばらく、また社外の仕事で奔走し、出社した際は彼女と目を合わせぬよう、言葉も交わさぬようにした。若者でもあるまいしと己を訝《いぶか》しみつつ、一寸でも間合いを詰めれば関心を持ってしまうことがわかっていた。

この女とどうにかなるか、ならぬか。なれば、どんな味がするか。

ドアをノックする音がして、「ごめんやす」と女が顔を覗かせた途端、強い香《こう》の匂いが流れ込んできた。

「どうした？」

京の芸妓《げいこ》で、愛嬌《あいきょう》のある顔立ちと頭の回転の速さで祇園《ぎおん》でも三本の指に入る。歳は二十歳をまだ幾つも出ていないが、贔屓《ひいき》客は政界に経済界、軍部と大物が多い。着物は渋い煤竹色《すすだけいろ》に大小の扇模様を肩から裾にかけて染め抜いてあり、帯留《おびどめ》はガアネットだ。

部員は七人ほど在席していて、皆、なぜか浄瑠璃《じょうるり》人形のようにギクシャクと立ち上がった。彼女だけは椅子に坐したままで芸妓へと顔を向けている。芸妓はまっすぐ民治だけを見つめて入ってきた。挨拶もなしにいきなり、「これ、皆さんでどうぞ」だ。民治のデスクの上で風呂敷《ふろしき》包みを解き始めるので、「伊澤君」と手招きした。立ち上がって近づいてくる。

「珍しいものやおへんのどすけど、あまり日保《ひも》ちがしませんよって、お早めに」

「恐れ入ります」彼女は受け取って、台所に運んでいく。

「あんな綺麗《きれい》な事務員さん、いつのまにお雇いになりましたの」

「事務員じゃないよ」

　かといって、女優だと紹介すればさらに声を大きくしそうで、そのままにした。

「怪しおすなあ。先生、また悪い癖」

「いつ上京した」

「どうしたもこうしたも、近頃、ちっともお運びがないから淋《さび》しいやおへんか。お手紙を出しても返事をくれはるだけで、ご当人はちいとも姿を現してくれはらへん。そやから待ちくたびれて、押しかけてきましたのえ」

「嘘つけ。旦那《だんな》と箱根にでも行くんだろう」

「ううん。ほんまに、先生にだけ会いに来ましたんどす。東京に着いて、すぐにタクシーで来ましたんどすわ。この場所、会社をお始めになったパーティーの時に寄せてもろうただけで、うろ憶《おぼ》えどしたけど、ちゃんと来れました。女は地理があかんて先生は笑わはりますけど、うちの嗅覚《きゅうかく》はなかなか捨てたもんやおへんやろ」

　彼女が盆に茶碗を二つのせて引き返してきた。

「お仕事の手ぇ止めさせてしもうて、えろうすんまへん」

芸妓は如才なく、愛想のよい声を出す。彼女は硬い面持ちのままで、口の両端の角を上げはするがぎこちない。

イジャラン、演技はどうした。何で、そんな表情だ。位負けしているぞ。

「下の、応接に案内してくれたまえ」

「かしこまりました」

彼女はドアを開け、芸妓を先に行かせようと脇に立って待っている。しかし「いえ、もうお暇《いとま》しますよって。おおきに」と、民治の肘を指先で摘まんだ。

「ほな、先生。お待ちしてますよって。ホテルは、いつもの」

「わかった。今から送っていく」

民治は帽子をひっ摑んだ。他人の前で関係を口にするほど弁《わきま》えのない芸妓ではないのだ。職場の中の紅一点を意識して、わざとあけすけにしている。

「そんな、お仕事しとくれやすな。私、適当に東京のお客さんとこ回って、遊んでもろうときますさかい。あぁ、どなたにしようかなあ。西川の旦《だん》那さんに、そうや、佐藤先生んとこにも」

財界と政界の大物の名を出して指を折る。その背中を押すようにしてドアに向かい、

「じゃ、みんな、後を頼む」と言い置く。

「三沢君、谷崎さんに届いた読者の手紙、開封して中身を改めてから転送しておいてくれたまえ」

「承知しました。今日はもうお戻りになりませんね」

黙ってうなずいた。

「行ってらっしゃい」

部員らに向かって、芸妓は小腰を屈めた。

「皆さん、突然、すんまへんどした。ちょっと先生をお借りしますわ。お詫びに、祇園にお越しの節はあんじょう遊んでいただきますよって、どなた様もどうぞ気軽にお越しになっとくれやす」

座敷遊びに縁のない部員らであるので、腕を天井に突き上げたり拍手をする者もある。民治はそのままドアの外に出て、芸妓を先に行かせた。盆を持ったまま彼女はまだ棒立ちになっているので、茶碗の蓋《ふた》を取り、一杯を飲み干した。そしてもう一杯も空ける。

「行ってくる」

彼女はなぜか怒ったような目で民治を見返し、口の中で「行ってらっしゃいませ」

いかと思った。

と呟いた。白粉《おしろい》の下に雀斑《そばかす》の散っているのが透けていて、素顔の方が美しいのではな

部員らが昼食を取りに出てしまい、編集部には民治と彼女の二人だ。

偶然ではない。民治はこうなる時を待ったのであり、彼女も待っていた。秋が深まってからというもの何度かこうして二人きりになることがあり、この短い時間を過ごせぬ日は何とも落ち着かず、彼女も不安な、少し思いつめたような目をする。

思い通りに二人きりになれた時は、彼女はよく質問をする。

「先生、総合雑誌の総合とは、どういう意味ですの？」

「君はどう思う」

「小説や戯曲、政治や経済についての論を広く掲載する、ということでしょうか」

「その通りだが、僕はその意図のみに止《とど》まってはいないつもりだ。主義思想に偏することなく、自由な言論、創作発表の場たらんとの表明なんだよ。人は主義や思想によって書く場を奪われることがあってはならんのだ。雑誌こそが、その舞台にならねばならない」

民治が教えることを、彼女は目を瞠《みは》るようにして聴いた。それが新鮮に思えた。妻

は民治の仕事のみならず読むものや書くものにも無関心を通しており、馴染《なじ》みの芸妓らは社交術の一つとして関心を示しているに過ぎない。だが彼女はどんな些細《ささい》なことでも知りたがり、理解したがる。

「先生、ロシアものでよくわからない箇所があるのです」

黙って先を促すと、彼女は少し顎を上げた。

「サモワールも飲まないで、もうお帰りになるとは。こんな台詞があるのですが、サモワールとはどんな飲み物なのでしょう」

唇がほどけて、つい噴き出した。

「凄《すご》い台詞だなあ。サモワールはロシアの湯沸かし道具のことさ。俺がよく目にしたのは、銀製の茶釜《ちゃがま》みたいな形だった」

彼女は「茶釜」と鸚鵡《おうむ》返しにし、口許を両手で押さえて笑いだした。

「つまり、お茶も飲まないでお帰りになるのですか、が正しい台詞だ」

そんな話をする程度のことで、やがて部員が戻ってくる。民治は彼女を昼飯に誘うでもなく一人で蕎麦屋に行き、彼女も一階の食堂で弁当を遣っているようだった。しかし今日は互いに黙って編集部に残っていて、彼女は窓際に立って往来を見下ろしているし、民治も首の後ろで手を組んで窓外の空を眺めるともなく眺める。回転椅子を右に動かし左に動かし、すると晩秋の雲はやはり動いて形を変えている。時々、銀杏《いちょう》の葉が舞いながら落ちていく。

民治は気持ちを決め、デスクに向き直った。英国で買った小さなメモパッドの一枚を取り、ペンで走り書きをした。書き始めてから赤ペンであることに気づいたが、部員らが戻ってくるまでに渡したかった。

彼女は民治の手から紙片を受け取り、黙って目を落とした。

東京駅の待合室のベンチで待っている間、わけもなく落ち着かなかった。己でも意外なほどだ。

琥珀色《こはくいろ》のストールに顔を埋《うず》めるようにして彼女が現れた時、思わず立ち上がった。顔にはほとんど化粧を施していない。目が合うと、少しだけ笑んだ。かゝしやで初めて見かけた時の、あの姿が過《よぎ》る。瞳から溢《あふ》れそうになるものを堪《こら》え、しかし頬をすでに濡《ぬ》らしてしまった一筋を彼女は口惜しげに、指先で摑んで捨てようとしていた。

そしてとうとう、二人は駅にいる。

横須賀行きの一等車で、鎌倉を目指した。かたわらの彼女は俯《うつむ》いて黙り込み、民治も黙っている。汽車の音がゴトン、ゴトンと重く響く。

夜の窓に映る己の顔からは目を逸《そ》らして、煙草を喫《す》った。

「先生」

「ん」

「先生は、社会主義者なのですか」

周囲を憚《はばか》ってか、耳許に口を寄せて訊いてくる。

「気になるのか」

中外社には社会主義や共産主義の作家も歓迎して自由に出入りさせているので、民治も同様だと世間に見做《みな》されている。

「ええ」と、また正直な返答だ。

「俺自身は違うよ」

「では、何主義？」

「反、軍国主義だ」

「軍国主義に反対する主義、ですか」

「そうだ。その一点に絞って俺は社会活動を行ない、人生を生きている。祖国たる日本を愛しているんだ。長く外国で生きたからこそ、日本の軍国主義の危うさがわかる。これを放置すれば国は滅びる」

かたわらの彼女を見返した。

「今度は僕からの質問だ」

蘭奢は小首を傾《かし》げて民治を見つめる。

「なぜ、女優になりたいと思った」

黙して目をしばたたかせ、細い息を吐いた。

「観てしまったから。『復活』を」

「須磨子のか」

「そうです。夫と共に東京で頑張って懸命に働いて、でも事業は失敗しました。夫は認めようとしませんでしたけれど、明らかな失敗でした。そんな頃、そう、大正三年でした。夫が出張で留守にしておりました時に、伯母が帝國劇場に誘ってくれました。藝術座の『復活』の初演でした。その夜は胸が騒いで眠れませんでした。気持ちが昂《たか》ぶって、そのうち泣きたくなるのです。理由はわかりません。でも自身が惨《みじ》めでたまらなくて、床の中で声を上げて泣きました。とても奇妙な夜でした」

車窓の外で踏切の音が通り過ぎ、家々の灯が流れていく。

「翌年、私たち夫婦は東京の家を畳んで郷里の津和野へ帰りました。私は旧家の跡取りの妻です。でもどうしてもその暮らしを耐え抜くことができませんでした。夫婦仲はとうに冷えていたのですわ。けれど夫は離縁を承知してくれません。私は実家で髪を下ろして、自室に引き籠もっておりました。離縁が成るのをただ坐して待つ、そんな毎日です。すると山々が私に迫って、じりじりと蔽《おお》いかぶさってくるのです。真綿を詰められたみたいにここが重くて、苦しくて」

胸に手をあてる。

この女は随分と長いこと、独りぼっちだったのだろうか。

「そんなある日、窓外で流れる歌がありました。いえ、レコードじゃありませんわ。女学生らしき娘たちが歩きながら、何人かで口ずさんでいたんです。あの歌、カチューシャの唄。そうと気づいた途端、私を取り囲んでいたすべてが音を立てて動きました」

アルトが熱を帯びてくる。甘く酸《す》いような匂いがする。

「障子も壁も山々も下手《しもて》に引けて、私は素裸で立っていました。そして周囲を見回しました。なぜ、こんなところにいるのだろう。もう厭だと、私は足を踏み鳴らしました。両腕を広げて叫びました。東京へ帰りたい。帰らねばならない。私は人生を間違えていたのだ。徹底的に間違っていた」

肩を引き寄せると抗《あらが》うことなく、彼女は頬を近づけた。

「今から思えば、私はあの時、心に決めたのだと思います。女優になること。すなわち、夫と息子を捨てることを」

民治は「ん」と、咽喉《のど》の奥で応えた。

「二人で行こう」

君が欲するものを手にするまで。

茉
莉
花
ジャスミン

秋夜の中で、コツコツと靴音が響く。

あの子の音だと思ったら、やはりそうだ。葵館の裏口の石階段を一つ、二つと上がってきた人影は通りに出るなり、顔を動かしている。

ここよ、ここ。鬼さん、こちら。

おどけて草履の足を踏み鳴らしてやる。しかし彼は気づかぬままで、辺りを見回している。

今夜は満月だ。雲が流れるたび、葵館の屋根や庇《ひさし》、周りの木々がぼんやりと泛《うか》び上がる。

舞台の上でこんな光が作れたら、さぞ叙情的な場面になるだろうに。

また芝居のことを考えていると空を仰ぎ、そして彼に目を戻した。まだ繁を見つけられず、鼻から息を吐いている。

目の色でさえ繁《しげ》には捉《とら》えられる。活動写真の説明をしている時は何かに挑むように勇ましく、観客の野次も決闘のように受けて立つ。けれど今は何とも頼りなげだ。屈《かが》み加減の背中をして、眉間《みけん》に深い皺《しわ》を刻んで辺りに目を凝らしている。明朗さや自信の一片も持ち合わせていない。

馬鹿《ばか》ねえ。私はちゃんと来ていてよ。ほら、ここに。

電信柱の陰に身を潜めていると、可笑《おか》しくなってくる。久々に気が晴れる。

九月九日の夜、あなたの舞台がハネた時分に。

誘いをかけたのは繁の方だ。理由はいつもながら、とくになかった。柱にかけた暦を見やれば、稽古日《けいこび》や公演日の何も記していない。今日も一週間後も白々としている。それで何日か前、短い手紙を出した。本当は「九時」とまで語呂を合わせたかったけれど、仕事を終えて楽屋を出れば十時過ぎになるのは承知していた。これまでも幾度かこうして呼び出して会っている。

誘うのはいつも繁の方で、駿雄《としお》から誘われたこともあるにはあったが、その際は応じる気になれない。過去の洞穴《ほらあな》に呼び帰されるような気がして疎《うと》ましくなる。そうしてしばらく会わない日々が続くと、あの子、どうしているかしらと思うのだ。

気配がして顔を上げると、当人が目の前に立っていた。泣き笑いのような面持ちをしているので、やはりすっぽかされたかと不安だったのだろう。その頬に手を伸ばす。肌は厚く滑らかで、肩や胸からも青年の匂《にお》いがする。若くて苦くて青い匂い。うらやましくてうとましくて愛《いと》おしい。

「お待たせしました」

「いいえ」

少し笑むだけで、彼の蒼白《あおじろ》い顔の隅々に血色が行き渡る。

洋帽を手にしたまま歩き出すので繁も爪先《つまさき》を動かすと、草履の裏がジャリリと土の音を立てた。

肩を並べて歩く。聞こえるのは、葵館の裏手を流れる大溝《おおどぶ》の流れだけだ。溝を隔てて向こうは鍋島《なべしま》家の広大な土地で、赤坂見附《あかさかみつけ》を上れば右手は閑院宮《かんいんのみや》の邸宅、左手は伏見宮《ふしみのみや》邸だ。その横丁から横丁へと、月の光も届かぬ暗がりを選ぶようにして駿雄は歩く。二人の足取りは決して乱れることがない。繁が右に折れようと思えば駿雄も自然に右へと曲がっていて、腕がぶつかったような例《ためし》がない。

やがて、少し道幅が広がった。銀杏《いちょう》の木のかたわらで、瓦斯燈《ガスとう》が遠慮がちに灯りをともしている。

「満月だね」

沈黙を破るのは、いつも駿雄だ。「ええ」と、小さく声を響かせる。

「不思議だ。こんな時間に、女優と活動弁士が散歩している」

「それが不思議？」

「だってそうでしょう。僕らは、薬屋の女房《かみ》さんと浪人生だったんだもの」

思わず笑った。

「昔、思いつめて、夜の日比谷公園をうろついたことがあったわね。憶《おぼ》えていて？」

「忘れるわけがない。しかも昔じゃない。たった六年前だ」

「遠い昔よ」


駿雄はいきなり家を訪ねてきた。

「姦通《かんつう》、不義密通だ。牢獄《ろうごく》行きだ」

姦通罪で捕まるかもしれないと、狼狽《うろた》えていた。世の終わりのような顔をして。玄関口で茫然《ぼうぜん》と立っているとそのまま手首を摑《つか》まれ、二人で縺《もつ》れるように逃げた。二十四の人妻と十九の青年は共に世間知らずで、それが親告罪だとは知らなかった。しかも汽車に飛び乗る銭も持たずに飛び出していて、方々を徘徊《はいかい》した挙句、家の近くの日比谷公園に舞い戻っていた。

躑躅《つつじ》の匂いが夜風に色濃く残っていて、燃え盛る花の赤がゴウと音を立てるのが見えるような気がした。

二人で行き暮れてベンチに坐《すわ》り込んでいると、駿雄の義母に見つかった。

「駿雄さん」

辺りをさんざん捜し回ったようで、夜目にも髷《まげ》や裾《すそ》の乱れがわかる。

「奥さんとこんなことをしでかして。いけません。奥さんも家にお帰りなさい。今ならまだ間に合います」

さして歳《とし》の変わらぬ、しかもどこといって取柄のなさそうな、凡庸にしか思えなかった女に親身な口調で諭されて、繁は素直に立ち上がっていた。

そうね。火遊びはもうお仕舞い。

駿雄と再会したのは大正四年の十一月末、底冷えのする日だった。

夫は己の事業の破綻《はたん》をようやく認める気になって、そして悪足掻《わるあが》きにももはや限界があって、郷里の津和野に引き上げることに決めた直後だ。

石州津和野の伊藤家は寛政から続く薬種問屋であり、屋号は高津屋《たかつや》だ。同郷の森鷗外《もりおうがい》家ともかかわりがあり、森家は津和野藩の御典医《ごてんい》であったので高津屋は薬種を納めていた。先代当主は幼少の頃の鷗外と幼馴染《おさななじ》みであったという。

明治四十二年の冬、まだ新婚であった頃、小山内薫《おさないかおる》の自由劇場が有楽座で『ジョン・ガブリエル・ボルクマン』という戯曲をやった。創立されたばかりの研究劇団による第一回の試演だ。原作はイプセン、翻訳が鷗外だった。ふだんは繁がねだっても芝居見物に神輿《みこし》を上げぬ夫だったが、珍しく「行ってみようか」と肯《うべな》った。芝居小屋ではなく西洋風の高級劇場であることに気が向いたらしかった。

繁はいそいそと夫の洋装を整え、靴を磨いた。自身も着物を吟味した。もしかしたら鷗外夫妻も来場するかもしれない。陸軍軍医総監であり陸軍省医務局長にも補《ふ》されている森林太郎《りんたろう》氏に夫も挨拶《あいさつ》をして、誼《よしみ》を願いたいはずだ。大学で薬学を修めた夫は新薬の製造に志を持っていた。

選んだのは渋い銀箔《ぎんぱく》を市松模様に置いた黒縮緬《ちりめん》、帯も微《かす》かに光る黒地にした。そこに南天の実が薄紅色と白で刺繡《ししゅう》され、葉の緑の彩《いろど》りまで華やかだ。南天は薬材にもなるからと、母が京の呉服商に注文して誂《あつら》えてくれたもののうちの一揃《ひとそろ》えだ。前夜初めて躾糸《しつけいと》を抜き、襟をかけた。半襟も縮緬で、帯と同じ南天の実と葉がびっしりと刺繡してある。

だが当日になって、夫が腹痛を起こした。便所の板戸越しに様子を窺《うかが》うと、「腹が膨満しているだけだ。吐いたらすっきりする」と言った。えずく声が聞こえてくるけれど、予定通り有楽座に向かうつもりだと推した。

劇場に連れて行ってくれる。

鏡の前に坐《ざ》して丸髷に櫛《くし》をあてていると、隣の座敷で呼んでいる。襖《ふすま》を引くと、夫は浴衣《ゆかた》の裾を開いて立っていた。細い膝骨《しっこつ》が剝《む》き出《だ》しだ。そして繁の装《よそお》いを一瞥《いちべつ》するなり、悪いものを食べたような顔をした。

「一等丸《いっとうがん》を出してくれ。寝る」

高津屋伝来の薬の名を口にした。繁は盛装で寝間に布団《ふとん》を敷きのべ、白湯《さゆ》と薬を運んだ。

お前だけでも行ってくるがいい。そう勧められたら、旦那様《だんなさま》がご病気なのに、とんでもないことです。そう辞退するつもりでいた。おなご一人で劇場に参るわけにもまいりませんわ、とも。でも夫は何も言わなかった。数時間ほど寝て目を覚まし、「粥を作ってくれ」と言った。繁は着替えていなかった。盛装のまま鍋を火にかけた。

そして若造と不義を犯した妻を正面切って詰《なじ》りもせず、ただ蒼黒い顔をして睨《にら》みつけるだけで背を向けたのだ。苦い、デナトニウムのごとき沈黙が仕置《しおき》だった。

けれどあの日、「葵館に入ろう」と言った。ちょうど天皇御即位の大典があった年で、そのニュース写真が掛かっていた。気が知れなかった。東京生活の名残りを惜しんでいるのかと思ったが、失敗しか無かった土地だ。今から思えば、郷里に持ち帰る土産話にするつもりだったのかもしれない。

僕も東京でカツドウを観ましてね。尾羽《おは》打ち枯らして帰った惣領《そうりょう》息子という役柄から逃れるための、ささやかな抵抗。

だが隣席の夫の気配が俄《にわ》かに冷えた。前説明に颯爽《さっそう》と現れた弁士が駿雄だった。繁は居たたまれず、座席の中に埋もれてしまいそうなほど俯《うつむ》いていた。けれど照明が落ちても、声だけは耳に入ってくる。周囲の観客が説明に聞き惚《ほ》れ、我を忘れていることが察せられて、思わず顔を上げた。

活動弁士、徳川夢声。

あなたは、そんな人間だったの。そちら側の人だったの。

出し抜かれたような気がした。岸に独り取り残されている。

郷里に帰る汽車に揺られている最中も、口惜しさだけがつのった。生まれて初めて、激烈な嫉妬《しっと》を自覚した。

伊藤家には、腹を痛めて産んだ子が待っていた。数えで六歳になっている。姑《しゅうとめ》の顔を一々見上げ、姑の指図で「お母さん」と渋々と挨拶をした。そしてすぐ姑の膝《ひざ》にしがみついた。

繁はまた働いた。大勢の奉公人の食事に洗濯、薬種の袋詰め、女衆《おなごし》のごとく立ち働いて我が子を抱く暇もない。ある日、縫物に倦《う》んで部屋から廊下に出ると、姑の部屋の障子が少しばかり透いていた。真白な胸が見えたような気がして、ふと足を止めた。姑は孫をいつものように膝に抱え、乳首を咥《くわ》えさせていた。顔も首も皺がよっているのに、鎖骨と乳房は奇妙なほど若い。

夫は幼い頃に養子に入っている身で、姑は子を産んだことがない。ゆえに繁が東京に戻る際、姑はどうしても孫を手放さなかった。初めて、この家の血筋の跡取りができたんじゃけえ。

繁の視線に気づいた姑は、またも毅然《きぜん》として言い放った。

ずっとこうして、育ててきたんじゃけえ。

婚家の古い屋敷を出る時、繁はあの子も置いてきた。脛《すね》も肘《ひじ》も小さく、目ばかりを瞠《みは》るようにしていたあの男の子を。廊下や座敷で行き会えば、まるで珍しい鳥に遭遇したかのように怖々《おずおず》と後退《あとずさ》りした我が子を。

生家の三浦家に戻り、夫との離縁を両親に願い出た。母の役柄を奪われ、妻を演じ続ける気持ちもすでに切れていた。父は激怒した。「頼む、伊藤家に帰ってくれ」と懇願もした。三浦家も元は製紙業を営む富家であったが、幼少期には家業が傾いてすでに没落していた。父は再起をかけて九州へ単身で移り、母が細々と紙屋を開いていた時期がある。繁が十三の頃だ。ゆえに父は、娘が長じて名家に縁づいたことで己の落魄《らくはく》の埋め合わせをした。

落ちぶれたと雖《いえど》も、三浦家はあの伊藤家の縁戚《えんせき》じゃ。

夫も離縁には不承知で、子供を迎えの遣いに立てた。大人から教えられた口上を懸命に述べる我が子が不憫《ふびん》で、またひときわ賢く、貴くも思え、思わず何もかもを折りそうになる。

ゆえに櫛箱から鋏《はさみ》を持ち出し、湯殿《ゆどの》に入った。元結《もっとい》を切ると大丸髷がほどけ、肩や背にずっしりと長髪が落ちた。その髪を切り落とし、一束を紙に包んで夫への返事にした。世は大正に入っていたとはいえ、あの頃の郷里はそんな方法でしか女の決意を表明する手立てがなかった。

離縁が成立するまで、随分と日数がかかった。断髪した身では外出もできない。家の中でただ坐していた。胸の裡《うち》を黒々と塞《ふさ》ぐものの正体もわからず、首筋が冷えるばかりだ。

私はこのまま虚《うつ》ろに、朽ちていくのだろうか。己の末期《まつご》を想像して、それが夫への最大の意趣返しになるような気さえした。だんだん痩せて、息が細くなっていく。繁はその日が待ち遠しくなった。自身の葬儀。その様子を想像するのが、山に囲まれた家の中でのただ一つの愉《たの》しみだ。

ある日の午下《ひるさ》がり、窓外で声が聞こえた。歌だと、顔を上げた。若い娘が二人、いや三人ほどの声がする。

カチューシャかはいや　別れのつらさ
いつか東京で観たあの芝居、『復活』の劇中歌だ。

気づいた刹那《せつな》、立ち上がっていた。

あの舞台。手風琴《てふうきん》やクラリネットが奏《かな》でられる中で、束《つか》の間《ま》の恋と罪と贖罪《しょくざい》が繰り広げられた。そして松井須磨子が演じたカチューシャ。初々《ういうい》しい娘が淪落《りんらく》の女となり果てても、真実の愛を貫く。その姿に観衆は、かたわらの伯母も涙を振り絞り、大喝《かっ》采《さい》した。

でも、繁は泣かなかった。身動きできないほどに震えていた。女の俳優が生身の女を演じる、それだけで躰《からだ》が熱くなった。泣いたのは家に帰ってからだ。独り寝床の中で嗚咽《おえつ》した。その果てに叫びそうになる。

私はなぜ、こんなところにいるのだ。もうたくさんだ。おさんどんも袋詰めも針仕事も、夫や舅姑の、我が両親の顔色を窺うばかりの立場も。

ただ観ているだけの人間なんて、もううんざりだ。

私は人生を間違えた。徹底的に間違っていた。

東京へ帰りたい。私が立つべき場はあそこだ。あの、煌々《こうこう》と明るい場所だ。

翌朝、両親に申し出た。

「東京に出ます。女優になります」

父はまたも激昂《げっこう》し、「家の面汚《つらよご》しだ」と罵《ののし》った。繋は引き下がらなかった。

このまま平凡な女で終わるのは厭《いや》だ。どうかして、あの世界に行きたい。観衆ではなく、舞台の上に立つ人間になりたい。

須磨子は鼻梁《びりょう》が日本人離れしていた。後に、その鼻筋は蠟《ろう》を注射する隆鼻術によるものだと、女優仲間から聞いた。そんなことはどうだってよいことだ。鼻が偽物《にせもの》であろうと、山間の女一人の人生を変えたことが劇的事実だった。私だって、必要とあれば蠟でも刺青《いれずみ》でも入れてみせる。

根負けをした母は、やがて同情めいた口ぶりになった。

「女優になったって何になったって偉くなりさえすりゃいい。須磨子みたようになァ。でも、並大抵の苦労やなかろう」

松井須磨子は今年一月、神楽坂の藝術倶楽部《くらぶ》の楽屋裏、背景置場で縊死《いし》した。その二月前、病で没した島村抱月の後追い自殺だった。顔には念入りに舞台化粧をほどこして脚を固く結び、首には緋色《ひいろ》のしごきを掛けていたとの噂《うわさ》が流れた。今も一人の贔屓《ひいき》であれば、実人生の最期まで女優らしかった彼女に涙の一つも零したであろうけれども、もはや同じ世界の隅に身を置く者になっている。

島村先生と須磨子先生を失った藝術座はどうなるのでしょうね。

仲間と囁《ささや》き合ううち、藝術座は解散した。小山内薫が「商業主義だ」と痛烈に批判したほど成功を収めた劇団の、呆気《あっけ》ない幕切れだった。

「女優になって、何年になります」

歩きながら、駿雄が訊《き》いた。知っているくせにと思いながら、繁は応《こた》える。

「まだ一年と少しよ。去年の五月が初舞台だったもの。早稲田《わせだ》劇場」

駿雄の楽屋を訪ねて、切符を買ってもらったのだ。それも団員の活動の一つであり、臆面《おくめん》もなく周囲に売りつけることに繁はたちまち慣れた。

「そうだ、『ヴェニスの商人』のポオシャ姫だ。僕は呆気に取られて、馬鹿みたいに舞台を見つめていた。あんなことができる人だなんて、心底驚いた」

あなただって、弁士をやっているじゃないの。

「翌月の有楽座は侍女のネリッサ役を命じられたわ。その方が出来は良かったのよ」

新聞で得た評は、今もそのまま口にできる。何度もお題目のように唱えたからだ。

——伊澤蘭奢のネリッサも、落ち着いた良い芸風を見せていた。この人の声調や体格、容貌は、練達の努力如何《いかん》によって大きな未来を生むことが可能であるように思われる。

「初舞台を踏んだ日のこと、憶えてますか」

「あまり。ただもう懸命に扮装《ふんそう》して、顔を作って」

見よう見真似《みまね》で自ら縫った衣裳《いしょう》を身につけ、素顔にグリイスペイントを塗ると、鏡の中の自分がテラテラと光っていた。

「暗い、埃《ほこり》臭い袖《そで》から、いざ板の上に踏み出せば、演《や》るしかないんだもの。もう引き返せないんだもの」

初舞台はチリチリとして、あの感じに似ている。総身を硬くして、己の胸にこうも大きな鐘があったかと思うほどの音が鳴って、怖くてたまらない。けれど結句は何もかもをさらけ出して、躰の奥を松葉で刺されるような痛みを感じながらも、心は決まっていくのだ。

男を知らない無垢《むく》な躰に二度と戻れぬように、舞台を知らぬ人生には戻れない。

かといって、最初からできる才を繁は持ち合わせていなかった。女優になるという一念だけで近代劇協会に入ったものの、主宰の上山草人からは罵倒《ばとう》され通しだった。台詞をひとたび口にすれば「田舎者が」と責め立てられ、一晩工夫して優雅な所作をやってみれば、

臭い、臭い。

癇癪《かんしゃく》を起こして肩を小突かれ、頭の後ろを板壁にしたたかに打った。お前《めえ》は木偶《でく》か。声が出てねえ、表情が台詞と合ってねえ、その右手はどうした。

頭と躰が徹底的に分解され、一本の指の置き場もわからなくなった。

よくよく考えれば、ふだん、実生活のあらゆる場面で難なくこなしていることなのだ。相手の言葉や仕種や表情に合わせてすぐさま感情を動かし、笑んだり眉を顰《ひそ》めたり。しかもそれをまったく意識せずに、いともたやすく反応を繰り出している。実生活と違うのは、演劇には筋書きがあるということだった。実生活には死という結末しかないけれど、演劇には登場人物の生死にかかわらず結末がある。

人生の途中で幕が下りる。

台本を読み込み、誰の台詞であっても躰に入れるようにした。それが不器用な女優の、せめてもの誠実に思えたのだ。すると、ますます悪くなった。この先、相手がど

んな言葉を吐くかを知っているために感情が先走ってしまう。先に表情が出てしまう。蘭奢のせいで芝居が台無しでねぇか。この、目立ちたがりが。

ギクシャクと縮こまり、なおぎこちなくなる。最初は殊勝にも、己の不出来に煩悶《はんもん》するばかりだったが、いつしか新橋の駅に下り立つだけで呼吸が浅くなった。口惜しくて歯軋《はぎし》りし、眠れぬ夜を過ごした。

どうか、上山先生が自動車に轢《ひ》かれて死んでくれますように。もしくは、先生の浮気癖に浦路さんが業《ごう》を煮やして、あの腹を出刃《でば》で刺してくれますように。

けれど草人はいつも飛蝗《ばった》のごとく息災で、浦路は亭主の狂気ともいえる女癖と貧困に耐え続けた。そして繁も、かゝしやの二階で右往左往するしか術《すべ》がなかった。やがて、もっと苦しくなった。

草人は稽古の日数を一週間ほどしか取らず、芝居の仕上がりが不出来なままでも舞台に掛ける。「試演」と銘打ってでも披露するのは、演劇は観る者がいて初めて成立するゆえだ。しかし実態は、切符代という収入を得るためであった。ところが未完成な芝居を観せられた客は二度とつき合ってくれない。初日でも客席は埋まらず、三日後には舞台の上の人数の方が多くなった。

劇団も団員も懐《ふところ》は火の車で、各々《おのおの》が工面するしかない。この道に踏み出した時、繁には覚悟があった。けれども、覚悟だけで食べていけなさが解消するわけがない。故郷の母からの仕送りや質屋通いだけでは、衣裳や小道具の準備も覚束《おぼつか》なくなった。

そんな時、中外社に職を得た。劇団の後援者でもある内藤民治の会社だ。赤坂の、欧羅巴《ヨーロッパ》風の山荘のごとき色彩の社屋を見上げた時、これでようやく女優修業に本腰を入れられると思った。内藤に拾われたとも思わず、演劇への熱情だけがあった。

けれど、あの祇園の芸妓が内藤との関係をひけらかした瞬間だ。今も、あの匂いを憶えている。白梅の香りに似たあの匂いを嗅《か》いだ時、あのねっとりと蜜《みつ》を含んだような言い回しを耳にした時、途方もなく己が見すぼらしい女に思えた。頬が強張《こわば》って痛いほどだった。

そして気がつけば、いつも内藤を見ていた。疼《うず》くほどに手に入れたくなっていた。

ふと、内藤の姿が過《よぎ》る。いつも隆とした身形《みなり》をしているので気にならないのだけれども、湯上がりに浴衣でくつろげば手脚が短く上背《うわぜい》に乏しく、小肥《こぶと》りであることが露呈する。そんな時、繁は落胆の代わりに彼の持物を、胸の中で指折り数えることにしている。総合雑誌を発行する中外社の社長であるという地位と財力、政界や文学界、果てはアメリカやロシアにまで広がっている人脈。

そして、彼には色気があった。心も躰も、昼も夜も相手に尽くしきる。あれは生来巧であるのか。


の優しさなのか、西洋仕込みの奉仕の精神なのか、それとも磨きに磨いた生き方の技
　彼が繁の許《もと》に足繁く訪れるようになってまだ一年も経《た》たぬので、それは判じようがない。内藤は毎日、会社に泊まり込むほど忙しくしているかと思えば、ふいに長期出張に出てしまう。社員も行先を知らず、彼の書斎から大きな旅行鞄《かばん》のいくつかが消えているので、おそらく遠方だろうと推察するのみだ。それでも原稿は続々と集まり、雑誌は刊行されていく。

　繁はもうほとんど社に出なくなっているけれども、給与は必ず彼から手渡される。時々、数ヵ月分をまとまって渡されると、決まってその後、長い出張だ。妻子があるのは承知しているので本宅に気をかねているのだろうと推していたが、春先に毛皮の外套《がいとう》をまとってふいに訪れると、珍しい色柄の布や洋服、帽子を土産として携えている。

　この人は本当に、海の外を飛び回っているのだ。そう思うと、わけもなく誇らしかった。

　上山草人は毎日のように「日本の演劇を新しくする」「日本の芸術を向上させる」と豪語するが、当人は一度も日本から出たことがないらしい。かくあるべしという理

想は日々変わり、だんだん虚言《そらごと》のように響く。にもかかわらず草人は次々と、海外の原作ものに手を出したがる。昨年、大正七年の九月には有楽座でオスカア・ワイルドの『ウヰンダミヤ夫人の扇』を掛けた。翻訳は谷崎潤一郎で、繁はバーヴヰック夫人を演じた。そして同月にソログープ作の『死の勝利』だ。これでは魔女のアリギスターの役を得て、十月には再び『ヴェニスの商人』の侍女ネリッサを演じ、立て続けにストリンドベリ『女優二人』だった。繁は夫なき女優という役どころだ。そして今年の一月は神戸の湊川《みなとがわ》でスウトコの『腕環《うでわ》』、アリス・ウエスタン夫人。二月にはまた東京の有楽座で、シェイクスピヤの『リヤ王』だ。訳は坪内逍遙で、繁は次女のリガンを演じた。

この公演を最後に、近代劇協会は解散した。大赤字を抱え続けた草人は身動きがつかぬようになっていて、妻の浦路と長男をつれてアメリカに旅立ったのである。解散の意思を告げられたのは『リヤ王』の稽古中のことで、劇団員の誰もが茫然となった。ことに繁は入団して一年足らずで行き場を失った。

けれど、誰も草人を責めなかった。ばかりか草人と浦路を励まし、洟《はな》を啜りながら拳《こぶし》を突き上げた。

「『リヤ王』は上山先生の外遊記念公演として、派手にやりましょう」

「そうだ。僕らは餞別《せんべつ》出演だ。報酬なんぞ要らない」

「そんなもの、いつだってなかったじゃないか」

「まったくだ。何から何まで自分持ちで、明日のことも考えないのが近代劇協会だ」

かゝしやの二階は明るい笑いで揺れて、草人だけが男泣きに泣いていた。

アメリカ行きを勧め、その渡航費用を出したのが内藤であったことは、後で内藤自身から聞いた。

ただ新しきを追っているだけでは、もはやどうにもならんじゃないか。君が新しいと信じていても、旧劇で二百年も前からすでにやっていることかもしれんのだぞ。まして翻訳ものを扱う者が異国の土を一度も踏んだことがないのは致命的だ。小山内薫を見ろ、畑中蓼坡《はたなかりょうは》を見ろ。海外で培《つちか》った土台の上で創意工夫を凝らしている。今のままでは、太刀打ちできぬよ。

草人にそう説いたらしい。そこまで理路整然とはしていなかったけれども、繁も似た感じを抱いたことがある。草人は泥濘《ぬかるみ》に嵌《はま》ったまま立ち往生している馬車馬のようだった。

内藤は浦路の英語力を高く買っているようで、傍若無人を装っても小心なところのある草人でも浦路さえついていれば何とかなると送り出したようだ。しかしいかなる手違いか、内藤が工面するはずの渡航費用が上山夫妻の手に渡らなかったらしい。明日、横浜から発《た》つというのに、内藤は出張に出ていて連絡がつかない。切羽詰まった浦路は谷崎潤一郎の家を訪ねた。折しも谷崎は父を亡《な》くし、その通夜《つや》の最中だった。そこに、派手な裾模様の振袖を着込んだ大女が現れ、霊前に額《ぬか》ずいて金策を頼んだという。

浦路はあの通りの大柄だろう？　草人が陰で白象と呼んでいたほどだから、谷崎さんはさぞ困っただろうな。

内藤は呵々《かか》と笑っていた。それでも谷崎は「中央公論」の滝田樗陰《たきたちょいん》に手紙を書いて、資金を用意してやったらしい。

浦路は寒い季節になると、着物の裾が見えないくらいの長マントをよく羽織っていた。しかも空色だった。生まれ育ちの力は大したものだ。ふだん、七輪の前にしゃがんで眉墨の鍋を掻《か》き回していても、草人に髷を摑まれて引きずり回されていても、いざとなれば争えぬ気品があった。そこが銀座の人波の中であろうと、浦路だけに照明が当たっているかのような鮮やかさだった。

アメリカでも、空色のマントを翻《ひるがえ》して歩いているのだろうか。想像すれば、痛快な気持ちになる。

「何が可笑しいんです」

「あら、私、笑っていて？」

「笑った、笑った」

「そうね」繁はうなずく。

「やはり不思議だわ。私たちはいつのまにか女優と活動弁士になって、こうして散歩している」

「僕は別にして、あなたは瞬《また》く間にここまできた。信じられない運だ」

「運じゃないわ。私、努力したもの。あるかなきかの己の才を、信じ続ける努力。それに、演劇界は慢性的に女優不足だからよ。未《いま》だに、身内から女優を出すのは家の恥だと考える風潮は根強いもの」

「カツベンも同じですよ。役者も活動屋も文士も、賤業《せんぎょう》だ」

「私はこれからよ。まだほとんどの日本人が伊澤蘭奢を知らない。でも、私は愉しいの」

「そう？」

「そうよ。これは上山先生のおかげだと思っていてよ。いえ、近頃、そう気づいたのだけれど」

「上山さんといえば、厳しい稽古で有名だった」

「ほんと。私たちはもっとちゃんと理解して稽古も万全にしたいのに、七日ほどでもう次の戯曲に気を移している。言うことも矛盾ばかりで、死んでくれないかしらと思うほど憎らしかったわ。でも、あの無謀な一年に私は鍛えられた。齢《よわい》三十前で女優になったのだもの、あれくらいの荒行《あらぎょう》でちょうど良かったのだわ」

駿雄は電車道沿いにベンチを見つけたらしく、胸許から白い半巾《ハンケチ》を出して広げた。繁は黙ってそこに腰を下ろし、夜空を見上げる。月はもう動いている。

「そういえば、熱を上げている女の子。どうなって？」

いつだったか、駿雄は劇場で働いている売り子に恋をしていると打ち明けたことがある。

「まだ、どうもなりませんよ」

「そうね。あなた、意外と奥手だもの」

あの内藤も繁が仕掛けなければ誘ってきたかどうか、怪しいものだ。

「今夜、葵館の中に入って売店をうろついてみたのよ」

「え。まさか」

「馬鹿ね。声をかけたりはしないわ。だいいち、どの女の子なのか見当がつかなかったもの」

活動写真館の売り子は幕間に煎餅やキャラメルを売り歩くだけでチップを大層稼ぐものであるらしく、その稼ぎで郷里の親きょうだいを養っている娘もいるという。たしかに羽振りが良さそうで、鮮やかな赤い紅を差した娘も多い。その中の誰に駿雄が惹かれているのかは見当がつかず、しかし彼女らは繁を見ては目配せを交わし合っていた。

今夜は地味な着物で出てきている。母譲りの古い白大島を仕立て替えたもので、帯も年季の入った綴《つづ》れだ。多少なりとも値の張る美品のほとんどは、質屋に「出張中」になっている。

今年、内藤の勧めに従って、繫は旗上げしたばかりの新劇協会に移った。主宰は内藤の知己である畑中蓼坡で、草人に負けず劣らずの厳しさだ。そしてご多分に漏れず貧乏で、いつも目刺《めざし》の臭《にお》いをさせている。草人と違うのは人目に立つ異装をしないことで、洗いざらしの詰襟シャツにコール天のズボンだ。そして、アメリカでの経験を持つ。内藤のように素封家《そほうか》の子息であったわけではなく、土佐っぽの喧嘩《けんか》好きで、若い時分に東京に出てきて流行《はや》りの人力車夫になり、やがて九州に走って炭鉱の坑夫になり、何を契機にしてか俳優を志して米国へ渡ったのだという。帰国した彼を迎えたのは、島村抱月の藝術座だった。

六月の新劇協会第一回公演は有楽座で、チェーホフの『伯父ワーニャ』と長田秀雄《ながたひでお》の『轢死《れきし》』だ。翻訳ものと日本ものの二本だったが、「大成功」と見做《みな》されている。新聞で高評価を得たのはやはり『伯父ワーニャ』で、劇作家で演劇評論家でもある仲木貞一《なかぎていいち》は読売新聞でこう触れた。

――最も確実に板についているが、それが決して悪達者らしい傾向を帯びていないのは実に嬉《うれ》しい事だ。

それは繁が演じたエレナの、演出法についての評だった。演技ではなく演出を評価しているのだから伊澤蘭奢の功績にはならない。しかも繁はその評の言わんとすることが、よくわからなかった。悪達者でないことを評価されても、まず「達者」がいかなる演技を指すのかが肌でわからない。悲しいかな、役者は己の舞台を己の目で観ることができない。

たぶん私にはまだ素人《しろうと》臭さが残っていて、それがエレナという役柄とうまく合っただけなのだろう。けれど、舞台の上で気づいたことがある。近代劇協会の舞台とは比べようのない客入りで、袖に引っ込んでいても緞帳《どんちょう》の震える音が聞こえた。観客は確かに、何かを受け取っていた。

そして繁も、何かを浴びた。

今夜、それをはっきりと自覚した。人々の賞賛を受け取った躰は何かをまとうのだ。まだ薄い皮膜のごときものであっても、女はその匂いをたちまち嗅ぎ分ける。ゆえに、売り子の娘らの目の端には苛立《いらだ》ちがあった。私もあんな目をして祇園の芸妓を見ていたのだろう。胸の裡《うち》が競い心で薙《な》ぎ倒された、つい先《せん》の己を娘らに見て、微笑を返してやった。

口惜しかったら、あなた方もこっちの岸に渡っておいでなさいな。簡単なことよ。人並みの道徳心と月々の経済、そして精神の安定を捨てる勇気さえあれば、その川は渡れる。

駿雄がフワアと腕を伸ばし、大息を吐いた。その腕を下ろしざま繁の肩を抱く。いつものやり方で、「この後、どうする？」と訊《たず》ねる合図だ。けれど駿雄はそのままを決して口にしない。

「新劇協会、このまま閉じてしまうのかなあ」

さして興味のないことを、欠伸《あくび》混じりに言う。

順風満帆に思えた協会の船出だったが、血の気の多い畑中は早や後援者と揉《も》め事を起こし、活動を続けられなくなっている。

「畑中さん、頑固だから」

「これから、どうするんです」

「さあ。また別の後援者を見つけるんじゃなくって？　あの人は新劇運動の先駆者よ。芸術の虫よ。きっと、いい後援者が現れる」

「違うよ。あなただ」

「私？　私はむろん、畑中さんのお尻《しり》を叩《たた》いたわ。いったん閉じるしかないのかなあなんて弱音を吐くから、そんなら私一人ででもやりますから看板を預からせてくださいって」

　藝術座が輩出した俳優や女優を見るにつけ、つくづく、いい劇団はよい俳優を抱え、そして彼らがまた劇団を育てるのだと、目を開かされた。

　新劇協会には伊澤蘭奢がいる。そう謳《うた》われる女優になりたい。

　心に決めていた。しかも気がつけば、前を行く女優らがいなくなっていたのだ。松井須磨子は死に、浦路はアメリカへ渡り、近代劇協会で一緒だった浦路の妹、上山珊瑚は『轢死』に出演したが、あまり気が乗らない様子だった。「私、活動写真に誘われてるの」と言っていた。

　繁は頭を振り、溜《た》めた息を一気に吐いた。そして口の両端を引き上げ、フッと喉《のど》の奥を響かせてみる。

三十路《みそじ》の、ようやく女優としての経験を積んで、さあ、これから打って出ようとしている矢先に目の前の橋が落ちそうになっている。そのやりきれなさと、このままで済ませるものかという勝気が綯《な》い交《ま》ぜになった、そんな笑みになっていればいいのだけれど。

ふと、夜風が香った。

「茉莉花《ジャスミン》ね。私、この匂いが好きだわ」

白梅よりも、躑躅よりも。

空の月の輪郭はいつのまにか暈《かさ》を帯びている。

「明日は雨になりそうね」

肩に置かれた駿雄の手を指先で触れた。

洗い上げた手拭《てぬぐ》いや腰巻を干した後、窓の欄干《らんかん》に肘を置いた。

家の裏手を通る電車はひっきりなしに重い音を立てて行き交い、物干し台の床や柱を揺らす。けれどこの借家に暮らすようになって、もう一年半になる。騒々しさやレエルの金臭さにも慣れた。

それよりもこの春だと、繁は身を乗り出した。

家の前は大森の海岸まで見晴るかす草野原で、白詰草《しろつめくさ》や蒲公英《たんぽぽ》が一面の緑に色を点じている。近所の長屋で飼っている軍鶏《しゃも》はクックッと道化《どうけ》の笑い声のように鳴き、陽射《ひざ》しは暖かい。空高く雲雀《ひばり》が舞い上がる。

この家の夏も好きだ。潮の匂いのする風が吹き渡る二階で過ごしていると、内藤がふと窓外を見やる。

「米語には夕立に相当する言葉がないんだ」

「じゃあ、何と呼ぶんですの？」

「シャワーだよ。だが果樹園を営む日本人は懐《なつ》かしそうに夕立だと言い合って、濡《ぬ》れたまま空を仰いでいたものだ。働けど働けど報われぬ労働で、でも果樹園の木々は延々と律気《りちぎ》に列をなしていた。枝々の葉や蔓《つる》が雨に光って、時にはだだっ広い空に虹《にじ》がかかることもあったよ。皆、目を細めて空を見上げていた」

夕方、湯屋の帰りには浜の市で小さな蟹《かに》や貝を求め、トマトも買ってイタリー風の鍋を作る。作り方は内藤直伝で、湯剝きをしたトマトを鶏《とり》ガラのスウプで煮込み、大蒜《にんにく》を刻んで油で炒《いた》めた魚介をそこに加える。パアスリイの代わりに人参の葉を飾って供せば、内藤は子供のように目を輝かせて匙《さじ》を持った。

しかしある日、一口味わって腕を下ろした。

「蘭ちゃん、君、砂糖を入れたね」

「ええ、ほんの隠し味に」

「よくもやりやがったな」

憤然と睨みつけてくる。内藤は砂糖が大嫌いなのだった。

秋は野原の周囲の薄《すすき》が銀波を打ち、どこからともなく黄葉や紅葉が吹き寄せられて野原を彩る。百舌《もず》の鳴き声を聞きながら焚火《たきび》をして、ロシアの民謡を教えられた。二人で踊った。

そして冬はこの物干し台に出て、朝陽を見る。大きな、赤い太陽が波の向こうから現れるのを黙って眺めていると、内藤は繁の肩を抱き寄せる。そのまま顔を寄せ、刻々と昇る赤を見つめる。

いつの季節も呆《あき》れるほど穏やかで、そして新鮮なのだった。

小さな、古びたこの借家を内藤は「巣」と名づけ、家具や道具、室内を飾る装飾品などを見つけては送ってきた。内藤には徹底した趣味があって、置時計は白く強い光を帯びた大理石に細工を施したもので、清朝時代の香爐《こうろ》や青磁色の水甕《みずがめ》、碁盤《ごばん》に至っても尋常ではない。八寸ばかりの小さな盤で、碁石も豆粒ほどだ。

「好きでないものを身の回りに置くくらいなら、ない方がましだ」

そんな主義を通すので、水屋《みずや》簞笥《たんす》には急須《きゅうす》と汁椀《しるわん》が長いことなく、繋は難儀した。

それでも胸中は満たされていた。母と妻という役柄を捨てた女にとって、「愛人」という役のいかに清々《すがすが》しいことか。互いに縛らず責任を負わず、恋しさだけでつながり続けることができる。

「社会にあれば、厭でも立場というものができるからなかなかそうもいかないが、最後は信じ合った間柄の個人的関係、これに尽きるんだよ。無条件の境地だ」

理論好きの内藤は「生活信条」と「俳優鉄則」を唱え、紙に書いて壁に張り出した。

「生活信条」は、十一の条で成る。

一、生活は思索によって深みを増す。だがそれは現実に結びつけられた時、初めて生活価値を発揮する。

一、人生は意外に短い。刻々に生きよ。

一、絹糸の神経を撚《よ》り合せて、雑縄《あらなわ》の意志を作れ。

一、誠実にして、大胆であれ。

一、嘘《うそ》は温かい。真理は冷たい。

一、文明人はよく反省する。

一、男を恐れるな、進んで男を知れ。
一、美醜は皮一枚のこと。
一、どんな種でも蒔《ま》け。——その実りを刈り取る決意で。
一、一生涯に世を驚かすローマンスをつくって死ね。
一、生き生きした人間になれ。まず健康を得よ、次に友誼《ゆうぎ》を貴《たっと》べ、智識を収めよ、意志を保て、それから金の力を利用せよ。
湯屋に行くと、繁はそれらを小声で唱える。躰を洗いながら湯に浸かりながら。子連れの女房らは気持ち悪がって離れていくが、女学生らしき娘に脱衣場で話しかけられたことがある。

「感動いたしました」

薄桃色に染まった素裸で、繁を見上げていた。そういえば、あの女学生に会わないままだ。劇団に入らないか、勧誘しようと思っていたのに。

しかし女優仲間に言わせれば、内藤の掲げる理想も「身勝手な言い草、都合のよいスロウガン」となる。

「妻子は捨てない、同棲《どうせい》を望むな、法律的解決もしない。そう宣言されたのと同じことじゃなくって？　蘭子さん、あなた、そんな条件をよくも後生大事に拝むわね。人が好《よ》すぎないこと？」

「だから、無条件の境地なのよ。政治的信条が異なっても、男であっても女であっても、解放された人格そのものとつき合うことができれば、互いに永遠の関係を築けるのだわ。そんな理想をかなえられる二人は滅多といやしないから、世間に理解されないだけ」

　まして、繁は完全に独立した人間ではない。家賃ばかりか月々の生活費の援助を受けている身の上だ。それでも内藤は繁が女優であることで、一個の人間として認めてくれる。

　蘭ちゃん、焦《あせ》っちゃいけない。ここは性根を据えて素養を磨きたまえ。戯曲ももっと読まないと、台詞の言い回しや所作を鍛錬するだけじゃ、すぐに行き詰まる。

　新劇協会は昨大正九年の二月に第二回公演を打ち、メーテルリンクの『青い鳥』という童話劇を日本で初めて手掛けた。初演は一九〇八年、モスコウの藝術座であるとは、内藤に教えられて知ったことだ。繁に出演の機会はなかったが、水谷八重子《みずたにやえこ》という子役が演じたチルチルが評判を取った。八重子も藝術座の出身だ。が、畑中蓼坡はやはり協会の活動を中断せざるを得なくなった。繁は他の劇団に客演として招かれたりもしたが、その後が続かなかった。学生芝居に毛の生えたような、理屈ばかりのやり方で、繁の演技がかえって浮く恰好《かっこう》になったのだ。

内藤の勧めで、今は声楽と舞踏、英語を習い、読書に明け暮れている。舞台から離れてはいるが、内藤が掲げた「俳優鉄則」をいつも胸に刻んでいる。

一、芝居は自己が認識する世界を創《つく》り出して大衆にアッピールする一種の社会運動である。

一、演技の光彩は個性的表現を通して、一切の人間生活、社会生活を暗示するに在る。そうして社会意識の上に、鋭い叡智《えいち》を動かせ。

一、俳優のポピュラリテーは、必ずしも美しい媒体の所有者に限らない。形や声や柄を超越した芸術的良心を放射せよ。

一、社交や名聞《みょうもん》を顧みるには及ばぬ、サーカス的人気を排して進め。

一、始終、植え替える樹《き》には花が咲かぬ。執着を持て、執着は力だ。

一、給金だけを目当てにする俳優は、興行師か観客公衆の奴隷である。儲《もう》けた割前で生活する独立人であれ。

一、俳優は多忙なる実務家である。草臥《くたび》れた人間には出来ない貴い職業である。

書物は内藤が持ってきてくれるものがほとんどで、英文学や露文学、戯曲の翻訳を片端から貪《むさぼ》るように読んでいる。内藤自身は青年時代に後藤象二郎《ごとうしょうじろう》の追随者であった諸橋田龍《もろはしでんりゅう》の門人であったようで、その頃に学んだ漢籍や詩歌にも親しんでいる。いわゆる西洋かぶれとは異なって、佳《よ》いものは古今東西を問わず佳いという態度だ。

繁は日中、本を読み、疲れたら野原や浜を散歩して内藤の訪れを待つ。去年の夏だったか、内藤は黒い艶《つや》を帯びた鉢植えを脇《わき》に抱えていた。小さな白花をつけている。

「何という花？」

「茉莉花だ。君が好む匂いじゃないかと思ってね」

「もちろんよ。もちろん、一等好きです」

物干し台に鉢植えを置き、窓障子を開け放して葡萄酒《ぶどうしゅ》を傾ける。そして酔いの進むままに昼間の読書の感想を披露し、内藤の言葉を待った。やがて、対等に議論するには己の素養があまりに粗末であることに気がついた。ますます読書に耽《ふけ》り、今日もチェーホフの戯曲『桜の園』を読み終えたばかりだ。瀬沼夏葉《せぬまかよう》という女性の翻訳だと内藤に勧められたもので、日本での舞台化は大正四年の七月が初、まさに草人の近代劇協会であったらしい。演出には小山内薫を迎えて帝國劇場で興行を打ったが至って不評に終わり、その後六年近くも経っているが、どの劇団においても再演は一度も行なわれていない。

近代劇協会に入った年の夏にその古い台本を与えられて繁も稽古に参加したが、あまりの出来の悪さに、あれほど強引だった草人も公演に掛けるのを断念したほどだった。繁は主役のラネフスカヤ夫人役に抜擢《ばってき》されたが、稽古の三日目で下ろされた。

内藤はいつもより遅く、夜の八時を過ぎてから訪れた。

帽子とジャケッツを受け取り、ブラシをかけてから衣紋《えもん》掛けに吊《つ》るす。浴衣に着替えるのを手伝い、夕飯は済ませてきたというので麦酒《ビイル》と空豆の塩茹《ゆ》でを洋卓に並べた。

洋卓は内藤がアメリカから持って帰ったという古い素木《しらき》で、胡坐を組んでちょうど高さが合うように脚を切り、そこにロシアのレエス刺繍の布をかけてある。

「蘭ちゃんはまだなんだろう。俺に遠慮せずに食べなさい」

「そうですか。じゃあ、ごめんなさい」

内藤の視線から外れた敷居際《ぎわ》に箱膳《はこぜん》を出した。飯櫃《めしびつ》から冷や飯を茶碗《ちゃわん》によそい、火鉢にかけた鉄瓶で白湯をかける。早生《はやな》りの胡瓜《きゅうり》の浅漬けと佃煮《つくだに》でかき込み、最後に箸《はし》の先を洗うようにしてから湯を飲み干した。済ませた茶碗と小皿を箱膳に仕舞い、腰を上げて洋卓の前に坐り直す。

「お待たせしました」

麦酒の酌をしようと袂《たもと》を左手で押さえ、内藤の顔を見れば不機嫌極まりない面持ちだ。

「どうなさって？　お嫌いだったかしら、空豆」

内藤は鼻から息を吐き、頭を振った。

「君はいつも、あんな食べ方をしているのか」

「あんなって、お恥ずかしいわ。私、すっかり上山先生のところで鍛えられたのだわ。稽古の合間に、平民食堂の丼飯《どんぶりめし》だって一気に、人足《にんそく》みたいに早く食べないとならないんですもの。台詞を憶えながらお蕎麦《そば》を手繰《たぐ》ったりお化粧したり、男の団員の前でだって平気で着替えたりもしていたんですよ」

上目遣いで茶目を装ってみたが、内藤はグラスを持ち上げようともしない。

「そんなことを言ってるんじゃない。どうしてこの洋卓で堂々と食べんのだ。俺に隠れるようにして、しかもあんな粗末な」

「だって、お仕事でお疲れになっている主人の前で、一日、本を読んで過ごしていた家の者が湯漬けを啜るわけにいかないじゃありませんか」

「旧式の、因習《いんしゅう》極まりない考え方だね。だいいち、俺はいつ、君の主人になった。君はいつ、俺の家内になったんだ」

声が激烈になって、ようやっと気がついた。繁の振舞いが女房みたいに糠味噌《ぬかみそ》臭く、それが気に障《さわ》ったらしい。

「今のは譬《たと》えです。お気を悪くなさったんなら、あやまりますわ」

「詫《わ》びる必要なんぞない。君は君の考えでそうしたと主張すれば、よいことだ」

またあやまりそうになって、喉許でぐっとこらえた。内藤がようやく顔の筋肉を緩めた。

「いや、大きな声を出してすまなかった」

水屋簞笥からグラスをもう一つ出して、にいと笑う。

「蘭ちゃん、さ、一緒に」

「んもう、厭な方。湯漬け一杯で、とんだお目玉を喰らったわ」

軽く睨みつけると、内藤はなお目許をやわらげた。たちまち一杯目を空け、手酌で二杯目を呷《あお》っている。

「今日、『桜の園』を読み終えました」

内藤は黙って先を促してくる。機嫌はすっかりと直っている。

「結局、何も事件が起きない戯曲ですわね」

「たしかに、大きな動きはないからね。あれは静劇、雰囲気劇とも言われている」

内藤は近代劇協会の後援をしていただけあって、戯曲、演劇にも親しみ、造詣《ぞうけい》も深い。

「しかしスタニスラフスキイが率いるモスコウの藝術座の『桜の園』、あれは素晴らしかったよ」

「ラネフスカヤ夫人がですか」

「それもそうだが、桜の園を買い取ることになる商人、ロパーヒンが良かった」

意外だった。

「品性の劣るあんな策略家、あなたはお嫌いか、と」

「日本人の大方はそう捉えるだろうね。だが、ロパーヒンは支配階級から蔑《さげす》まれてきた労働者の象徴でもある。演出と演技によっては、ロパーヒンや大学生のトロヒモフは時代を映す鏡になるよ。実際、ロシアで革命が起きたのは、俺が観た舞台から五年後だ。すでに、激動の時代を胚胎《はいたい》した舞台だった」

内藤の意見はいつも論理の筋道が立っているだけでなく、自身の体験に裏打ちされている。

「時代を孕《はら》んだ舞台。そんなことができるのですか。日本では考えられませんわ」

「ロシア人にできて日本人にできぬことはないだろう。新劇はまだ暗中模索だがね、いずれ西洋の猿真似《さるまね》でない、独自の解釈をほどこした翻訳劇ができるようになる」

途方もない道だ。

「さて、君の反論を拝聴しようか」

「反論」

「そうだ。商人のロパーヒンを俺が嫌いだろうと君は推測したらしいが、君自身はどうなんだ」

「私は」と、口ごもった。

「あなたがお嫌いだろうと思っただけで」

眼鏡の奥の目がまた険しくなった。

「君はいったい誰のために学んでいる。君自身の感覚や考えを磨くためじゃないのか。なぜ、一々、俺の考えをなぞろうとする」

「それが、いけないことなんですか。あなたは私の師です」

「俺の考えをそのまま鵜呑《うの》みにする癖をつけてはいかんというのだ。俺がこの世から消えても、君は君自身の考えで世に立ち、渡っていける女だろう」

何かが胸の中でせり上がってきて居たたまれなくなった。内藤の目に映る己がひどく色褪《いろあ》せたものになっているような気がして、焦燥がつのる。

手放したくない。この、穏やかで美しくて、興奮と静寂とユウモアに満ちた日々を失いたくない。

「私、もっと自身を磨きます。あなたにとって、手ごたえのある女に」

内藤が「蘭ちゃん」と鋭く遮った。

「俺にとってじゃないんだ。誰かの正解や基準に合わせて生きるなんぞ、無理じゃないのか。君はそれができない女だから、妻の役を放擲《ほうてき》したんじゃなかったのか」

一言も返せない。

大森に越してからの日々は、ほんに安穏《あんのん》だった。内藤に食べさせてもらっているという引け目は露ほども感じず、文学や戯曲に親しむことで己が幾段も高等になった気がしていた。実のところ、声楽と舞踏はこの歳で始めるには遅すぎ、師匠にも目をかけてもらえない。変な癖がついていると、両方の師匠に嘆息された。女優なる身分を侮《あなど》られているのかもしれず、そうと悟れば稽古に足が向かなくなった。一方、英語の上達には気を注いでいる。もともと女学校では得意であったし、発音の筋がよいと青い目の師も言う。それより何より、内藤と英語で諧謔《かいぎゃく》に満ちた言葉を交わし合う、そんな姿を夢想すると励みになった。

「君、写真に出る気はないのかい」

藪《やぶ》から棒に、妙なことを言い出した。

「写真ですか」

「松竹に伝手《つて》がある」

「それは、いくら何でもあんまりなお言葉です。今は焦るな、性根を据えて素養を磨けとおっしゃったのはあなたじゃありませんか」

「むろん憶えているよ。しかし畑中も、今は写真に注力しているらしい」

昏が震えそうになるのを、懸命に堪《こら》えた。

「でも、芝居を映し撮るだけのものじゃありませんか。しかも目の前に観客はいない。声も言い回しも伝わらず、弁士が勝手に喋《しゃべ》り散らすだけのものでしょう」

「いや、そのうち声と映像が同期した写真が世に出て、独自の芸術を披露し得るようになる」

「芸術という言葉は舞台のためだけにお使いいただきたいものですわ。写真に出るのだけは、それだけは拒否します」

そんなものに出たら、これまでの雌伏《しふく》期間がすべてフイになるではないか。

「そうか、拒否するか。いいぞ、その調子だ」

内藤は今夜二度目の矛《ほこ》を納め、麦酒から葡萄酒に切り替えた。ふだんは深酒をしないのに夜更《よふ》けまでグラスを傾け続け、しかも黙したままだ。

「蘭ちゃん、俺は少し考え事があるんでね。先におやすみ」

促した声はいつも通り優しい響きであったけれど、翌朝、目を覚ました時にはもう姿がなかった。

厚いチークのカウンタアの前に、蝶《ちょう》ネクタイのボオイが立った。

「マンハッタン・カクテル」

駿雄が注文を告げるとボオイは軽くうなずき、繁に目を移した。

「私も同じものを。チェイサーに、プレインソオダを頂戴《ちょうだい》」

「かしこまりました」

二人ともしばらく黙ってカウンタアに肘をつき、繁は百合《ゆり》の形をした洋燈《ランプ》を眺める。グラスが置かれてそれを持ち上げ、軽く互いに触れ合わせた。硬質な音が響いて、

「お久しぶり」と言った。

「そして、おめでとう」

駿雄が片眉だけを跳ねるように上げた。

「何がめでたいんです」

「あなたの結婚と、お嬢さんの誕生よ。それに、大変な豪邸にお移りになったんですってね。その幸福と羽振りのよさに乾杯よ」

二年前、駿雄は熱を上げていた売り子と一緒になり、秋には長女を儲けた。そしてこの夏、大井町《おおいまち》に家を移したのだ。庭があるので池を作らせ、睡蓮《すいれん》を浮かべているという。家賃は三十三円だ。

「なに、広いばかりの借家ですよ。家移《や》りはワケありでね。うちの父親と女房のそりがどうにも合わないんで、思い切って独立した所帯を持ったんです」

「そう」受け流した。駿雄の父親には厳しく叱責《しっせき》されたことがある。二人の情事が原因となって、駿雄は二度目の一高入試をしくじった。

「あなたは、近頃どうなんです」

「変わりなくってよ」

「本当に？」

「何が言いたいの」

「まだ大森にいるのかな」

駿雄は奥歯に物が挟まったような物言いをして、指先だけでボオイを呼んだ。もう二杯目を頼んでいる。

「はっきりおっしゃいよ。内藤がどうしてるかと言いたいのでしょう。元気よ、あの人」

「いや、『中外』が休刊していると耳にしたものだから」

「もう去年の話よ。でも雑誌なんて、もともと赤字を出すものなの。彼、中外社以外に鉄鋼会社も持っていて。そちらが戦後不況で駄目になって、雑誌に資金を回せなくなっただけよ」

大戦後の恐慌《きょうこう》が始まったのは、駿雄が結婚したのと同じ年だ。その翌年、大正十年に「中外」は休刊に追い込まれた。いつだったか、内藤が珍しく声を荒げて詰問《きつもん》口調を遣った夜がある。ちょうどその頃から事業が厳しい局面を迎えていたのだと、後で平仄《ひょうそく》が合った。

「でも、すぐに同郷の実業家に資金を援助してもらって通信社を創立したの。極東通信。今、労農ロシアを承認せよとの運動を展開中」

するると駿雄は肩を寄せてきて、小声を発した。

「やはり、社会主義者なのか」

「違うわ。彼は軍国主義に反対する主義。ロシアとアメリカの友人のために力を尽くしているの」

「よくわからんな」

「志士なのよ。刀を使わない志士」

「ますます、わかりませんな」

「結構よ。私だって、本当はよくわからない。いくら勉強したって追いつけないの。そのうち、どこか知らない国で暗殺されちゃうんじゃないかって、そんなことを思う夜もある」

「そしたら、あなたはどうする。後を追う？」

繁はグラスの脚に指で触れた。冷たく濡れている。

「私は首を縊《くく》るのはごめんだわ。苦しそうだもの」

そして、ふとあるアイデアが泛《うか》んだ。カウンタアの正面に並んだ洋酒瓶を見つめる。

「私、四十になったら死ぬの」

ああ、それがいい。それまでは生きていよう。

駿雄は何も言わぬまま、またグラスを空にした。「ウヰスキイ」と注文している。

「そういえば、私、誘われてるのよ。松竹に」

「松竹。蒲田《かまた》撮影所ですか」

「そう。入社しないかって。ほら、写真も女優不足でしょう。旧劇の女形が出てるくらいだから」

「そうかあ。あなたが写真の世界にねえ」

しみじみとした声音《こわね》だ。

「やはり、僕らは縁がある」

「いいえ、正直言って迷ってるのよ。そりゃあ、入社したら暮らしは楽になるわ。内藤は今でもちゃんと扶《たす》けてくれているけれど、本当の意味で生活の独立を図りたいのよ。でないと、真のラマンにはなれない。でも、いわば金子《きんす》のために堕落するのは怖いわ」

「堕落」

駿雄は短く繰り返した。

「このまま舞台から、芸術から遠ざかってしまいそうで怖い。いえ、わかってるのよ。いずれ写真は声と映像が同期して、独自の芸術を披露し得るようになるわ。でも、今の写真に私の芸術を磨く場があるとはとうてい思えない。ああ、でもここは割り切らないといけないわねえ。劇団からの誘いもあるにはあるんだけど、上山先生や畑中さんとは何かが違う。物足りないのよ。どうせ物足りないのなら写真で稼ぐ方が分《ぶ》もいいし、英語の勉強や読書の時間も奪われないわ。ね、どう思う？　駿雄さん」

返事がないのでかたわらを見上げれば、横顔の形相が変わっていた。

「どうしたの」

腕に手を当ててみても、奥歯を嚙《か》みしめているかのように頬が微かに動くばかりだ。

「どうしたのよ。意見があるなら、ちゃんとおっしゃいよ」

駿雄はグラスを呷り、そして音を立てて置いた。

「写真に出るのは、堕落ですか」

「そんなことが気に障ったの。違うわ。私は芸術の話をしているだけよ。あなたの弁士としての腕も功績も認めているわ」

横顔が急に動いて、大きな目を据えてきた。奇妙に潤《うる》んでいる。

「笑わせる。あなたは僕の説明する写真を、一度でもちゃんと観たことがあるのか」

「だから、認めているって言ってるわ」

「違う。写真を、キネマをちゃんと味わったことがあるのか。僕はこれでも命懸けで、あの暗闇《くらやみ》の中で喋っている。あなたの言う、声と映像が同期するようになれば職を失うとわかっていても、だ」

ふいに顔をそむけた。

「帰ってくれませんか」

繁は目瞬《まばた》きをして、駿雄を見返した。

「他の女が相手なら黙って勘定を済ませて、僕は席を立つ。今、こうして話していても、この椅子を蹴《け》って去りたい。しかしあなたに対して、僕はどうしてもそれができない。だから、あなたがこの店から出てってくれませんか」

カウンタアの上の拳が小刻みに震えているのを目の端で捉えて、繁は椅子《いす》から下りた。

退場だ。

足を踏み間違わないように、間違ってもよろけたりせぬように注意を払い、足を動かした。ドアに向かうまでの距離が、ひどく長く思われた。

酔うほど呑んでいないのに、家の台所で繁は吐いた。這《は》うように階段を上がり、窓障子を開けた。夏の夜風が入ってきて、大息を吐く。

あの駿雄を、どんな私をも受け容《うい》れ続けたあの子を、傷つけた。

内藤はまた長期の出張に出ている。今夜は来ないし明日も来ない。いっそもう永遠に来ないでほしい。見知らぬ外国で客死してほしい。

帯を解き、肌襦袢《はだじゅばん》の胸許を開く。物干し台に出れば、星月夜《ほしづくよ》だ。

「ああ」と、声が出た。

舞台に立ちたい。あの喝采を浴びる瞬間の、身を貫くほどの熱を感じたい。

でも、こんなにも独りだ。一人芝居は心細くてたまらない。

なぜ。どうしたらこの苦しさから抜け出せる。須磨子もこんなふうに苦悶したのだろうか。浦路さんは、珊瑚は。

蘭奢、お前は。

物干し台をただ歩き回って、爪先に何かが当たった。

目を凝らせば茉莉花の鉢植えだ。枯れていた。

焦土の貴婦人

帯を締め終えてクルリと回って見せると、内藤は窓辺の洋椅子《ようい す》から立ち上がって両手を広げた。

「痛快に素晴らしい」

そう言う本人も今夜はめかしこんでおり、英国製の生地で誂《あつら》えたという洋装だ。口《くち》髭《ひげ》もふだんより念入りに整えられ、髪は香りのいい油で後ろに綺麗《きれい》に撫《な》でつけられている。

繁は久方ぶりに仕立てた白橡《しろつるばみ》の縮緬《ちりめん》地の着物で、吉祥である鳳凰《ほうおう》や鴛鴦《おしどり》、鶴《つる》が胸許《むなもと》から袖《そで》、裾《すそ》で遊んでいる。帯は着物よりさらに白い綴《つづれ》地で、梅と雪持ち柳、そして鴛鴦が刺繡《ししゅう》してある。半襟は丁子茶《ちょうじちゃ》地に、羽根を銀糸で大らかに描いたものだ。

「ハラショー」

裾まである長コートを内藤が手に取って背後に立ったので、躰《からだ》をゆるりと捻《ねじ》って袖に手を入れる。着物に合わせて仕立てたこれは深い松葉色の天鵞絨《ビロウド》で、毛先を巧みにカットした濃淡で大華紋を描いてある。長方形の碧玉《へきぎょく》を真珠で縁取った帯留に金唐革《きんからかわ》のバッグ、レエスを施した絹の手袋まで新調で、むろんすべては内藤の手筈《てはず》によるものだ。呉服屋の番頭はさすがに日本橋の老舗《しにせ》だけあって、頭に髷《まげ》をのせていてもおかしくないほど応対が練れていた。大森の借家の古さ狭さに顔色一つ変えず、繁に対しても慇懃《いんぎん》なあしらいを崩さない。

この取り合わせ、派手に過ぎないかしら。

新劇の舞台衣裳《いしょう》の方が、はるかに地味に思えるほどだ。もっともそれらは西洋の舞台の写真やスケッチに目を凝らしながら自前で縫ったものがほとんどで、生地も薄い安手だ。いざとなれば日本伝統の衣裳が躰に馴染《なじ》みがあり、贅《ぜい》の尽くし甲斐《がい》もある。

奥様は華やかなお顔立ちですから、思い切ってこのくらい着られてもようございましょう。旦那《だんな》様からも夜会《やかい》だと伺っておりますし、じつに結構なチョイスだと存じます。

大真面目《おおまじめ》に英語をまじえて頷《うなず》いたので、少々可笑《おか》しかった。

「ハラショーって、呉服屋の番頭みたいな名前だこと」

「蘭子ちゃん、名前じゃないよ。素晴らしいって言ってるんだ。ブラーボだ」

首筋に内藤の熱い息がかかる。繁はコートの前を合わせ手袋をつけながら、「じゃあ」と命じた。

「その狐《きつね》の襟巻をかけてちょうだいな」

「かしこまりました、マダーム」

内藤は剽《ひょう》げて執事めいた辞儀をする。

姿見の前に立つと、狐の尾の長い毛が洋燈《ランプ》の光で波を打つ。絹の指先を揃《そろ》えて胸にあて、鼻から深く吸い、口からゆっくりと吐いた。喉《のど》の奥をン、ンと鳴らし、「あ、い、う、え、お」と大きく口を動かす。

大丈夫よ。やれる。

鏡の中の己を見つめて顔の前に掌《てのひら》をかざし、ベエルをかぶせるように下ろした。そして上げる。

「何だい、その仕草」鏡の中の内藤が怪訝《けげん》そうな目をする。

「いいえ、何でもないわ」

おまじないだもの。誰にも秘密。

「では、参りましょう」

内藤の差し出した腕に手を入れた。

長い廊下は片側が木々の深い緑に面しており、テラスに据えられた常夜燈《とう》の灯が夜風で瞬《またた》いている。相模灘《さがみなだ》の波音も運ばれてくる。

昨大正十一年に開業されたばかりのここ熱海ホテルは、熱海と伊豆山のジャングルの中に建設という触れ込みの洋館だ。内藤と共に到着した時は日暮れ前であったので、三階建の白壁に洋紅色の屋根が空の明るい青によく映えていた。東京でも梅が盛りになりつつあるけれども、朝夕はまだ冷えて火鉢が必要だ。けれどここには一足先に春が訪れているのか、三階の角部屋の窓から見える丘陵には早緑《さみどり》が広がっている。

部屋で軽食を摂《と》ってから、一階の湯殿でゆったりと湯に浸かった。天井までの大きな硝子《ガラス》窓で、床は宝石のごとく色鮮やかなタイル張りのモザイクだ。部屋に戻って長椅子で寛《くつろ》いでいる時、内藤は夜会の主宰者がロシアの労農政権の大物夫人であると打ち明けた。とはいうものの、トランプ占いで一枚をめくって差し出すような気軽な口《こう》吻《ふん》だ。

「与平《よへい》？　ロシア人にもそんな名の方がいらっしゃるの」

訊《たず》ねると、内藤は短い眉《まゆ》を下げて苦笑した。

「与平じゃない。ヨッフェだ。アドリフ・アブラーモヴィチ・ヨッフェ。ロシア政権の駐華大使であり、極東について全権を任されている」

「大使夫人の夜会に私が同伴するのですか」

坐《すわ》り直した。内藤は一人がけのソファで脚を組んでおり、悠然と葉巻をくゆらせている。

「そうだ。内藤夫人としてディナーに出席する。夫人の主宰だから、主賓は君だ」

「主賓。そんな、あなたの旧知のご友人が帰国なさって、それで夜会を開くのだとおっしゃったから」

秘密裡《り》の帰国と聞いていたが、それには何の懸念《けねん》も持っていなかった。内藤は社会主義者でも共産主義者でもないと主張しているが、その筋の知人友人が多いことは平素から口にしているし、支援していることも隠そうとしない。

しかし革命によって皇帝一家が皆殺しにされたという伝聞は国粋主義者でなくとも、天皇を戴《いただ》く多くの日本人にとって悲痛極まりない衝撃をもたらしたし、貴族階級や反体制側に加えられた残虐《ざんぎゃく》な処刑などが伝わるにつれ、対露感情は年を追うごとに悪化した。繁の芝居仲間でも親戚《しんせき》の前で革命を支持すると口にしただけで国賊呼ばわりされ、絶縁された者もいる。

内藤はおそらくそんな世情を慮《おもんぱか》って、今夜の主宰者夫妻のことを繁にも黙っていたのだろう。

「俺の古い友人が帰国しているのは本当だ。田口運蔵《たぐちうんぞう》という男で、同じ新潟の出身でね。仙台の二高を中退してすぐに渡米して、俺は向こうで知り合った。セン・片山《かたやま》ともその頃からの知人だ」

セン・片山という名は劇団の仲間も口にしていたことがある。アメリカの社会主義者からも一目置かれるほどの日本人で、ロシアの革命政府からの信頼も厚いという。

「あなた、片山氏ともお知り合いですの？」

「そうだよ」内藤は前を向いたまま事もなげに応《こた》えた。

「今回のヨッフェ来日とヴィコント後藤の会談も、片山さんが俺の記事を読んだのが契機だ」

「その後藤って、東京市長の後藤子爵《ししゃく》のことですか」

歩きながらも思わず声が高くなって、内藤に目で制された。後藤新平は内務大臣や外務大臣を歴任して、大正九年から東京市長を務めている政界の大物だ。

「そんな方の配下で動いていらしたのですか」

「馬鹿《ばか》を言うな。俺は後藤さんの手下じゃない。俺が奴《やっこ》さんを引っ張り出したんだ。政府がいっこうに対露外交に乗り出さぬから、極東通信で労農ロシアを承認せよと説き続けた。そうすると政財界でも徐々に賛同者が増えてね、この運動がニューヨーク・タイムズに載った。片山さんはそれを読んで、誰がこの運動をやっているのかと問い合わせてきた。俺だと知って向こうも驚いてたよ。で、俺はすかさず申し入れた。日露の国交回復を民間でぜひともやりたいから、あなたは一つモスコウに連絡をつけてロシア政府の代表を日本に寄越してくれないかって」

「それで、ヨッフェさんが日本にいらしたの」

「片山さんがレーニンとトロツキーに相談してくれた成果だ。さあ、そうとなれば日本は誰を出すか。元大蔵大臣の勝田主計《しょうだかずえ》さんが日露国交回復に賛成であることは知っていたから、代議士を通じてロシアと道がつきそうであることを耳に入れさせた。そしたら当の勝田さんから呼ばれてね、道玄坂《どうげんざか》の屋敷を訪ねたよ。そこで誰を担《かつ》ぎ出したらいいか相談を受けて、後藤市長に白羽の矢を立てたというわけだ」

「じゃあ、会談はこのホテルで」

「いや、上海《シャンハイ》から横浜港に入って東京で会談した。築地《つきじ》の精養軒《せいようけん》でね」

「それも秘密裡に」

「そいつは無理な話だ。横浜に着いた日はちょうど議会の開会中だったが、内務大臣と外務大臣にヨッフェ来日について緊急質問をした代議士がある。四、五日前には後藤市長の屋敷に暴漢が数人で乱入して、邸宅内を荒らした事件も起きた」

そういえば、新聞にそんな記事が出ていた。国粋主義者は社会主義者と共産主義者を蛇蝎《だかつ》のごとく忌み嫌い、天誅《てんちゅう》を下さんとつけ狙《ねら》う。[illegible]政府の大使に日本刀で斬《き》りかからぬとも限らない。

「それにヨッフェは体調が優れなくてね。ここに移って療養してもらうことにしたというわけさ」

つまり身柄を守るためということなのだろう。

「蘭ちゃん、そろそろいいかね？」

内藤に促されて、気を戻した。

食堂の扉の両脇《りょうわき》にホテルのボオイらしき若者が立っていて、繋に目を留めて恭《うやうや》しく頭を下げる。さらにその先には椰子《やし》の大きな鉢植えが置いてあり、壁際《かべぎわ》に背広姿の男がずらりと並んでいる。目つきからして私服の警官のようだ。

「奥様、襟巻とコートをお預かりいたします」

黙ってうなずいて爪先《つまさき》を回し、ボオイに背中を向けて襟巻とコートを外させた。そう、貴婦人は自ら脱いだりしない。

内藤に促されるまでもなく前に出て、扉の中へと踏み出した。

ヨッフェは赤黒い髯《ひげ》をたくわえた男で、額が禿《は》げ上がってテラテラとしている。歳《とし》の頃はよくわからない。繁らが食堂に入った際に椅子から立ち上がったが、籐《とう》のステッキをつくのが見えた。日本人に比べて外国人は老《ふ》けて見えるので、まだ四十に届いていないかもしれない。本当に病を得ているのか大儀そうで、それにしても猪首《いくび》の大男だ。内藤がロシア語で何かを告げた。たぶん紹介しているのだろうと思ったが、ここは毅然《きぜん》と振る舞わねば軽く見られる。繁は会釈《えしゃく》をするだけに留めた。相手もこなたを見下ろして一瞥《いちべつ》するだけで、すぐに内藤と挨拶《あいさつ》を交わし始めた。

かたわらの夫人とおぼしき女性は頬と鼻の頭がうっすらと紅《あか》い、人好きのする面貌《めんぼう》だ。

「ようこそ、内藤夫人」

英語でにこやかに呼びかけられ、右手を差し出した。

「お目にかかれて光栄です」

英語で応えると、ヨッフェがちらりとこちらに目を走らせたのがわかった。

そうよ。内藤夫人は言葉が通じるの。だからお追従《ついしょう》笑いはしない。ここは社交の場だもの。

「ナジェーダです」と名乗られて、数瞬迷った。内藤の妻の名を知らない。

「蘭子と申します。お招きに感謝いたします」

とっさに口をついて出たのは、ふだん内藤が使う愛称だった。

「素晴らしいお衣裳ね。ロシアも刺繡が自慢だけれども、日本の着物は芸術だわ」

「この帯は生地が硬うございますから、針を揮《ふる》う職人も男性ですのよ」

「日本には男性のお針子がいらっしゃるの」

呉服屋の番頭からの受け売りだったが夫人はいたく感心して首を回し、お太鼓を見て内藤と同じく「ハラショー」と声を高めた。よくよく考えを巡らせば、この来日は厳戒態勢だ。夫の政務中に外へ出て見物に歩くことが、いかほどできただろう。もしかしたらホテルの壁をずっと見ていただけかもしれない。

それで内藤は私にこれほどの着物を支度したのかと思いが至った。むろん相手への礼儀でもあろうが、常々、外交はまず文化だと唱えている。

経済で外交すると、必ず互いの利害がぶつかる。芸術、文化こそが相手を敬い、尊芸術、文化こそが相手を敬い、尊重し合える水先案内人だ。

ゆえに金子《きんす》に糸目をつけなかった。

三十歳くらいの青年が近づいてきて、繁に顔を向けた。

「田口運蔵です。ヨッフェ氏の秘書役を内藤さんから仰《おお》せづかって、上海からお連れ中すました」

草人よりもひどい訛《なま》りだ。しかし目鼻立ちのはっきりとした美男で、エキゾチックな雰囲気を持っている。繁はゆるりと辞儀を返した。

「内藤がお世話になっております。此度《こたび》はお手を煩《わずら》わせまして恐れ入ります」

運蔵はヨッフェの本物の秘書数人、日本人の協力者らしい数人をも繁に引き合わせた後、内藤と固い握手を交わした。

「ご苦労だったな」

「なにさ、日本人の中でロシアへの密使にふさわしい男はオレを置いて他にいねさ」

綺麗な口許をほころばせ、皆を見回した。

「さ、お前《め》さんがた、デナーをよろろっと始めっかね」

白い布がかかった大きな長方形の洋卓には燭台《しょくだい》がいくつも並べられ、長辺の中央にナジェーダと繁、その両脇に内藤とヨッフェが挟むように坐した。対面する席にも日露の人間が互い違いに腰を下ろし、つまり同胞が並ばないように配慮されている。短辺の一方には運蔵が、もう片側にはヨッフェのロシア人秘書が腰を下ろした。

饗宴《きょうえん》は蟹《かに》のコクテールとチーズのプチタルト、小魚のベーコン巻きの前菜から始まった。次いで花キャベツのクリイムスウプ、ハムのゼリー寄せとボイルした馬鈴薯《ばれいしょ》が出る。繁とナジェーダは葡萄酒《ぶどうしゅ》だが、男たちは早々にウォトカに切り替えた。ヨッフェは対面するロシア人と何やらロシア語で話をし、時々、「ヴィコント・ゴトウ」と聞こえるので会談にまつわる話題なのだろう。内藤が「ダー」と言って会話に入り、運蔵がさらに言葉を添えて皆を笑わせている。

なごやかな会食に安堵《あんど》して隣の夫人に顔を向ければ、満足そうな笑みを返してきた。

「よかったわ、今夜は躰の具合もよいようです」

「船旅でお疲れになったのでしょう」

「こちらに来る前に上海でも孫文《そんぶん》と会見をしましたからね。あの共同宣言は、ヨッフェが成した大仕事の一つになるでしょう」

ナジェーダはさらりと言ってのけた。社交的な農婦とでも表現したくなるような風貌だが、政治について己の考えをしかと持っているらしい。二年と半年前だったか、アメリカの女性も参政権を得たと内藤から聞いたことがある。

繁は己が何の思想も意見も持ち合わせていないことが、急に心細くなった。

この二年の間、私は何をしていたのだろう。女優としての教養を磨くことに意を注ぎ、演劇、戯曲についての書物も読んできた。けれど心底から楽しんでいたのは、内藤の愛人としての生活だ。食べるものも食べずに稽古《けいこ》に励んで熱中した舞台であったが、劇団の解散や活動の中止に翻弄《ほんろう》され、公演のつど周囲に頭を下げて切符を買ってもらわねばならぬ日々にも疲れていた。

私は内藤との巣に逃げ込んだのだ。そして内藤が出張に出て訪れが間遠《まどお》になれば、駿雄を誘った。己の価値がまだ落ちていないかどうかを確かめるために、いつも駿雄の心を試した。その挙句、活動写真を貶《おとし》めるようなことを口にして、弁士である彼を傷つけた。去年の夏のことで、それから会っていない。駿雄と会わないようになると、気持ちは内藤に集中した。最初から割り切っていたはずの妻子の存在がやけに気になり、出張と称して別の愛人と旅に出ている様子を想像して苦しんだ。嫉妬《しっと》めいた言葉を内藤に投げつける醜態だけは、かろうじて演じずに踏みとどまっている。それをしたら関係は終わる。けれど水の中で喘《あえ》ぐような苦しさだ。恋しさがつのるほどに己が醜くなる。

結句、内藤が持ってきた松竹蒲田撮影所への入所話を受けた。去年は医師の姉や貧民窟《くつ》の熊《くま》さんの女房といった脇役を三つほど演《や》った。

芸名は本名を用いて三浦繁子《しげこ》とした。伊澤蘭奢で出る気持ちにはどうしてもなれなかった。駿雄をいかに傷つけようと疎遠《そえん》になろうと、舞台の上の私が蘭奢なのだ。活動で演じる私は、蘭奢ではない。

給仕がビーフステエキの皿を運んできて、繁は葡萄酒を口に含み、シルバアを手にした。ナイフを動かせば肉汁が光って皿に広がる。血の色だ。一切れを口に入れ、咀《そ》嚼《しゃく》する。

ロシアに革命が起きた時、日本の社会主義者は躍り上がり、快哉《かいさい》を叫んだものだった。後に「二月革命」と呼ばれる騒動が起きたのは大正六年で、日本の暦では三月の中旬だったらしい。むろん当時の繁には知る由《よし》もなく、新聞に報道が出ていたのかどうかもわからない。離婚をして郷里の津和野を出たのが、ちょうどその年の三月下旬だった。

革命のことを耳にするようになったのは近代劇協会に入ってからで、二月革命は女性労働者らの「パンを寄越せ」というデモを契機に軍隊を巻き込む大反乱になったのだと知った。さらに「十月革命」を経て、軍事革命委員会はソヴェート政権樹立を宣言した。

劇団の若者らは「農民や労働者が一国の、しかも大国の政権を奪取するなど、有史以来初だ」と称賛し、「人間社会にとって初めて、理想の国家が実現される」と感極まって涙ぐむ者もいた。けれど革命についての実際はほとんどわからぬままだった。

内藤と深間にはまってからだったか、新聞に「ボルシェビキ氏立つ」と書いてあったので「この方が指導者なのですか」と訊ねたことがある。すると苦々しく舌打ちをした。

「まったく。ボルシェビキという男だと勘違いして記事を書いてやがる。ボルシェビキというのは、レーニンが率いる多数派のことだ」

そう言われても、すぐにわかった気になれる話題ではない。長年、ロシアに精通してきた内藤にとっては当たり前の知識をこなたは持ち合わせていない。多くの日本人と同じく。ただ、繰り返し内藤が口にしたことで、唯一《ゆいいつ》、理解できたことがある。

社会主義はすなわち、反戦主義から出発したということだ。

「パンと大地と平和を求めて、名もない労働者と農民が立ち上がった。それがロシア革命の本質なのだよ。俺は若い頃、帝政時代のロシアを訪ねてよく知っているからね。かの国の美しさと情の深さ、知性の大きさを。蘭ちゃん、明治以降、日本の文士はいかほどロシアに学んできたことか。近代日本はイギリスとフランスに機械化と軍備を学び、アメリカに商法を学び、ドイツには法と学問の術を学んだ。そしてロシアには思索を学んだのだ。インテリゲンチャはドストエフスキイやトルストイ、ツルゲエネフによって、近代の文学に目覚めた」

内藤の口調は熱を帯びる。

「むろん、現政権の運営は困難を極めている。理想の実現はかくも難しく、民衆の飢えと貧困は全く解決されていない。パンの配給を受ける長い行列を目の当《ま》たり《あ》にして、俺は愕然《がくぜん》としたことがある。一足の靴を手に入れるのに五ヵ月も待たねばならないんだ。政府の要人は王侯貴族の館で肉のゼリー寄せやベフストローガノフを味わって、俺にも、ナイトウ、お前なら鉄道はいつでも無償、最高級のホテルで最高のもてなしを用意すると申し出た」

内藤は「むろん断ったよ」と続けた。

「紐《ひも》つきはごめんだ」

それからも、内藤はしばしば同様のことを口にした。なればこそ日本は労農ロシア政権を正式に承認して、国際社会に位置付けねばならない。

孤立させれば、いずれ暴走する。

付け合わせの西洋松茸《マッシュルウム》も食べ終えて、繁はナイフとフォオクを揃えて皿の上に置いた。ナジェーダはまたも満足げに顔を揺らし、「日本は料理も美味《おい》しい。ホテルも清潔です」と言った。

「上海も美味しいけれど、時々、お皿に肉汁がこびりついているの。ボオイに注意したら、チップを要求されたわ」

「日本にはチップの習慣がありませんから」

「あなたは、外国はどちらにいらして？」

「私はどこにも。夫からの耳学問なんですの」

「信じられません。英語がよくおできになるから、イギリスかアメリカでお暮らしになったことのある方だと思い込んでおりました」

「まだしばらくは夫も忙しいでしょう。あいにく、当分はその機会が巡ってきそうにありませんわ」

「ミスタ内藤が落ち着かれたら、ご夫妻でロシアにいらして。歓待しますわ」

「それは嬉《うれ》しゅうございます」

胸が躍ったが、夫人の肩越しに内藤と目が合った。

わかっていてよと、微《かす》かな目配せを返した。

与えられた役以上に空騒ぎをして、あなたにご迷惑をかけたりはしません。

「ぜひ夏に。ああ、雪が解ける四月も美しいのよ。白樺《しらかば》の芽が一斉に萌《も》え出して、瞬《また》く間に瑞々《みずみず》しい若葉になるわ。そして五月は、花という花が一時《いちどき》に咲き揃うの」

花の名前をいくつか挙げたが、百合《ゆり》くらいしかわからなかった。そして桜だ。百合が咲く丘と小川が巡る白樺林、そして延々と桜樹の続く景色が泛《うか》ぶ。草と花の匂《にお》いがする。

「でもお招きするのは、もう少し政情が安定してからでないと。日露の関係も」

ナジェーダは繋の左隣のヨッフェを見やった。聞こえているはずなのに、妻に何も返さない。

本当に、不愛想な与平だこと。

内心で呆《あき》れながらも、ふと思いついた。ナジェーダに顔を向け、一拍置いてから声を改めた。

「ヨッフェというお名前を日本語で書きますと、平和を与えるという意味になります。革命と動乱を経験なさった労農ロシアの外交官に、とてもふさわしいお名ですわ」

持ち前のアルトに、心からの真摯《しんし》を籠《こ》めた。

けれどうまく通じなかったのか、夫人はとまどっている様子だ。こちらも途端に口ごもってしまう。こういう台詞《せりふ》は繰り返したり説明を加えたりすると、つまらなくなる。

と、内藤が脇から口を添えた。ロシア語であるので、気がつけば皆が注視している。

「チャークユ」

かたわらで声がして、左を向けばヨッフェが目尻《めじり》を下げて手を差し出していた。

「有難うございますと言っている。しかも彼の郷里の言葉だ」内藤が教えてくれた。

「どういたしまして」

繁は日本語で応え、ヨッフェの手を握り返した。大きな、しかも驚くほど熱い掌だ。

菓子と果物のコンポオトが出て、紅茶になった。男たちはまた葡萄酒に戻る者あり、ウォトカを続ける者ありで、内藤はウヰスキイのグラスを手にしている。

「さて宴もたけなわだろも、よろっとお開きの挨拶を、内藤さん」

運蔵に促されて、内藤はグラスを持って立ち上がった。皆がならって椅子を引き、繁も腰を上げると背後で給仕が椅子を引く。ナジェーダも葡萄酒のグラスを持ち上げたところで、内藤は皆をゆっくりと見渡し、ヨッフェへと目を据えた。

「日露の国交回復と親交、そして両国の将来に平和と幸あれと祈って」

グラスを天井に向けて高く掲げた。

「グードラック」

男たちの声が一斉に沸き立った。

そしてロシア語が続いた。聞き取れなかったが、唱えたのは満面に笑みを湛えたナジェーダだ。いい声だと思った。高く澄んでいるが弱くはない。ピンと張った糸のように胸で響いた。ヨッフェを見ると感激した面持ちで妻に笑みを返し、繁にもためらいを見せずに目を合わせてきた。そして同じ文言を、自身の幅の広い声で繰り返す。

繁も奮い立つような心持ちになって、皆と唱和する。

「ブッチェ、ズドローイチェヤ」

互いの国に幸あれかし。

願いの文言は、不退転の決意を籠めた鬨《とき》の声のごとく響き渡った。

火鉢の前で懐手《ふところで》をして、蜜柑《みかん》の木箱を睨《ね》めつけた。

「染吉《そめきち》、それは料簡《りょうけん》違いというものだ。芸妓が三味線も弾けないんじゃ、いずれ枕稼《まくら》ぎをすることになりかねない。お前が不見転《みずてん》になっちゃ、あたしゃ、前《せん》の女将《おかみ》に申し訳が立たないわえ」

煙管を口に咥《くわ》え、吸い込んでくゆらせる。といっても煙は出ず、くゆらせるつもりであるだけのことだ。火鉢の前でうなだれて坐っているはずの若い女優もまだ撮影所に入っておらず、蜜柑箱を相手に説教をしている。『温き涙』というこの写真では、芸妓屋の女将という役だ。

脇役に名前はない。この夏までに十三本の写真に立て続けに出ているが、何某《なにがし》の母や妻、近所の女房という役どころばかりだ。ヴィクトル・ユウゴウの『噫無情《ああむじょう》』は黒岩涙香《くろいわるいこう》の翻案小説をすでに読んでおり、主役も新派で見知りの井上正夫《いのうえまさお》だった。ただ、小説の舞台はフランスだが支那劇に置き換えられ、脚本と演出、主役の井上の演技も通俗的な悲劇に終始するばかりだった。繁が受けたのは中年の阿媽《あま》という端役《はやく》で、活動写真館にわざわざ入って観《み》た時は仰天した。

白い顔がやけに大きな、肥《ふと》った支那服の女が気取って喋《しゃべ》っていた。

「ハイ、カット。お疲れぇ」

「これでよろしいんですの」監督を見れば、背後に立つ脚本家を振り向く。

「どうだい、いいだろ。次が押してるんだよ。そろそろ順子ちゃんも入るだろうし」

「うぅん」と、台本を手にした脚本家は頭を掻《か》く。

「女将の芝居、濃いんだよなあ。もう少し引いてもらえないかなあ」

繁は立ち上がった。

「でもここで女将が上から物を言わなきゃ、染吉の口惜しさが引き立たないと思いますけれど」

「それはあなたに指摘されなくてもわかってるよ。違うんだ。三浦さんの巧《うま》さが妙に目立っちまうのが、作品全体としてどうなのかなあって話で」

じゃあ、もっと下手に演れってぇのか。

斜めになりかけた肚《はら》を宥《なだ》め、「では」と台本の上を指差した。

「台詞を削りますか。ここと、これもいわば念押しですから削れるでしょう」

「そうも削ったら、染吉の切迫が観客に伝わらないんじゃ」

「表情で出しますわ。そのかわり、キャメラはもう少し寄っていただかないといけませんわね」

台詞はいずれにしろ活動弁士が語るのだ。写真の動きと息を合わせるのが下手な弁士は平気で台詞を飛ばして追いつこうとするし、演者が出した繊細な心情も乱暴な言い回しで台無しにしてしまうこともある。

その点、駿雄は、いや徳川夢声は稀代《きたい》の弁士だった。

彼が勤めている神田東洋キネマに足を運び、闇《やみ》に紛れて幾度か聴いたことがある。夢声は物語の展開を隅々まで把握し、監督の解釈や演者の心を汲《く》み取って客席につないでいた。同じ写真でも異なる弁士が語れば写真の出来まで劣って見え、夢声が語れば数倍増しになる。楽屋を訪ねようとは思わなかった。感動を胸に抱いたまま闇雲に歩いた。

しきりと、ナジェーダのことが思い返された。

矜《ほこ》り高き女労働者。

私も精神の自立を図らねばならない。そのためには、内藤から経済的に独立するべきだ。

月々の生活費と家賃も辞退し、宝石の類《たぐい》を返し、熱海の夜の衣裳だけは有難く手許に残させてもらった。僅《わず》かであっても、己が歴史にかかわった証《あかし》に思えた。そしてどんな端役であっても、力を抜かずに演じ続けている。それが監督や脚本家、時に共演者に疎《うと》まれる因になるのは百も承知ながら、投げやりな仕事をするくらいなら大森の借家で海を眺めていたほうがよほど安穏だ。

けれど私は安穏を捨てた。

「ハアイ、もう一度、本番」

火鉢の前に坐り直し、襟元をぐいと抜いて蜜柑箱を睨めつけた。

遅い朝湯を使って暖簾《のれん》の外に出た。

九月に入ったばかりの昼前でまだ暑く、陽射《ひざ》しに目を細めて歩く。界隈《かいわい》には包丁を遣う音や、家の前に七輪を出して魚を焼く匂いが漂っている。繁は手拭《てぬぐ》いと糠袋《ぬかぶくろ》を入れた木桶《きおけ》を抱えて家を目指す。海側に向かって斜めに生えている松樹の枝越しに二階の物干し台が目に入り、縞木綿《しまもめん》の裾を捌《さば》いて足を速めた。

今日は撮影所に二時入りで、それまでに腹拵《はらごしら》えをしておかねばならない。握り飯と漬物で腹を埋めながら、台本ももう一度浚《さら》っておこうと心組む。

突然、ドンと花火のような音が土の下から突き上げた。上下に激しく揺さぶられる。咄嗟《とっさ》に松の幹にしがみついて頭を寄せた。大地が沸騰《ふっとう》するかのような揺れ方で、松樹も上下左右に揺れ続ける。総身が竦《すく》んだけれど、ここで手を放したら死ぬと思う。またも凄《すさ》まじい音がして、腕の下から背後を見れば家々が薙《な》ぎ倒されていく。板屋根の上の置石が霰《あられ》のごとく飛び、町の者が声を上げて外へ飛び出してきた。燻《いぶ》し出された虫のごときさまで、道がうねって波打つので地面にしがみついても躰ごと転がっていく。

砂埃《すなぼこり》が舞っているのか、辺りが黄ばんで見える。繁の住む借家はもう形を留めていなかった。

「津波が来るぞ」

印半纏《しるしばんてん》をつけた浜の男らが叫び立て、西へと向かっている。地面に這《は》いつくばっている者らが揺れながらも立ち上がり、泳ぐように手足を動かして後に続く。

また叫ぶ声が聞こえ、方々で火の手が上がっているのが見えた。

「火事だ」

「火消しは無理だ。ともかく逃げろ」

「海から遠ざかれ」

「奥さん、何をぼやぼやしてなさるんです」

誰かに背中を強く押され、無我夢中で駈《か》けた。

霞町《かすみちょう》にある内藤の屋敷を目指して歩きに歩き、立派な門構えにその表札を目にした頃には夕刻になっていた。

邸内に入ったことはないが車で前を通ったことは数度あり、番地も憶《おぼ》えていた。妻子は別居していると聞いていたが、本当のところはわからない。顔を合わせることになってもいいと覚悟をした。内藤以外に頼れる人間はいなかった。

道すがら目撃することになった東京市中は凄まじい惨状で、方々で黒煙が上がり、倒壊した家の前で大八車や長持《ながもち》が撒《ま》き散らされたように転がっていた。その合間に夥《おびただ》しい焼死体があるのを目の当たりにしながらも、我が身を守るので精一杯だ。何度も揺り戻しがきて、そのつど地面に屈《かが》み込む。何かにしがみつこうにも電信柱や樹木はほとんどが倒れ、空が不気味なほど広いのだった。

書生らしき若者が門内に何人もいて、莚《むしろ》を広げている。声をかけると、まもなく血相を変えた内藤が玄関から飛び出してきた。

「無事だったか」

抱きしめられて、胸に顔を埋《うず》めた。

「よくぞ訪ねてきた」

「歩き通しました。省線は海沿いを走っているので危ないと聞きましたから」

内藤は「ん」と、背中をさすり続ける。恐怖で張り詰めていた総身が溶けるように、腰から崩れ落ちた。

夢を見ながら、これは夢なのだと知っている。

また夜会が開かれていて、けれど熱海のホテルではない。やけに背中がスウスウすると思ったら舞台の上なのだ。照明だけが額に熱く、緊はグラスを持ち上げて高く掲げる。

けれども台詞が出てこない。血の気が引いた。

ああ、何てこと。

そう思いながら、これは夢の中なのだと己に言い聞かせる。

「親友のオレに向かってまでワイフと紹介するとは、お前《め》さんはひでえな。ほんね、どっしょもね男らこと」

訛りの強い話し方だ。

「君は世界を股《また》にかけていながら、話せぬ男だな。たしかに、この人は俺のリイガル・ワイフじゃない。しかしソシアル・ワイフなんだよ」

「そうせば、お前さんの好きにせぃばいいろも、やいや、彼女は大したもんだ。じつに社交的だろも出しゃばったところがねえし、誠実な態度らった。それが、男でも足が竦むヨッフェ一行相手、日露外交の幕開けという局面だぁ。大衆は知らねろも、日露の関係を築き直すのに熱海の夜がどんげに重要らったか」

この訛りは運蔵だ。夢うつつに思った。あの、苦みのきいた綺麗な男。

「世界は一つの劇場だ」内藤の声が続く。

「自国の面目と功利、主義を懸けて握手し、恫喝《どうかつ》し、銃をひけらかす。我々はその銃をぶっ放させぬよう注意深く、自然に振る舞わねばならん。そういう意味でも、この人は俺の期待以上の演技をしてのけたよ。しかも即興でね」

内藤の声はやけにしみじみとして、瞼《まぶた》の中が熱く膨らんでくる。目尻から溢《あふ》れそうになって、そっと寝返りを打った。不自然な所作ではなかったかと息を凝らしてみたが、まもなく二人は腰を上げ、襖《ふすま》を引く気配がした。廊下から屋敷内の気配が入ってくる。

「パパ、事務員さんのお具合、もう良くなって？」

若い娘の声がして、内藤が何か小声で応えている。

「やあ、お前さん、黎《れい》ちゃんか。おぉーきなったなあ」

今度は娘の声が細くなり、運蔵は「そっけー、もう女学校だか」と感心している。

「お母さんの具合は？」

「ええ、大丈夫です。使い慣れない台所で、それにこの停電で遅くなりましたけれど、夕餉《ゆうげ》の支度ができましたからどうぞって」

「助かったぁ。今日は朝から、たんだ黒パン一つを口にしたきりだぁ」

「パパ、事務員さんの夕餉も用意してありますって」

「婆《ばあ》やに言いつけて運ばせてくれ」

いくつかのやりとりがくぐもって、やがて足音が遠くなった。

そっと上掛けをめくり、躰を起こした。立ち上がった刹那《せつな》、足に痛みが走って息が詰まった。右の下駄をいつ失ったものか憶えていないが、片足は素足のままここまで歩いてきた。白い包帯が巻かれていて、畳の上で滑りそうだ。そして目眩《めまい》もする。

妻子がこの屋敷の中にいる。

息を殺して歩を進め、開け放しになっている襖に向かった。手水《ちょうず》を使いたいが廊下と思《おぼ》しき所は暗く、勝手がまるで摑《つか》めない。足を引き摺《ず》るようにして襖の前にようやく立つと、ぼんやりと明かりが近づいてきた。目が合った。

たぶん先ほどの娘だ。繁が起きているとは想像していなかったのか、棒立ちになっている。黒漆《くろうるし》の客膳《きゃくぜん》を両手で持ち、その上には小さな燭台と春慶塗《しゅんけいぬり》の朱《あか》い椀《わん》が見える。

「内藤先生の会社でお世話になっております、三浦と申します。この度はご厄介になります」

髷の乱れを掌で撫でつけ、小腰を屈めた。娘はそれには何も応えず、客膳を差し出す。

「のっぺい汁です。両親の郷里の料理ですので、お口に合わないでしょうけれど」

いつだったか、内藤が作ってくれたことがある。大根に人参、里芋などの根菜や椎《しい》茸《たけ》、蒟蒻《こんにゃく》に鶏肉《とりにく》も入っていた。内藤の妻女も新潟人であることを繁は初めて知った。

そういえば、運蔵も同郷だ。

「頂戴《ちょうだい》します」

膳を受け取ると、互いの指先が触れた。娘は弾《はじ》かれたように指を引く。顔を上げると、真正面から見返していた。

「事務って、何をなさっているの」いきなり訊《き》かれた。

「タイピストです」

咄嗟に口にしたものの着物は風呂《ふろ》帰りのままだ。裾は土と煤《すす》で汚れ、おそらく顔も無残なことだろう。

「家が潰《つぶ》れてしまって」

「母と私は明日には別宅に戻りますから、どうぞゆっくり療養なさってくださいな」

あなたの正体を、私は知っていてよ。

そんな目をしている。

「感謝いたします」

これは舞台か、それとも舞台裏と呼ぼうか。

小さな蠟燭《ろうそく》の光だけがともる部屋で独り、のっぺい汁を啜《すす》った。


秋になって、内藤はモスコウからの招待を受けて旅立った。

むろん公《おおやけ》ではなく、国粋主義者や反露の新聞記者、そして社会主義者を憎悪《ぞうお》する憲兵隊の監視を潜《くぐ》り抜けての出国だ。

「関東大震災」と名づけられたあの地震の直後、大杉栄《おおすぎさかえ》というアナキストが虐殺された。愛人と六歳の甥《おい》も一緒に連行され、殺害された。殺人の実行容疑者は憲兵隊の甘粕大尉《あまかすたいい》とその部下であるらしく、軍法会議にかけられた。公判の内容は毎回、新聞で報道されている。内藤は大杉と旧知の間柄で、主宰していた雑誌「中外」にも執筆の機会を与えていた。大杉は重度の吃音《きつおん》であったらしく、同志を集めての演説は難しい。自身の考えの披瀝《ひれき》、主張は筆一本で訴え、昨年には『昆虫記』も出版した。刑務所に収監されていた最中に翻訳したもので、ファアブルという昆虫学者の著作だと内藤から見せられたことがある。

繁は十月から、芝区の御成門《おなりもん》で間借り暮らしを始めた。まもなく、新劇協会の畑中蓼坡が仲間を伴って訪ねてきた。

「蘭子さん、一緒にやってくれないか」

畑中は苦心を重ねた末、国民新聞の後援を得て八月初頭に有楽座で『デュポン家の三人娘』を上演し、活動を再開していた。それまでは雌伏《しふく》ともいえる期間で、その間に研究座や舞台協会が創立されて旗を掲げた。畑中は新劇運動の先駆けだという自負が強いので、焦《あせ》りと口惜しさで地団駄を踏んだことだろう。再活動の噂《うわさ》は、時折、大森を訪ねてきた女優仲間に聞いてはいた。けれど戻る気にはまだなれなかった。戯曲の理解も稽古もおぼつかぬまま公演日を迎え、新聞評で集中砲火を浴びては激怒し、金主と揉《も》めて活動を中止する。上山草人同様の無軌道な主宰ぶりに辟易《へきえき》していた。

「有楽座の公演を終えて次を考えていたら、あの大地震だ。協会は再び痛烈な難局を迎えている。しかし俺は挫《くじ》けたくないのだ。東京は壊滅した。だからこそ、今こそ、心を慰撫《いぶ》する演劇が必要だと思わんかね」

貧民窟など、この季節に裸同然の姿で飢えをしのぐ者らが何万人といる。地震後に起きた大火災は九月一日の正午頃から始まり、三日の朝まで鎮《しず》まらなかった。地震によって水道管が至る所で破裂し、浄水場の電力も絶え、しかも避難民の群れに前を阻《はば》まれた消防隊の苦闘は凄まじかったという。

酷《むご》いのは本所の被服廠跡《ひふくしょう》で、その広大な空地に避難した人々を火の旋風が襲い、三万八千人もの命が瞬く間に失われた。旋風に巻き上げられて墜落し、あるいは焼けたトタンが飛んできて頭部を断ち切られた者もいるという。死者、行方不明者は十万五千人、東京市の大半と横浜市、横須賀市のほとんどが焼失した。

内藤が言うには、未曾有《みぞう》の災害が起きる時は政治が混乱している場合が多いのだという。旧幕時代、安政の大地震が起きた時も、幕府の政治は混乱を極めていた。若い頃に、師からそう伝え聞いたらしかった。折しも地震発生の一週間ほど前に加藤首相が急逝し、内閣総理大臣代理はいたものの、日本は宰相が不在というありさまだった。

「十二月に喜劇をやりたい」

畑中は焼野原の中を歩き回り、昔の仲間に協力を要請したという。

「また稽古不足の、生煮え状態の料理を出すおつもり？　だいいち、どこに劇場があるとおっしゃるんです。帝國劇場も有楽座も焼け落ちてしまっているんですよ」

明治座や新富《しんとみ》座、神田劇場に辰巳《たつみ》劇場、寿《ことぶき》座はもとより、中小規模の劇場のほとんども倒壊、もしくは焼失している。

「焼け残った女学校の講堂を借りる。俺はね、蘭子さん、どうしてもこの年じゅうに公演したいんだ。いや、するべきだと思っている。大正十二年の九月一日に大震災、その三月後、人々は新しき演劇を楽しむ」

繁は口の両端を上げた。

「もう筋書きはできているのね」

説得されたわけではなかった。畑中と仲間を部屋に迎え入れた時、心はほぼ決まっていたと言っていい。畑中に振り回される一方の立場に甘んずるつもりはない。今後は、劇団の切り盛りにも口を出す心算を持っていた。問題は、この身だ。端役ばかりとはいえ、松竹では立て続けに十三本の写真に出演してきた。高給ではないにせよ、新劇に戻れば給金どころか、また持ち出しになる。

それでも内藤からの自立を守れるかと、問うてみた。

やってみせる。舞台こそが私の砦《とりで》。二度と下りるもんですか。

松竹の了解も得て正式に撮影所を辞め、再び新劇協会に参加した。

それからまもなくの十月、沢田正二郎《さわだしょうじろう》率いる新国劇《しんこくげき》が日比谷の新音楽堂で野外劇を上演した。衣裳や小道具を大阪松竹から、所作台《しょさだい》は目と鼻の先にある帝國ホテル演芸場から借りての上演であったが、数万人の観客で公園は埋め尽くされた。

畑中は「先を越された」とは言わなかった。確信を深めたのだ。やはり市民は娯楽を求めている。

十二月二十一日、渋谷道玄坂の九頭龍《くずりゅう》女学校の講堂で、震災後初めてといえる新劇公演を打った。演目は二本、畑中の宣言通り、シングの『西の人気男』という喜劇と、ストリンドベリ作で小山内薫が翻訳した『犠牲』だ。伊澤蘭奢は『西の人気男』では後家《ごけ》クイン、『犠牲』では長女アデエルを演じた。

講堂であるので舞台装置としては貧相極まりなく、しかもひどい寒さだ。けれど席は埋まった。ちょうど十一月には焼け残りの新宿武蔵野館、目黒キネマなどが開館し、活動写真が始まって以来の大入りを続けていると評判になっていた。仲間と顔を見合わせ、「きっと大丈夫」とうなずき合った。

『西の人気男』ではある日、父親を殺して逃げてきたという男が片田舎の酒場に現れる。男は大言壮語を吐き散らし、酒場の娘や後家のクインはこの男を英雄のように仰いで夢中になる。父親殺しという凄《すご》み、悪の匂いに吸いつけられるように。

「善良な男になんぞ、女は興味がないんだろうよ」

村の男たちが麦酒《ビイル》を呷《あお》りながらぼやく場面では、客席の方々で笑い声が立った。

旧劇と新劇の区別もつかず、何か気晴らしになる催《もよお》しがあるらしいと入ってきたような客も少なくなく、鳥打帽《とりうちぼう》にありったけの縕袍《どてら》を重ねた男や子供連れの女房の姿もある。しかし一幕を終えただけで客席は沸き上がり、講堂の高窓が拍手で揺れて音を立てた。

新聞でも好評を得て、読売新聞には蘭奢についての評も出た。

――蘭奢君の顔には中世期風の品がある。この人は柄もあり顔立ちも良いが、躰にまだ味が足りない。

躰の味。それは所作ということだろうかと、己の躰を見下ろしたものだ。幸か不幸か、大森の巣で肥った躰は震災と舞台稽古を経て一貫目《いっかんめ》ほども落ちていた。

大正十三年が明けて早々に、「演劇新潮」という雑誌が新潮社から創刊された。

同人には小山内薫に岡本綺堂《おかもときどう》、吉井勇《よしいいさむ》、谷崎潤一郎、中村吉蔵《なかむらきちぞう》、久保田万太郎《くぼたまんたろう》、久米正雄《くめまさお》といった顔ぶれが揃い、編輯《へんしゅう》には山本有三《やまもとゆうぞう》、里見弴《さとみとん》、菊池寛《きくちかん》らの名が見える。小説家や劇作家による書き下ろし戯曲も掲載されているという豪華さだ。興味深かったのはゲストを迎えての談話会記事で、尾上菊五郎《おのえきくごろう》や田村寿二郎《たむらとしじろう》、宇野四郎《うのしろう》らの談論風発ぶりがうかがえる頁《ページ》は皆で回し読みをした。

「畜生、何で俺を呼ばねぇんだ」

畑中だけは歯嚙《はが》みをしていた。

一月は仙台座でチェーホフの『熊』と『西の人気男』『犠牲』を再演、二月十六日、十七日には帝國ホテルの演芸場で「新劇協会第四回公演リヴァイヴァル」と銘打って、またも『西の人気男』と『犠牲』だ。後家のクインはもはや「伊澤蘭奢の当たり役」と評されているらしいが、自身は満足していない。

つくづく、喜劇は難物《なんぶつ》だと思う。大仰な言い回しや動作で滑稽味《こっけいみ》を出して笑いを演出するようでは、まだ本当の芝居になっていない。

「素朴な、自然の表情や所作、物言いでも可笑しい、私はそんな感情を観客に供したいの。芝居を観《み》ていることすら忘れて前のめりにさせるのよ。あそこが巧い、ここはよくこなれたただなんて評は糞《くそ》くらえ。そんな一切合切を忘れさせて、芝居そのものに夢中にならせなきゃ本物の巧さとは言えないわ」

稽古中、畑中や仲間にそう訴えたが、皆は肩をすくめただけだった。

悲しいかな、活動弁士や噺家《はなしか》とは違って演劇は一人では成り立たない。端役の村人一人ひとりに至るまでが舞台の上で役割を果たさなければ、観客は我に返ってしまう。

「ねえ、五月も帝國の演芸場だったわね」

畑中に訊ねると、口髭をいじりながら「そうだ」と応えた。

帝國ホテルは大震災でも倒壊と火災を免れ、罹災《りさい》したイギリス大使館とアメリカ大使館がホテルに事務所を移し、朝日や国民、電通などの新聞社や通信社、大倉組や王子製紙などの大会社も移転したようだ。築地の本願寺と精養軒も震災によって失われたが、帝國ホテルとその並びの華族会館、勧業銀行は耐え切った。それを新聞で読んだ時、内藤はポツリと呟《つぶや》いた。

九死に一生を得た。日本の希望は残っている。

「新劇協会も五周年よ。チェーホフの『桜の園』をやってみないこと?」

畑中は目を剝《む》いた。

「あれは難しいよ。日本人には理解できない」

「そうかしら」

「近代劇協会での初演はひどい不評だった。こっぴどく批判されたのを、君は知らないのか」

「だからといって、あの戯曲を日本人が理解できないと決めつけるのは論理の飛躍よ。今の私たちがやれば、何かを呈示できるかもしれない」

「しばらく芝居から離れているうちに、随分と自信家になったものだ」

仲間の俳優が半ば呆れたように吐いた。それには取り合わず、「再建は進むのよ」と畑中を見つめた。

「何もかもが焼けて、それでも東京は再建する。きっとするわ。これから時代が変わる。大正になっても身の裡《うち》にずっと抱えてきた下町が焼けてしまったのだもの。これで雨が降るたび悩まされてきた道の泥濘《ぬかるみ》や夏の川の臭《にお》い、貧民窟の非衛生は一掃されるかもしれない。でも、旧幕時代から続く情緒も同時に失われることになるでしょう。いいえ、その善悪や是非を問うのではないの。時代は何を喪失して前に進むのか、そして何を摑むのか。私たちがすべきなのは問いかけることそのものよ」

しばし誰もが黙していた。ややあって「うん」と、聞こえた。

「僕も難しい芝居だと思う。けれどもし出来がよければ、日本の演劇史で『桜の園』が復活することになる。震災後まもないこの東京で復活、いいじゃないですか。僕は意義があると思う。どうです、畑中さん」

発言したのは奥村博史《おくむらひろし》だった。画家としてすでに名を成している奥村は近代劇協会からの仲間で、妻は『青鞜《せいとう》』で婦人運動を展開した平塚らいてうだ。

「演劇の歴史に復活させるか」

気宇《きう》壮大《そうだい》、多分に山師《やまし》の気質を宿す畑中は「復活」という言葉に目の奥を輝かせ、腕組みを解いた。

「稽古は最初から本意気でやるぞ。皆、覚悟しろ」

畑中はたぶん、新興成金のロパーヒンを演じるだろう。

そして桜の園の女主人ラネフスカヤは私。伊澤蘭奢しかいない。

帝國ホテルの演芸場は間口が五間《ごけん》に奥行きが三間、帝劇をひと回り小さくしたほどの規模だ。収容人数は八百五十人、回り舞台と活動写真の映写室も備えている。そもそも滞在客に娯楽を供するための施設で、外国から招いた音楽家による演奏会や歌劇も披露されてきた。

プロムナアドには緑の絨毯《じゅうたん》が敷き詰められ、灰白色の大谷石《おおやいし》をふんだんに用いて複雑な彫刻を施した内装は神秘的でさえある。劇場の入口にはたわわな葡萄の房を思わせる彫刻が飾られ、客席空間の内壁や天井、緞帳《どんちょう》にも同じモチイフの装飾が続いている。葡萄は希臘《ギリシア》神話に登場する豊饒《ほうじょう》と酩酊《めいてい》の神、ディオニュソスの象徴だ。まさにそのギリシア人が演劇を発明した。

二階のバルコニイ席は弧《こ》を描き、客席と舞台を一つに包み込むようなU字形だ。舞台は半円形に張り出し、フットライトは足許ではなく少し前方にしつらえられている。楽屋も瀟洒《しょうしゃ》な造りで、葉巻と香水の匂いがする。

蘭香は鏡の前で例のまじないをしてから袖に立った。出番は第一幕の途中からだ。

舞台は「子供室」と名づけられている居間で、今は庭の桜がすべて咲き揃う五月である。そう、南ロシアで最も美しい季節が始まる五月の早朝だ。太陽はまだ昇り切っておらず、空気はしんと冷たい。

居間ではこの邸宅の女主人、リュボヒ・アンドレエウナ・ラネフスカヤの到着を待つ小間使いと、商人のロパーヒンが会話をしている。

ラネフスカヤはフランスにもう五年も滞在していて、久方ぶりの帰館だ。若い頃のラネフスカヤを、畑中のロパーヒンが語っている。

「今はどうだか、変わったろうな。昔はいい人だったよ。気軽な、ごくさっぱりとしたね。今も思い出すが、昔……」

ロパーヒンが少年の頃、父親に殴られていたのをラネフスカヤは自室に入れて鼻血の手当てをしてやったのだ。

泣かないのよ、お百姓さん。お婿《むこ》さんになるまでには治ってよ。

百姓の子の怪我《けが》を自ら介抱するなど、貴族の娘にはあり得ぬ振舞いだった。

二台の馬車が到着する音が響き、ロパーヒンと小間使いが出迎えに袖へとはけるので舞台はいったん無人になる。舞台裏でがやがやと人声を立て、それが徐々に近づいてくる。奥村が演じる老僕のヒルスが、杖《つえ》をつきながら急いで舞台を横切る。昔気質《かたぎ》らしい歩き方で、古びた帽子はその頭に何十年もかぶり続けてきたかのようだ。

娘のアーニャが「さあ、ここから参りましょう」と言い、舞台へと出た。ラネフスカヤはすらりと、その後に続いた。

毛皮の帽子に、足首までの長い外套《がいとう》姿だ。客席で熱い息が洩《も》れるのが聞こえた。

背後に続いて居間に入ってきた兄のガーエフや大地主のシミヨノフも旅装だ。衣裳は畑中が小山内薫に頼んで拝借した。自身の衣裳は自前で揃えたかったが、内藤から贈られた着物や帯を震災で失っていたので質草《しちぐさ》にする物さえなかった。ただ、外套の中のドレスは、黒光りする深い紫の天鵞絨と黒いレエスを購《あがな》い、手ずから縫った。

「ここを通りましょう。お母様、このお部屋、どこだか知っていらして」

「子供室ね」

この台詞のト書きには〈嬉し涙にむせびながら〉とあるのだが、いきなり感情を出せば観客と距離ができる。ただ、澄んだ声で嬉しげに発すればいい。

「何て寒いのでしょう。私、手が凍えてしまったわ」

養女のワーリャがこちらに顔を向けた。

「ねえ、お母様、あなたのお部屋ね。今も白のお部屋と藤紫《ふじむらさき》のと、両方とも昔のままにしてございますわ」

ラネフスカヤはまだ子供室に気を取られている。胸が一杯になってくる。

「ここは本当に可愛《かわい》い、美しい部屋だわ。私は幼い頃、ここで寝たのよ」

あの頃は何と無邪気に眠っていたことかと、今の我が身に思いが至る。目が潤《うる》んでくる。

「私は今も、まるで子供ね」

無力さを紛らわせるかのように兄に接吻し、それからワーリャに、またも兄に接吻する。

「ワーリャ、まあ、あなたは相変わらず尼さんみたいだこと」目を瞠《みは》り、かしこまって控えている小間使いを手招きしてやる。

「おお、ヅニャシャ、私は憶えていてよ、お前のことを」

接吻して、皆に取り巻かれながら部屋を通り過ぎる。舞台に残るのは娘のアーニャと小間使いだ。そこに養女のワーリャ、やがて兄のガーエフも戻り、ラネフスカヤの抱えている現実が問わず語りに明かされる。

ラネフスカヤのファースト・ネームはリュボヒ、「愛」だ。もう若くはないがまだ十分に美しく、しかし世間の道徳から見ればその行状はまったく逸脱している。

周囲の反対を押し切って身分違いの「弁護士風情《ふぜい》」と結婚したものの、二人の子をなした夫と死に別れるとたちまち愛人を作り、その情痴にのめり込んだ。そして七歳の息子が川で溺死《できし》する。ラネフスカヤは悲しみに耐えきれず、後ろも振り返らずにこの屋敷から逃げ出した。愛人と共にパリに出奔したのだ。

むろん質素とは無縁の、優美極まりない豪奢《ごうしゃ》な暮らしだ。そういう生き方しかできない。考えもつかない。五階建てのアパルトマンの最上階にある自宅には大勢のフランス人が出入りしてサロンとなり、愛人のために別荘も買った。

その費《つい》えは相続した「桜の園」と、一千ヘクタールにも及ぶ領地から出ている。ロシアでは男女を問わず子供全員に遺産相続権がある。しかしラネフスカヤは領地の経営という能力も意志も持ち合わせていなかった。借金が嵩《かさ》んで別荘を売り払い、今は桜の園と大領地も抵当に入ってしまっている。

パリでの生活に行き詰まったラネフスカヤは愛人にも手ひどく裏切られ、娘のアーニャに連れられてここに戻ってきた。手許には何一つなく、アーニャの財布も空っぽだ。にもかかわらず当人は露ほども落魄《らくはく》のさまを見せず、停車場でも待合の食堂に入って最高級の料理を誂えさせた。

第二幕では、商才によってのし上がったロパーヒンがこんなことを語る。

「私は朝は四時過ぎに起きて、日の暮れまで働き通しであります。だから金はありますさ。そうして周囲にはどんな人間がおるか、見ています。で、思いますね。正直な、真っ当な人間がいかに少ないことか。つまり人間を知るためには、労働を始めてみるのが肝心ですさ。夜、時々寝られない時などはつくづくと神に語りかけますな。主よ、あなたは我々に巨大な森と茫漠《ぼうばく》たる原野、深遠なる地平線をお与えになった。……そこに我々人間が住んでおるのですから、人間ももっと大きなものでなくてはならんです」

稽古場での畑中は新興成金のこの役が柄にはまり、見事な仕上がりだった。本番ではなお良くなっている。慇懃《いんぎん》無礼《ぶれい》と野臭がプンプンと漂い、かえって成り上がりの悲哀を感じさせる。

ラネフスカヤは「あら」と、片眉を上げた。

「あなたはそんな大男が入用なの？　巨人は昔噺に出てくるのはいいけれど、実際に会ったら恐ろしいばかりでしょう」

言葉通りに軽く発すれば、子供じみた頭の持ち主だということをさらに印象づけることになる。それでは、ロパーヒンが投げかけた思考まで宙に泛《うき》かねない。蘭奢は畑中と話し合い、ロパーヒンの含む意図を察しながらも躱《かわ》す調子にした。

一八六一年、ロシア帝国政府は農奴《のうど》解放令を発した。日本はまだ御一新前、万延、文久の頃だ。この解放令によって、ラネフスカヤの兄、ガーエフまでが銀行勤めを検討し始めている。かつては卑《いや》しまれた「労働」が重大な価値を持ちつつある。けれどラネフスカヤは、時代の流れに従おうとも抗《あらが》おうも思わない。そもそもかような発想を持たない。

だからこそ、貴族としての情感と気品は留めていなければならないわ。

蘭奢は畑中に主張した。不行跡な没落貴族を描くだけであれば、チェーホフは何のために桜の園を舞台にする必要があっただろう。

ラネフスカヤはこの後、通りがかりの男に金子をねだられれば財布の中をかき回し、銀貨がないからと言って金貨を与える。男は「何とも、有難う存じまする」と礼を口にして退場するが、笑い声が響くのだ。

馬鹿な貴族女から、まんまと奪ってやった。

その嘲笑《ちょうしょう》で十分だ。

ロパーヒンは毎日のように訪れて、助言を繰り返す。桜の園と広大な領地を別荘地として人に貸すという思案まで出すが、ラネフスカヤは何やら下品な気がして乗り気になれない。だいいち、この白い花の雲と香気を見ず知らずの他人に渡すなんて、ぞっとするほど淋《さび》しい。

第三幕は客間で、隣の大広間から静かに音楽が流れてくるが胸は塞《ふさ》がるばかりだ。桜の園がとうとう競売に掛けられるという窮地に陥っている。

「売れてしまったのですか」

「売れましたよ」ロパーヒンが胸を張る。

「誰が買いましたの」

「私であります」

競《せ》り落としたのは、目前のロパーヒンだった。

本当に人手に渡ってしまった。ソファの上に崩れ落ちた途端、「ああ」と声が出た。

ロパーヒンが勝ち誇ったように、「桜は打ちのめしますよ」と宣言した。

「樹々が大地にひれ伏すさまを存分に見物して、その跡地に厭《いや》というほど別荘を建てて売りまくる。俺たちの孫や曾孫《ひまご》に、新しい暮らしを見せてやるんでさ。労働の果てに手にする、希望に満ちた将来をね」

何も返せぬまま天井を仰いだ。目を閉じると胸の裡でこみ上げてきて、頬が濡れる。

ロパーヒンがやにわに近づいてきて、小声で囁《ささや》いた。

「お気の毒な、お優しい奥様。今となってはもう、取り返しがつかないんですよ」

彼も涙声だ。が、すぐさま己を奮い立たせるように声を張り上げた。

「楽隊、しっかりやらんか。新しい領主、桜の園の領主様のお通りだ」

もはや遠慮も礼も捨て去って、ずかずかと大広間に入っていく。

客間に独り、取り残された。失ったものの大きさを思い知って指先が震える。顔を両の手でおおい、嗚咽《おえつ》をこらえるがもはやどうしようもない。娘のアーニャと、恋人の大学生であるトロヒモフがやってくる。アーニャが跪《ひざまず》き、慰めてくれるが涙は止まらない。背を丸め、激しく身を揉んで泣いた。

客席から啜り泣きが聞こえる。

我は失っていないのだ。冷静に己の演技を見つめるもう一人の己がいる。けれどやはりラネフスカヤは生きてここにいて、絶望し、運命を泣いているのだった。

第四幕は、第一幕と同じ子供室だ。窓のカアテンと壁の絵画はすでに取り外され、わずかに残った家具も片隅に寄せてある。ロパーヒンが若い従僕を従えて立っている。舞台裏では領地の百姓らが別れの挨拶に訪れている設定で、ラネフスカヤは兄のガーエフと共に控えの間でそれを受けている。ガーエフは感に堪えぬ声音《こわね》で応える。

「有難う。諸君、有難う」

舞台では若い従僕がそれを耳にして、ロパーヒンに向かって小賢《こざか》しい笑みを泛べる。

「民衆がご挨拶ですか。こう言っちゃ何ですが、旦那様。民衆なるものは善良だが、賢くはありませんね」

そこに、ラネフスカヤは兄と共に出る。

「お前という女は。あいつらに自分の財布をやってしまうだなんて、いかんよ。ああいうことはまったくいかん」

「だって、我慢できないんですもの」

けろりとした顔つきで、兄を見上げた。

観客が身じろぎする。つい今しがた、ラネフスカヤの悲嘆に胸を痛めたばかりだ。けれどやがて観客は、「そうか、これは喜劇なのだ」と合点《がてん》する。共に涙したからこそ、彼女の愚かさに安心して呆れ返り、どこかに自身の片鱗《へんりん》をも見て取って笑うことができる。登場人物の中には完全な善人も悪人もいない。誰も彼もが、どこかしら出来損ないだ。

すべてを失ったラネフスカヤは、自分を裏切ったパリの愛人の元へ旅立つことにしている。大叔母がアーニャのために送ってきた領地買い戻しの資金、一万五千ルーヴリを己の懐に入れて。こんな金額では買い戻すどころか利子も払い切れないと放置していたもので、いわば娘の金子の着服だ。しかし彼女は罪悪感など持ち合わせていない。またも後先を考えずに蕩尽《とうじん》して瞬く間に手許が不如意《ふにょい》になるだろうと、観客には予測がつく。

当人にはその予感はない。なにせ、後先を考えぬのだから。

兄と共にいよいよ屋敷を立ち去らんとするラネフスカヤはふと振り返り、ゆっくりと部屋を見回す。

「私のいとしい、懐《なつ》かしい桜の園。私の命、私の青春、私の幸福。さようなら。永遠にさようなら」

泣かないけれど、侘《わ》びしさがしんと深まる。

娘のアーニャの呼ぶ声がする。

「お母様」

明るく招く声だ。恋人の大学生、トロヒモフも一緒に呼んでいる。

「この壁も窓も、これで見納め。亡《な》くなったお母様は、この部屋を歩くのがお好きだったわねえ」

兄に語りかけ、ラネフスカヤは微笑《ほほえ》んだ。稽古中は余韻をたっぷりと取って、哀しみを滲《にじ》ませた場面だ。でも気がつけば笑んでいた。心が要請するままに。

「お母様」またアーニャが呼ぶ。

「今、行きますよ」

落ち着いて背筋を立て、子供室を横切る。

静寂が降ってくる。

退場して袖に入っても、蘭奢はラネフスカヤのままで立っていた。

やがて鈍い音が一つ、また一つと響く。目を閉じ、桜の樹《き》を伐り倒す斧《おの》の音に耳を澄ませた。

さよなら、私の美しい桜の園。

幕になっても、拍手が鳴りやまない。新劇の舞台としては珍しい、カアテンコオルがかかった。

逆光線

扉の鉦《かね》がカランと牧歌的な音を立てた。

「何人様でしょう」

給仕のくぐもった声が聞こえ、薄青い煙と珈琲《コオヒイ》の匂《にお》いが石畳の路地へと溢《あふ》れ出す。

向かいの棟割《むねわり》長屋は蕎麦《そば》屋に煙草《たばこ》屋、袋物屋の並びで、奥の蕎麦屋の板壁に立てかけた盥《たらい》や笊《ざる》には濡《ぬ》れ布巾《ぶきん》が幾枚も掛けてあり、葉だけが盛大に伸びた君子蘭《くんしらん》の鉢底からも細い水の跡がある。

扉の中に半身を入れた八田《はった》元夫《もとお》が振り向き、「ひい、ふう」と皆の頭を勘定した。

「六人、いや僕も入れて七人だ」

「七人ですか」八田を押しのけるようにして、蝶《ちょう》ネクタイの給仕が肩から上を外に突き出した。客を選り好みしそうな無遠慮な面構《つらがま》えだ。と、一行の中ほどにいる彼女に目を留めた。

「伊澤先生じゃありませんか」

「アベちゃん、お久しぶり」

「あたしは舞台を拝見してますよ。春に『葉桜』と『短夜《みじかよ》』、『クノック』、それから先月は『牝鶏《めんどり》』も」

「それはどうも」彼女は鷹揚《おうよう》に応《こた》える。

「満席だったら他をあたるわ」

「いえ、お席をご用意します。お入りになってください」

あからさまに態度を変えて扉を押し開く。八田は肩をすくめて皆を見回してから中に入った。その後をぞろぞろと続き、清人も最後に足を踏み入れる。給仕は幾組かの客に席を移らせ、最も奥に場を作ったようだ。一行が店の中を通り抜けると話し込んでいた客らが顔を上げ、何人かは彼女に釘付《くぎづ》けになったように首を回《めぐ》らせている。

蘭耆は左右の席に一瞥《いちべつ》もくれず、颯《さっ》とした足捌《さば》きで進んでゆく。

今日は白地に濃紺で細い格子《こうし》柄の入った夏紬《つむぎ》に鳶色《とびいろ》の帯を締め、根下がりに結った黒髪には簪《かんざし》の一本も挿《さ》していない。だがここへの道すがらでも、やはり人々の目を集めていた。清人はそれが誇らしくも気恥ずかしくもあり、ぎくしゃくと、まるで初舞台の俳優のごとき足運びになる。

最も奥まった窓辺の席は彼女のために空けられていて、初夏の午後の光が深い紅色の座面を照らしている。風が入ってきて白い袂《たもと》がふわりと膨らむ。皆も順に腰を下ろした。蘭奢の両脇《りょうわき》の席を占めているのは演出家の八田に、蘭奢と同じ新劇協会の俳優である楠田清《くすだきよし》で、まだ駈《か》け出しの女優や雑誌の記者も交じり、学生は清人と蒲池歓一《かまちかんいち》の二人だ。

歓一は清人の真向かいの席に坐《すわ》り、ニヤニヤと長髪の頭に指を突っ込んでは掻《か》いている。べつに可笑《おか》しくて笑っているわけではないのだ。坊主頭《ぼうずあたま》の中学生時分からの癖で、興奮するとこんな顔つきをして頭をしきりと触る。

隣の女優が眉根《まゆね》を寄せ、歓一に尻《しり》を向けるかのような角度で身をずらした。

「おい、よせよ」

口許《くちもと》に掌《て》を立てて注意すると、歓一は「あん？」と尻上がりに声を洩《も》らしてまた掻き毟《むし》る。

「フケ」

「そんなもん、生きとったら出るに決まっとる」

歓一は清人と同郷の長崎出身で、大村中学校の後輩にあたる。一つ歳下《としした》ではあるが文学においては常に先導役で、福岡高等学校で「文芸復興」という同人誌の誌友となったのも、東京で同人誌「明暗」を立ち上げたのも歓一の誘いによるものだ。清人は東京帝大、歓一は國學院と進んだ大学は異なるが、今もしじゅう行き来している。下宿の二階で団扇《うちわ》片手に書物を開いていても、下駄の音で歓一だとわかるほどだ。歓一は蒔田《まきた》廉《れん》という筆名で詩を書いているが無類の戯曲好きでもあり、今年、昭和二年の四月に入ったばかりの大学の仲間と連れ立って、新劇協会の舞台を観《み》に行ったらしい。給仕が口にしていた『葉桜』がまさにそれで、作者が岸田国士《きしだくにお》であることにまずは惹《ひ》かれたようだ。ところが芝居に夢中になるうちイジャランこと伊澤蘭奢の崇拝者となり、幕が下りてのち、いきなり楽屋を訪ねたという。

持ち前の図々《ずうずう》しさでほどなく蘭奢を取り巻く仲間に加わりおおせたらしく、またも清人を誘ったのだ。

今、最も芸術を体現しとる女優に会わせてやる。有名過ぎん、知る人ぞ知る存在が伊澤蘭奢たい。

いつにも増して唐突な提案で、通ぶって褒めたたえるのだが、清人は女優なるものに現実味を感じ得なかった。郷里で秋祭の頃になると訪れる一座にいたのは女に扮《ふん》した役者であり、女優ではなかった。彼らは賑《にぎ》やかで猥雑《わいざつ》な芝居を打ち、大酒を喰らい、いつしか夢のように姿を消していた。

ただ、福岡ではシングの戯曲を読んだことがある。演劇の世界そのものに興味はあった。歓一に従って「イジャランのサロン」とやらを訪ねることにした。いつもそうなるのだ。なぜか歓一の勧めに乗ってしまう。

緊張しながら訪ねた先は麻布笄町《あざぶこうがいちょう》の仕舞家《しもたや》で、二間きりの借間だ。拍子抜けをして、古畳の上に皆が勝手に座布団《ざぶとん》を放るようにして腰を下ろすのを突っ立って見ていた。

「新顔ね。お名前は」

女優が話しかけてきた。両膝《りょうひざ》をついて、煎餅《せんべい》や饅頭《まんじゅう》らしきものを並べた鉢と灰皿を学生に渡している。だが所帯めいた仕種ではなく、不思議な気がした。

「福田、清人です」

途切れて、声も掠《かす》れた。

「あなたが東京帝大の。歓一君から聞いていてよ。ようこそ」

「こんにちは」ようやく学帽を脱いだ。

「地味で驚いたでしょう。震災で何もかも焼けてしまって」

女優は少し顎《あご》を引き、目を合わせてきた。屈託の欠片《かけら》もなく笑んでいて、たちまち頬が上気して困った。初対面であるにもかかわらず、まるで旧知の間柄のような自然な物言いをする。気がつけば打ち解けて茶を飲み、煎餅を齧《かじ》っていた。とはいえ、自分からは言葉を発することができず、皆の話に耳を傾けるばかりだ。

古ぼけた卓袱台《ちゃぶだい》一つと彼女を取り囲んで、皆は盛大に語り合う。

「いや、ぼんやりした不安によるものだけじゃない。芥川は自殺することで、自己否定を昂然《こうぜん》と行なったんだ」

「自己否定？」

「そうさ。自身の文学、大正という時代の文学を、己の死でもって否定した。そう見るべきだろう」

「解釈を拡大し過ぎだ。ぼんやりした不安で文学者が自殺する、それの何が悪い」

まだ誰も一廉《ひとかど》でなく、それこそ将来へのれっきとした不安をいくつも抱えた青年ばかりで、それでも己《おの》が弱みを晒《さら》すまいとして舌鋒《ぜっぽう》鋭く気焔《きえん》を上げる。煙草を消すとすぐに火をつけるものだから、六畳が煙で白くなる。

清人は袴《はかま》の上に落ちた煎餅の屑《くず》を摘《つ》まんでは灰皿に捨て、そのついでに彼女を盗み見した。

顔立ちは西洋人を思わせるような派手な造りで、眉や紅などの化粧もしっかりと濃い。けれど瞳《ひとみ》がじつに大きく、化粧とは不釣り合いに思えるほどの澄み方だ。そして所作や喋《しゃべ》り方には独特の抑揚がある。楚々《そそ》としているわけではない。口許を手で隠しもせず、開けっ広げに笑ったりもする。

つまり清人にはまったく摑《つか》みどころがなく、何も見透かせない。なるほど、これが女の俳優というものかと思いながら観察しただけだ。向こうから再び話しかけてくれる機会を期待しながら、かなわなかった。帰り際《ぎわ》に「またいらっしゃい」と背中に手を置かれて思わず足駄に足を入れそこね、口の中で何やらわけのわからぬ挨拶《あいさつ》を返すのが精一杯だった。

蘭子さんは本当に美しいひとなのだなと見惚《みと》れてしまったのは、今日、電停前で待ち合わせた時だ。まだ誰も到着していないはずの時刻であったのに、泰山木《たいさんぼく》の大きな木蔭《こかげ》からふいに姿を現した。ちょうど逆光線で、耳や顎、肩の輪郭が光を帯びていた。白い花が滴《したた》るように甘く香って、息が詰まりそうになった。

「日傘を忘れちゃって」

彼女はそれで木蔭にいたのだと言いたいらしかった。清人はまた「こんにちは」とだけ頭を下げ、早く歓一が来ないものかと空を見上げた。こんな時、何を話すべきかと頭の中を懸命にかき回してみるものの、気の利《き》いた台詞《せりふ》の一つも泛《うか》ばない。清人はまだ文学の中でしか女性を知らない。

蘭奢も黙して悠然と立っている。心の裡《うち》など清人には察しようもなく、肩を並べて市電をいくつか見送った。ガタ、ゴオンと、足の裏が揺れる。やがて一人、二人と降りてきて、最後が歓一だ。

「福田君、どうした、やけに難しい顔ばして。小便でも我慢しとるとか」

一斉に笑い声が立ち、清人は歓一の無神経が腹立たしかった。

給仕に珈琲を注文し、銘々が煙草に火をつけたり水のグラスで喉《のど》を湿《しめ》している。清人の右隣に坐る記者も一服をつけ、窓辺の蘭奢に顔を向けた。

「この近辺は、まだ江戸の情緒が残ってますなあ」

蘭奢は「そうね」と、うなずいた。

「麻布、渋谷は、地震の被害がまだ少なかった界隈《かいわい》だから」

「向かいの蕎麦屋を見ましたか。竹竿《たけざお》から古びた暖簾《のれん》が脱げかかってるさまなんぞ、まるで老いた女形だ。風情《ふぜい》ですな」

同じ景色を見ていたはずであるのに、清人は暖簾の様子になど気づきもしなかった。記者の横顔へと、そっと目を移す。電停前で初めて顔を合わせた時、「演劇新潮」の記者だと紹介された。名刺をもらわなかったが、北川《きたがわ》ですと名乗っていた。額や鼻の下に面皰《にきび》があるので歳はそう変わらないようだが、たぶん東京で生まれ育ったのだろう。

清人は関東大震災を経験していなかった。東京の大学に進む決心を固めたのは大正十四年であり、震災から二年ほどを経ていたが高等学校の教師には大阪の大学を勧められたほどだ。東京は十万五千人もの死者を出して人口が激減したうえ、大阪へ避難した者も多いと新聞でも報じられていた。今も人口でいえば大阪市が日本最大の都市であり、「商都・大《だい》大阪」と呼ばれて繁華を極めている。

しかし清人は東京で学生生活を送りたかった。日本の西端に生まれ育った身であるゆえか、気持ちが東へ、北へと向かうのだ。理由は自身でも判然としない。おそらくイギリス文学やロシア文学になじんできたからだろう、文学をするには少しでも寒い土地の方がふさわしいような気がした。

いざ上京してみれば、帝都は想像以上に復興していた。むしろ真新しい都市になり、北川の言う風情とやらは感じることができない。華麗で堅牢《けんろう》なビルディングが建ち並び、直線に伸びた広い道路ではバスと人力車と自動車が砂塵《さじん》を巻き上げて行き交い、銀座の街路樹の下ではモダンボオイやモダンガアルが闊歩《かっぽ》している。そして今年じゅうには、上野と浅草間に地下鉄が開通するという。

「町の風情ってのは記憶だからね。明治、大正と生き残り続けた江戸の記憶も、震災でとうとう終《しま》いってことだろう」

演出家の八田が咳《せ》き込むような口調で言うと、俳優の楠田が煙を吐きながら腕を組んだ。

「後藤市長がそもそもやりたがってた都市改造、それが途方もない予算が掛かるってんで暗礁《あんしょう》に乗り上げていた時にグラリだろう。さあ、焼野原になっちまったついでにパリみたいな街にしようって。いや、政治家ってのは凄《すさ》まじいものだね」

すると、「おいおい」と八田が肘《ひじ》で突いた。

「何だよ」

「後藤新平と蘭子さんはつながりがある」小声で窘《たしな》めたのが、末座の清人にも聞こえた。歓一が大物の名に興奮してか、またニヤニヤと頭に手をやる。だが蘭del子は片眉を上げた。

「それは嘘《うそ》よ。私は面識がないわ」

「ああ、じゃあ、内藤さんの筋か。なるほど」

八田と楠田が同時にうなずいた。歓一は頭に手を置いたまま首を傾《かし》げている。むろん清人も知らない名だ。

「それにしても、北川氏は何を目にしても芝居だね」

八田はグラスの水を呷《あお》り、話柄《わへい》を変えた。

「いっそ、演《や》る方に回りたいって思うことないの」

「ない、ない。それよりも雑誌が廃刊に追い込まれないようにしないと」

「新潮社から文藝春秋に移って、どのくらい経《た》つんだったっけ」

「新潮社でやってたのは大正十四年の六月まで、うちでの復刊が去年の四月からです。さて、いつまで保《も》つかなあ」

北川という記者は煙草の灰が卓に落ちるのにもかまわず、頬を縦にすぼめて吸いつける。八田が腕を組み、「編集方針が変わったね」と言った。

「新潮社の頃と比べたら、随分とくだけた」

「震災後の劇壇に新風を巻き起こす、この志に変わりはありませんよ」

「いや、僕が言いたいのは、くだけてもいいんじゃないかってことだ。そうだ、いっそ女優ばかりの座談会なんぞ企画したらどうかね。イジャランを囲んで、女優が演劇放談」

八田が芝居めいた表情で、阿《おもね》るように蘭奢を見やった。

「ねえ、蘭子さん。いつも劇評家に好き放題を言われてんだから、たまには主張する場に打って出たらどうだね。だいたい、日本の女優はおとなし過ぎるんだ」

「なるほど、女優ばかりで」北川も乗り気を見せる。

「伊澤さんが出てくれるんなら、この企画、通してみせますよ」

「やあよ、座談会なんて。楽屋話は得意だけれど、お堅いものはとっても無理。ねえ、久江《ひさえ》ちゃん」

蘭畬の背後で陽射《ひざ》しが動き、途端に表情が見えにくくなった。

「私は出ていただきたいですわ。私たち後輩の勉強にもなりますもの。それに、菊池先生にはお世話になったじゃありませんか。ご恩返しになるんじゃありませんこと？」

久江は蘭畬の弟子のような女優で、熱烈な信奉者という点では八田とおっつかっつだ。喉の奥を広げて震わせるような発声も蘭畬のそれを真似《まね》ているようだが、舞台の上では甲高《かんだか》く響くばかりで台詞も聴き取りにくかった。もっとも、清人が芝居の切符を求めるには飯の何度かを抜かねばならず、新劇協会の舞台もまだ一度しか観たことがない。

「それはそうだろうけれど」

給仕が二人がかりでようやく珈琲を運んできたので、蘭畬は後の言葉をすっと吸い込んだ。清人と歓一が茶碗《ちゃわん》を受け取り、隣へと回していく。向かいに坐る歓一が身を乗り出し、清人に耳打ちをするように言った。

「文藝春秋の菊池寛のことだ。新劇協会の後ろ盾を引き受けてくれてさ、麴町《こうじまち》の社の一部屋を稽古場《けいこば》に提供している」

それは承知していたので、黙ってうなずいて返した。しかも、ふた月前の五月に菊池が協会から手を引いたらしいと弁町の借間で耳にした。歓一も一緒に聞いていたはずだが、大物文士の名を口にしただけで鼻を高くしている。

「伊澤さん。ひとつ、本気で考えてみてくださいよ。メンバーも、そうだなあ、花柳《はなやぎ》はるみに、今、売り出し中の東山千栄子《ひがしやまちえこ》なんぞ如何《いかが》です」

「花柳に東山かい」珈琲を啜《すす》る八田が目だけを上げて向かいの北川を見た。

「『桜の園』を演じた女優ばかりで鼎談《ていだん》って寸法だろうが、どうかな。花柳や東山がうんと言わないんじゃないの。蘭子さんと名前が並んじゃあ、分《ぶ》が悪過ぎる」

「八田さん、何で分が悪いんです」歓一が首を伸ばした。

「知らざあ言って聞かせてやるが、蘭子さんのラネフスカヤ夫人がともかく素晴らしかったってことだあな。あれはまったく良かった」と、声に熱が籠《こ》もる。

「休憩の時にロビーに出たら芥川さんも来ていてさ。しきりに褒めていたよ。日本の女優もここまで演れるようになったってね」

蘭香の声は「有難う」と、至って冷静だ。

「でも座談会は勘弁していただきたいわ。畑中さんが反対するでしょうし」

「またそんなことを言って。蘭子さんは畑中氏に義理立てし過ぎだよ。小山内さんの誘いも断っちまったんだって？」

「だって」と、美しいアルトが響く。皆が弦に引かれるように顔を向けた。

「築地小劇場《つきじしょうげきじょう》に出たら殺すって脅されたのよ」

八田は肩をすくめた。

「畑中さんはアメリカ仕込みのくせに、偏狭さは上山さんに負けず劣らずだな。遅れてるんだよ。新劇と言いつつ、性根は役者を囲い込む旧劇そのものじゃないか。小山内さんが新劇協会の成功を見て、それでご自分では長年封印してきた『桜の園』を築地でも掛けてみようと思い立ったんだから大したものなんだよ。小山内さんに火をつけたんだから、それを誇らなくちゃ。そして喜んで蘭子さんを貸してあげなきゃ。小山内さんはチェーホフについては自分が本流だという意識が強いからね。蘭子さんに築地で、自身の演出でラネフスカヤを演らせたかったみたいだよ。出演の要請も一度じゃなかったでしょう」

「ええ」

「二度は言ってきたでしょう」

ややあって、「三度」と響く。

「わざわざ笄町まで足を運んでくだすったのよ。あれは本当に申し訳がなかったわ」

歓一は目を押し広げるようにして、「そんな」と首を振った。

「小山内先生から三度も依頼があって、三度とも断ったんですか」

八田が「信じられんだろう」と、歓一に顔を向けた。

「小山内さんは何せ本場の、モスコウ藝術座の舞台を観《み》ているし、資料も相当持ってるからね。どうやらモスコウのを手帖《てちょう》にスケッチしてたらしいんだな。細部の色までね。だから舞台装置は素晴らしかったよ。だが花柳はるみの演ったラネフスカヤ夫人はいただけなかった。繊細さが足りないし、妙に生々しいんだ」

「ですが、興行的には大成功でしたよ」北川が口を挟んだ。

「五日間も公演を延長して、延べ十日間でおよそ四千人の観客です。ふだんは空席も珍しくなかった劇場に観客が押し寄せて、渦を巻いたんだ。二月の寒い時期でしたが中は恐ろしい熱気で、僕は汗だくになりましたよ。それに、今年の三月に再演したのも大成功と言えるでしょう。二十四日間で五千四百人近い動員ですから」

評判は清人も大学の仲間から耳にしていて、家庭教師で切符代を稼ごうかと方々に伝手《つて》を頼んでいるうちに公演が終わってしまっていた。

「その再演も、花柳はるみだったんですか」

思わず口にしていて、皆の首がこちらに動く。

「いや、花柳はもう築地を去っちまってるから、小山内さんは新人の東山千栄子を抜《ばっ》擢《てき》した。小山内さんとしては花柳を使いたかっただろうけどね。初演は評価がついてこなかったとはいえ、彼女のファンはじつに多い」

「不思議なものねえ」

逆光線の中の彼女が言った。

「花柳さんはうちの劇団にいた人だから、彼女の巧《うま》さは私もよく知ってるわ。ところが、ラネフスカヤ夫人は退廃的な雰囲気は出していたが、とても大地主の娘とは思えない、なんて評だったでしょう。でもね。彼女、本物なの。茨城の、大地主のお嬢さんなの」

楠田が「そういえば、そうだったかな」と口を挟んだが、皆の様子を見て取ってたちまち口をつぐんだ。

「まして東山千栄子さんは、ご夫君のお仕事でロシアでの生活を経験している人よ。お生まれも良くって、いわば貴族の生活を肌身で知っている人なの。でも、劇評は散々だったって聞いたわ。お気の毒に」

「うん。台詞が甘くて、まったく実《じつ》が入っていない。ほとんど素人《しろうと》だったよ」と、八田が応える。ややあって、蘭香が「面白いことに」と声を低めた。

「東山さんはご夫君の勧めで、モスコウからリヨンに留学なさったことがあったのですって。ところが一年分の滞在費をあっという間に散財してしまって、モスコウに引き返しちゃったの。私、その話を聞いた時、ラネフスカヤ夫人そのものだと思ったわ。二重写しになった」

「それは初耳のエピソードだな。蘭子さん、東山さんと見知りなんですか」北川が訊《き》く。

「いいえ。彼よ。内藤。東山さんが女優になるうんと前、まさにご夫君がモスコウに駐在されていた頃に交際があって、お宅にも何度かお招きを受けたらしいわ。つまり東山さんは、革命前のロシアの美しさと頽廃《たいはい》をよくご存じなの。だから私、とても期待していたのだけれど」

「つまり、芝居と本当とは違うってことだよ。当たり前のことだが」

そう言って煙草の煙を盛大に吐いたのは、八田だ。

「外国作家の戯曲を、日本人が日本語で舞台に掛けるんだ。その時点でまず本物とは大いに異なる」

「そうよ。だからこそ、津和野の紙屋の娘で借間暮らしで、仲良しはセブン屋の金《きん》ちゃんという女優でも、『桜の園』の世界を観客の前に立ち昇らせることができるんだわ」

ユウモアめかして皆の笑いを誘っている。

「あの刹那《せつな》は舞台も客席もないのよ。本当に桜の園が目の中に広がっている。だから面白いの。やめられないの」

語尾に余韻がある。まるで台詞のようだ。

対座する歓一はまたニヤニヤとして蘭奢を見ているが、清人は椅子《いす》に坐り直して茶碗を持ち上げた。冷めた珈琲は舌に苦く、焦《こ》げた埃《ほこり》のような臭《にお》いがした。

東京の木枯らしの冷たさは格別だ。

清人は肩をすくめ、綿入りの首巻に顎を埋《うず》める。郷里の母が縫ってよこしたもので、たぶん古い縕袍《どてら》を仕立て直した際の端布《はぎれ》なのだろう。紺地に白絣《しろがすり》で野暮ったいことこの上ないが、今日はさすがに有難かった。

それに、手に入って良かった。小脇に抱えた書物に気持ちを馳《は》せるだけで、胸の中も温まってくる。家庭教師によって得た謝礼を握り締め、神田の本屋街を巡ったのだ。目にする本はすべて手に取りたい衝動に駆られるのが常だが、平積みにされている新刊本は相変わらずマルクスとレーニンばかりだ。

いつもであればそれをあえて手に取って頁《ページ》を繰り、それから奥へと進むのが慣いになっている。しかし今日は最初からまっすぐ通路を進み、目当ての棚の前に立った。購《あがな》ったのは小川未明《おがわみめい》の『赤い蠟燭《ろうそく》と人魚』に浜田広介《はまだひろすけ》の『椋鳥《むくどり》の夢』、そして有島武郎《ありしまたけお》の『一房の葡萄《ぶどう》』だ。

まだ懐《ふところ》には多少の余裕がある。須田町《すだちょう》の食堂に足を延ばそうかと考えた途端、腹の虫が鳴った。鈴蘭《すずらん》のような形の街燈《がいとう》を見上げ、街路を歩き出す。

「福田君」

誰かに呼ばれたような気がしたが女の声だ。店先の幟《のぼり》が風にはためいている。空耳かと目瞬《まばた》きをして、また歩き出した。

「清人君」

足を止め、辺りを見回した。

「奇遇ね。驚いたわ」

幟の向こうから姿を現した彼女は、足首まである空色の外套《がいとう》を纏《まと》っている。首には茶色い艶《つや》を帯びた毛皮の襟巻だ。いつものように厚化粧だが、寒風のせいか鼻の先が少し赤い。

「お久しぶりね。元気だったの？」

清人はうなずいて、彼女を見下ろした。

「名古屋で公演があって、しばらくは東京におられないと、歓一、いや、蒲池君から聞いていたので」

なぜか、無沙汰《ぶさた》の言い訳をしている。

「名古屋はとうに終えて、また帝國ホテルの演芸場だったのよ。来月からは新作でね。今日はその準備のために」と肘を上げ、書物らしき厚い包みを清人に見せた。赤革の表装がちらりと舌を出す。

「今から食事でもと思っていたの。本を選んでいたらお腹《なか》が鳴っちゃって。本屋さんの中って静かでしょう。ご主人が帳場から、こうやって私を覗き見て首を傾げるもんだから困ったわ」

ぬうと首を動かし、額にわざわざ横皺《よこじわ》を作って目を眇《すが》めた。さすがに巧いものだと、つい頬を綻《ほころ》ばせる。彼女も口の中で笑い、

「よかったら、つきあってくれないこと？　お食事」

「僕なんぞ、とてもお供できません」遠慮を立てた途端、彼女は「お願い」と呟《つぶや》いた。

「今日は一人で食べたくないの」

清人が黙って見返すと、「そうだ」と爪先《つまさき》立つ。

「新宿の中村屋なんてどうかしら。純印度式カリー」

「カリーですか」

「お嫌い？」

「いえ、ちょうどカレーライスを食べようかと思っていたから驚いたんです。でも中村屋なんて高級店に行ったことはありません」

「じゃあ、行ってみましょう」

辞退する暇も与えず、彼女はタクシーに向かって手を上げた。


骨付きの大きな鶏肉《とりにく》に難儀し、洋卓の白布の上に点々と黄土色の染《し》みを落としてしまっている。やはり行きつけの食堂にすればよかった、その方がよほど旨《うま》かったとさもしい後悔をしながら清人は二杯目の水を飲む。

「香辛料が強烈ね。ちょっと腋臭《わきが》に似ている。いるのよ、うちの劇団にも一人。彼が着た衣裳《いしょう》は後の人が大変」

彼女は手摑みで骨をしゃぶり、手の甲で口許を拭《ぬぐ》った。わざと不行儀にしているようで、今日はどんな役を演じているつもりだろうとつい穿《うが》ってしまう。

それからも彼女は喋り続けた。名古屋での舞台が好評だったこと、最近、横光利一《よこみつりいち》の小説を読んでいること、築地小劇場で東山千栄子が『マクベス』のマクベス夫人を演じたこと、評論家の誰それが伊澤に演じさせてみたいと言ったらしいけれどもと、まるで脈絡のない話しぶりだ。

「でも私、この頃は貴婦人の役よりも労働者を演じてみたいと思うのよ」

「蘭子さんが労働者ですか」

「福田君は、プロレタリア文学はどうなの」

彼女が卓の上に載せた紙包みから、また赤い舌がちらりと伸びる。

「それなりに読んではきました」

「どんなの」

「葉山嘉樹《はやまよしき》の『海に生くる人々』など、とても面白かったです。でも仲間内で面白いと口にしたら、軽蔑《けいべつ》されます」

「なぜ」

「社会の底辺で虐《しいた》げられ、蠢《うごめ》くように生きる人々の暮らしを真摯《しんし》に綴《つづ》ってあるからです。それを面白がって読むことを楽しむ態度は、プロレタリア文学を侮蔑するに等しい。聖なる文学への冒瀆《ぼうとく》になります」

「でも、あなたは?」

彼女は汚れた指先を卓布の端になすりつけ、頬杖《ほおづえ》をつく。

「僕は、面白いものは面白いのです。それに、マルクス主義を理解している大衆なんぞ、いったいどこにいるのか僕にはわからない。でもわかったふりをしていなければ、仲間に軽く扱われます。かといって、皆、真の主義者になって活動に身を投じることについては慎重だし、実際、そんな者もいなくはないですが、そういう生き方にも僕の仲間は懐疑的です。決して学生という身分から逸脱せぬよう、論じ合うだけで」

「それでこの頃、うちにも顔を見せなくなったのかしら」

紅が半分剝《は》げ落ちた唇の端が捲《めく》れるように動き、大きな瞳が清人の視線に絡《から》みついてきた。

「それはまったく関係ありません。授業の準備や家庭教師の仕事も忙しかったので」

ただ、夏に喫茶店で過ごしてから、何となく蘭奢への興味を失っていた。

「私、心配していたのよ。少し淋《さび》しくもあった」

どうしてそんなことを口にするのかと、清人はまた水を飲む。ただの、何の力もない一介の学生に、まるで思いもしていないことを。

「あなたは何を買ったの」と、また話を変えた。しばし迷い、「童話です」と打ち明けた。

「童話。帝大生が？」

「おかしいですか」

「おかしくはないけれど。ごめんなさい、あまりに唐突に思えたのよ」

「僕はこの頃、童話に真の詩情を感じることが多いんです。子供のためだけのものじゃありません。児童文学として、いずれ真っ当な扱われ方をする時代がきます」

「じゃあ、あなたも書くのね」

彼女は辣韮《らっきょう》の漬物を指で摘まみ上げ、口の中に放り込んだ。清人は黙っていた。

中村屋を出て雑踏の中を歩く。

「今日はほんと寒い」

彼女が身を寄せるようにしてくるので、すれ違う男や女が眉を顰《ひそ》め、薄笑いを泛べる者もいる。清人は学生帽を目深《まぶか》にかぶり直し、伏し目になって足を運んだ。

このところ、歓一との行き来も途絶えがちだ。蘭奢の出ている舞台や活動写真に誘われても断り、同人誌の集まりにも顔を出していない。少し距離を置きたかった。喫茶店での絵空事のような言葉の応酬、信奉者らが世辞や追従《ついしょう》を口にするのは仕方がないが、蘭奢はそれを窘めながらも存分に味わい、さらに「もっと」と要求したのだ。巧みに他の女優の評価を誘導し、不名誉な噂《うわさ》を披露し、自らはまったく手を汚していない顔をして笑んでいた。

逆光線の中に身を置いて、皺や染みや悪意を隠していたのだ。

何もかもが欺瞞《ぎまん》だ。プロレタリア文学も、演劇も女優も。

腋に挟《はさ》んだ童話の包みが落ち、学帽も道に転がった。風に吹かれていく。それを追って振り返れば、背後から彼女の姿が消えていた。包みを拾い上げ、中腰のまま辺りを見回す。

人の往来の中で、空色の外套が見えた。誰かと立ち話をしているようだ。

「あの記事は本当に酷《ひど》かったわねえ。私、『演劇新潮』に抗議したのよ」

彼女はただでさえ響きのよい声を、ひときわ大きくしている。

相手は断髪の、いかにもモガ然とした女だ。装《よそお》いも奇抜で、機械工場の労働者のようだ。上下がつながったナッパ服に足許は編み上げの短靴、口許は咥《くわ》え煙草だ。ズボンの内隠しに片手を入れ、傲然《ごうぜん》と蘭奢を見下ろしている。

「ご親切に、それはどうも。でも、いったいいつの記事かなあ」

口調も男のようだ。

「四月号よ。八住《やすみ》先生が新劇女優概観で、花柳はるみ氏は何のために芝居をしているのかと論じたでしょう」

そこで蘭del香は息を吸い、「彼女は」と言うのが聞こえた。断髪の女の背後には男が四人ほど立っていて、鳥打帽に砂色の洋外套、詰襟に袴をつけて黒いトンビを羽織った者もいる。清人が近づくと、鋭い一瞥をくれた。

「彼女は応接間の柔らかいソファの上に寝そべっていても、不幸そうである。工場の煙突の下にすすけながら立っていても不幸そうである。彼女の持っている習慣と、彼女が受けつつある影響との交錯した表情は、時としては甚だ悲劇的な憤りに見え、時としては甚だ無邪気なユウモアに思われる」

女は突然、牝猫《めすねこ》のように目を光らせたかと思うと煙草を投げ捨て、けたたましく笑い出した。

「伊澤さん、ご苦労さまなこった。さすがは台詞憶《おぼ》えの早い方だけあって、他人の批評記事もよく諳《そら》んじてさあ。よほどお暇なのかな」

「おかげさまで、とても忙しくさせていただいていてよ」

「善良ぶって畑中さんに義理立てをするから、てっきりお茶を挽《ひ》いてるかと思ってましたがね」

「はるみさんもお忙しそうで何より、私生活も奔放でいらっしゃるものね。でもあなたも三十を過ぎたのだからそろそろ落ち着かないと、演技に響いてしまうわよ」

「ご心配なく。誰かさんみたいに母親役や長屋のおかみさん役しかこなくなったら、やめるもの。女優なんぞ、いつだってやめてやる」

ふてぶてしく言い放った女は、かつて喫茶店で話題に上った女優であるらしい。蘭奢の斜め後ろに立つ清人に顔を向け、「へえ」と目を細めた。

「ご子息？」

蘭奢の空色の外套が微《かす》かに震えたような気がした。身揺るぎをした。

「私の息子はまだ中学生よ。この人は私のお仲間。東京帝大の学生」

すると女の背後の男らが舌打ちをして、「ブルジョアか」と吐き捨てた。

「ブルジョアじゃないわ。苦学生よ。だいいち、はるみさん。あなた、以前はヴァンプ女優の名を恣《ほしいまま》にしてらして、猫も杓子《しゃくし》もプロレタリア様となったらそんな恰好《かっこう》をして街を練り歩くのね。軽薄よ。マルクス主義を本当に理解している大衆なんぞ、どこにいるのかしら」

清人は目を見開いて、数歩前に出た。

彼女は息を弾ませもせず、女優を睨《にら》み据えていた。

「ごめんなさいね」

蘭奢は肩を落とし、何度めかの詫《わ》びを口にした。

「いえ、僕は何も被《こうむ》ったわけじゃありませんから」

「でもあんなに人垣ができちゃって」

「観客には慣れておられるでしょう」

「そんな。皮肉を言わないでちょうだいな。反省してるわ。とても」

心細そうな声を出し、気を緩めれば縋《すが》りつかれるような気がする。あともう少しだと、清人は夜道を歩く。内心では新宿でタクシーに乗せてしまいたかったが、蘭奢がしばし立ち尽くして動かなかった。言い負かした当人であるのに顔色を失っていた。ようやく背中を押すようにして歩かせ、市電に乗り、丼町まで送ってきた。街中に放っておくわけにもいかなかった。

「私、駄目なのよ。はるみさんが」

互いに嫌悪《けんお》しているのは傍目《はため》にも明らかだった。ライバルであるのだから致し方のないことなのだろう。清人が想像するよりも遥《はる》かに、演劇の世界は過酷そうだ。

「今日も、偶然見かけた時は嬉《うれ》しかったの。それでつい声をかけた。でも立ち話をしているうちに、どんどん厭《いや》なことを口にしてしまう。自分でもわかっているのに止められない。あの人の顔を見ていると、これまで懸命に克服してきたつもりの私の欠点がズルズルと引き出されてしまうの。傲慢で意地が悪くて、嫉妬《しっと》深い」

喘《あえ》ぐように言い、そして「ごめんなさい」と背を丸めた。

「大丈夫ですか」

「どうしたのかしら、気分が」

口許をおおっている。

「吐きそうですか」

「わからない」

清人は辺りを見回して、街燈のぼんやりとした光の下にベンチらしき物を見つけた。

「あそこまで歩けますか」

彼女は黙ってうなずき、しかし左右にふらつくので肩を抱いて歩かせる。ようようベンチに腰を下ろさせた。彼女は首の毛皮を毟《むし》るように取り、目を閉じた。胸が上下に大きく動き、「ああ」と声を出した。

「福田君にさらけ出しちゃった」

自嘲《じちょう》めいた言いようで、声は乾いている。

「でも、これが本当の私かと言えば、そうでもないような気がする。演じていると言われればいつでも演じているし、さほどでない時もある。小説や詩や芝居では一人の人間には一つの心しかないような表現をするけれど、本当は相手によって心も変わるんじゃないかと思うのよ。関係性によって、無数の心が出現する」

「関係性？」

「たとえば、私と新劇協会の畑中蓼坡。私が他の劇団の舞台に出たら殺すって彼が脅したのは本当だけど、本気でないことはもちろんわかっていて、そういう言い方をして私を大切に思ってるってことをアッピールする人なの。そんなこと、私もわかってるのよ。私が小山内さんの誘いを蹴《け》ったのは、今さら他の劇団に遣われることはないって助言をくれた人があったからよ。あんたは金も出さないで苦労もしないで、新劇協会を我がものにしたじゃないか、よそに出て余計な苦労をすることはないよって。そう言われたら不思議なもので、そうか、新劇協会は畑中さんだけじゃない、伊澤蘭奢の劇団にもなったんだ、って。そんなこと望んでもいなかったのに、自分でも驚くほど嬉しかった。甲斐《かい》を感じたのよ。生まれて初めてだったわ。あんな気持ち」

いつしか雲が晴れ、白い月が冴《さ》え返る。

「でもね。築地小劇場の入りが良かった、舞台装置が見事だったなんて耳にしたら何だか、胸の中がキヤキヤして。はるみさんのことも東山さんのことも羨《うらや》ましくて憎らしくって、なのに平気な顔をして」

彼女はもう目を開いていて、黙り込んだ横顔がつと笑った。

「冬の月は、人の心を覗き込むような光を落とすわね。今日はつきあってくれて有難う」

蘭today香はベンチから立ち上がった。

「ここで結構よ。おやすみなさい」

毛皮の襟巻を胸にかき抱き、彼女はすっと背を向けた。手も振らずに去ってゆく。闇《やみ》の中にその姿が消えるまで、清人は見つめ続けた。

十二月に入ってまもなくの午下《ひるさ》がり、原稿用紙に鉛筆を走らせていると階段で音がした。黙って上がってくるのは一人しかいないので原稿用紙を裏返し、その上に辞書を置く。襖《ふすま》から顔を見せたのは、やはり歓一だ。

「どうした」

「どうしたもこうしたも、なか」

いきなり腰を下ろして丸火鉢を抱いた。

「東京の冬は寒かねえ」

わざとのように郷里の言葉を遣うが目を合わせてこない。歓一がこういう時、たいていは胸に一物《いちもつ》ある。

「クリスマスが近いんだ、寒いに決まってる。厭なら長崎に帰れ」

「金がかかる。福田君は正月はどうすると？」

「君と同じ理由で、こっちだ」

清人は立ち上がり、壁際で片膝をつく。積み上げた書物や褞袍を脇へよけると、ようやく小さな茶簞笥《ちゃだんす》が現れる。湯呑《ゆのみ》と茶筒を出してから湯がないことに気がついた。

「大家に湯を借りてくるけん、しばし待ってろ」

「借りるって、湯なんぞ返せるとか」

憎まれ口に少しほっとしながら階下に下り、大家に頼んで鉄瓶に湯をもらい、二階に戻った。すると歓一は文机の前で屈《かが》んでいる。

「おい、勝手に何をしている。まだ書きかけだ」

「君、童話を書いてるのか」

返事をせぬまま鉄瓶を火鉢にかけ、急須《きゅうす》に茶葉を入れる。湯を注ぎ、湯呑に入れて畳の上に置く。

「まだ、ものになるかどうかわからない」

「それは皆、同じたい」

歓一はそう言い、火鉢の前に戻ってきた。湯呑を持ち上げ、口に含んだ途端、顔を歪《ゆが》めた。

「何ね、これ」

清人も飲んでみたが黴臭《かびくさ》い。

「やっぱり駄目か。そういや、東京に出てくる時に持ってきた茶葉だからなあ」

「二年近いじゃなかか」

歓一は大仰に身を反らせた。

「神経質なところがあるかと思えば、いきなり無茶ばする」

「まあ、死ぬことはない」

「なら幸い」

妙な言い方をしたので見返した。歓一も目を逸《そ》らさない。

「しばらく同人誌の集まりに顔を見せんし、ここを訪ねてきても留守が多かったけん」

「知ってるだろう。家庭教師を掛け持ちしてる」

「それに、笄町にも通っとるしな」

やはりその件かと、清人は腕を組んだ。歓一は「どがんつもりね」と口をへの字にした。

「皆でサロンを訪ねる時にはここにメモを投げ込んでおいたろう。それにはまったく顔を出さんで、一人でこそこそと」

「こそこそとなんかしていない」

「見た人間がおるとよ。君が夜、あの家から出てくるのをな」

「後ろ暗いことはしていないし、彼女の家を訪ねるのに、君たちに断る必要もない」

歓一は「居直るとか」と、目を剝《む》いた。

「君を取り巻き連に紹介したとは、この僕ばい。なのに出し抜くような真似ばして、八田さんや北川さんも怒っとるとよ。真面目《まじめ》な好青年だと思うてたばってん、手ひどか裏切り方じゃと」

「裏切りって何だ。君が責められたのならそれは申し訳ないが、彼らが拘束してくるってのはわけがわからん」

「福田君、目ば覚ませ」歓一は色をなした。

「相手は女優じゃ。しかも四十前の。俺たちみたいな学生の手に負える相手じゃなか。弄《もてあそ》ばれて捨てられるのが落ちばい」

「だから、そういうんじゃない。皆と一緒に行かないのは、あの集まりは疲れるんだ。無理をしている彼女を見ていられない」

「そうら。やっぱり、のめり込んどる」

　歓一は清人の湯呑を持って立ち上がり、文机に近づいた。窓を開け、茶を撒《ま》くように捨てている。そこに白湯《さゆ》を入れ、清人の膝前に置いた。開け放した窓から冷たい風が流れ込んできて、原稿用紙が畳の上に落ちた。歓一は自身の湯呑も持って同様にして窓を閉め、原稿用紙も拾い上げてから腰を下ろす。白湯を注ぎ、ふうと吹いて飲んでいる。

「イジャランには、愛人がおるたい」

　清人は黙ってうなずいた。

「知っとるとか」

「会ったことがある。ほんの数分で、彼は帰ってしまったけど」

「そうか。なら、別れた亭主との間に息子がおることは」

「聞いた。それも偶然だが」

「なら」と言葉を継ぐので、「まだあるのか」と訊いた。

「ある。活動弁士の徳川夢声ってのが、おるとやろう。最近、ラジオにも出てる」

「ラジオがないからそれは知らないが、徳川夢声の名はむろん知ってる」

「イジャランの、長年のワケありじゃってことも？」

急に頬が強張《こわば》った。「嘘だ」と喉まで出かかったのを、すんでのところで呑み込んだ。

「そうか」

情けないことに、うなだれていた。

「今ならまだ引き返せるじゃろう。深間には嵌《はま》っとらんとじゃろう？」

清人は胡坐《あぐら》の中にだらりと落とした腕を持ち上げ、眉の上をさする。強く、何度も指を行き来させる。

「最初は、違和感があった。君たちが何でああも無邪気に信奉しているのか不思議なほどで。正直に言えば、嫌悪すら感じた。でも、ぞっとするほどの闇の中を彼女は歩いてきたんだ」

気息を整え、白湯を飲んだ。顎からしたたった雫《しずく》を手の甲で拭い、歓一に向き直る。

「心配かけてすまなかった。それに、出し抜いたと言われても仕方がないとも思う。

最初は、あの人にプロレタリア文学のことを教えてくれないかと頼まれたんだ。演劇人として弁《わきま》えがないのを恥ずかしいと思いながら、その筋の雑誌を読んでもよくわからないって悩んでいた。いや、本当なら君に頼むところだが、偶然、神田で会ったんだ。それでカリーをご馳走《ちそう》になって、その後、いつだったか、ともかく頼まれた。僕はそれで少々勘違いをして、のぼせ上がった。でももう大丈夫だ。君に心配をかけるようなことはしない」

歓一は黙って俯《うつむ》いているが、急に頭を掻き始めた。

「福田君、嘘が下手ばい」

いつものニヤニヤではなく、切なそうに天井を見上げた。

次の日の夜、気がつけば笄町に立っていた。

今は新しい戯曲の稽古に入っている。サラ・ベルナアルというフランスの女優が演じて有名な作品で、伊澤蘭奢のために日本版の脚本が用意されたのだという。随分と気を入れている舞台で、清人の前でも台詞を浚《さら》っていた。

十一時も近いので、どの家も静まり返っている。道を隔てて遠目に見る二階も真っ暗で、まだ帰ってきていないようだ。落胆と安堵《あんど》が同時に湧《わ》いて、洟《はな》を啜った。道が凍てついていて、早く引き返そうと思う。

でも、あともう一分だけ待ってみようと、手をこすり合わせて息を吹きかける。と、二階の窓に灯りがともった。

逸《はや》って数歩踏み出して、しかし足を止めた。誰かがいるかもしれない。内藤という愛人か、それともカツベンか。いきなり訪ねたりしたら迷惑がかかる。彼女の、何をしに来たのだという冷たい表情まで泛んで、胸が苦しくなる。

足駄の先で何かを蹴ったか、凍った道が硬い音を立てた。屈んで見れば石ころだ。手を伸ばし、拾い上げた。冷たいそれを掌の中で転がし、清人はまた二階を見上げた。躰《からだ》を斜に構えて左の足を前にし、大きく胸を反らしながら右肘を後ろに引いた。弧を描くように腕を前へと伸ばす。指先から離れた石ころは二階の板壁に当たって、物干し台に落ちた。思ったよりも音が響いて息を詰める。しかし窓は動かない。

気づかなかったのか。それとも、やはり誰か来ているのか。そのさまを想像するだけで苦しい。何ゆえこんな気持ちに陥ってしまったのか、己でもわからない。

彼女を支えているつもりだったのだ。彼女が誰にも見せない、暗い嫉妬や焦《あせ》りや孤独のそばにいるつもりだった。

弱い人だ。淋しい人だ。

でも、もうこれきりにしよう。そして二度と会わない。

ふいに灯りが揺れた。カアテンが動き、ゆっくりと窓の硝子《ガラス》が動く。物干し台に彼女らしき人影が出てきた。辺りを見回している。

清人は「さよなら」と口を動かし、辞儀をした。見えるはずはないのに、伝わるような気がする。踵《きびす》を返して遠ざかる。

「待って」

振り返ると、彼女が夜道に出てきていた。寝巻の上に西洋風の長衣を纏い、足は下駄履きだ。

そして断髪していた。

手紙

響き渡る読経《どきょう》の中で、佐喜雄《さきお》は数珠《じゅず》を握り締めている。

増上寺《ぞうじょうじ》の堂宇《どうう》だけあって、須弥壇《しゅみだん》は正面のみならず柱を隔てた左右にも設《しつら》えられ、宝珠《ほうじゅ》の黒漆と蓮華《れんげ》の金が鈍い光を放つ。天井から吊《つ》り下がっているのは羅網《らもう》というのだろうか、網のごとく微細な金細工の束が経に靡《なび》くかのようにチリチリと澄んだ音を立てる。

南無阿弥陀仏《なむあみだぶつ》、南無阿弥陀仏。

緋衣《ひえ》の導師の背後には紫衣《しえ》の脇僧《わきそう》が何人も従い、唱和はやがて高く低く、荘厳《そうごん》を帯びてきた。時折、木魚や鈴《りん》の音が交じり、香爐《こうろ》から立ち昇る一筋はどこまでも白い。

佐喜雄はまだ一度も泣いていなかった。

何もかもが現実味を帯びぬまま、寝不足の頭だけは妙に冴《さ》えている。たとえばこの胸だ。胸骨の辺りに鑿《のみ》のごときもので細長い穴が穿《うが》たれたらしく、その証拠に、いろいろな慰めや励ましの言葉を放り込まれても身中に留まることがなく背中から抜けていってしまう。南無阿弥陀仏も通り過ぎてゆく。

この豊潤なまでの香華《こうげ》の中に坐《ざ》していると、やはり不思議な気がしてくる。

大阪の下宿で電報を受け取った時、頭を過《よぎ》った景色は薄茶色であったのだ。あの笄町の間借りの二階で、ささくれ立った古畳の上に薄い蒲団《ふとん》が敷かれ、その周囲に坐しているのは十人足らず。そんな色褪《いろあ》せたさまを想像していた。

去年の夏、母が自身でそう言ったことがあるからだ。昔からよく知る女優が急性の肺炎で亡《な》くなって、通夜《つや》に赴けばそれは侘《わ》びしい裏店《うらだな》住まいであったらしい。母と同様、舞台が中心の女優であったので世間に広く知られているわけではなかったが、演技力では定評のあるひとであったという。

雪が降っていたわ。新劇の役者の末路なんぞ、憐《あわ》れなものよ。

言葉とは裏腹な、どこかしら誇るような抑揚があった。

ブルのお遊びじゃないのだもの。芸術に一心になれば、貧しくて当然なの。

母の姿は確かにブルジョアのそれではなく、けれど颯爽《さっそう》とした断髪で、腕を剝《む》き出《だ》しにした洋装は深紅とグリーンの大柄だ。佐喜雄の目にはやはりどうしようもなく都会的に映って気後れがした。話しぶりも歯切れが良く、しばしその女優の思い出を語った後、ふと眉《まゆ》を下げて頬笑んだ。

無口なのね。

相槌《あいづち》も打たず、ずっと黙っていたからだ。考えてもみとうせ。佐喜雄は内心で訴えた。十数年ぶりに会う母親は初対面の相手よりも気ぶっせいに決まっている。

——活動写真のロケーションで浜松に行くから、そこに来られますか。

そんな電報を京都で受け取って、ちょうど予備校も休みの時期で、胸が潰《つぶ》れそうなほどの不安と嬉《うれ》しさを抱えて汽車に乗った。しかしいざ対面すれば、何をどう話せばよいのか、返答一つにとまどう。「はい」は他人行儀なのか「うん」は不行儀なのかすら見当がつかない。だいいち、声を発するだけで己の石州訛《なま》りが土臭く思われた。けれどこれはどうしたことだろうと、そっと黒い群れを見やる。夥《おびただ》しいほどの弔問客なのだ。誰も彼もが仕立て下ろしのような喪服に身を包み、中には西洋人のように黒ベエルを顔に垂らした婦人もいる。

「あなたが息子さんなのね。お蘭ちゃんによく似ておられること」

独特の言い回しと発声で涙ぐんだので、あの人もおそらく女優であるのだろう。

堂前の石段の両脇には花輪や樒《しきみ》が妍《けん》を競うように立ち並び、写真機を抱えた記者らしき姿が境内を縫うように駈《か》けていた。

「佐喜雄」

かたわらに坐した伯父の虎平《とらへい》が肩を寄せてきて、促すように言った。顔を戻せば、喪主である内藤民治が焼香に立っていた。内藤は母の愛人だ。先月、五月のかかりに上京した際に喫茶店で引き合わされ、「青年に理解のある人なの」と母は繰り返した。血色のよい男で肩幅が広く、髪や髭《ひげ》、眼鏡もモダンで隙《すき》がない。母が住む借間の倹《つま》しさとはおよそ不釣り合いで、実際、母が口にした「役者の貧しさ」が真実の形となって目前に呈されたのに胸を衝《つ》かれていただけに、内藤の恰幅《かっぷく》が不潔に思えた。

母は言った。

文学や芸術にも造詣《ぞうけい》が深いのよ。雑誌社を経営していたから文士の知人も多いわ。

何でも教えていただきなさい。

そして佐喜雄のことも内藤にアッピールする。

山口中学校を出て、予備校は京都だったわね。

佐喜雄に大きな瞳《ひとみ》を向け、すぐに隣の内藤へ視線を戻した。考えれば母も一歩外に出れば、ただの家庭婦人ではないのだった。涼しい断髪の下は大きな縦縞《たてじま》の夏衣で、シュッシュッと裾《すそ》を捌《さば》いて町を歩けば人が振り向く。「ええ」と愛人にうなずくさまもわずかに首を傾《かし》げ、すぐに口角が上がる。

関西では名門の大阪高校に合格して、今は一回生ですの。本当は一高から帝大という道を歩む子なんだけれど、この子の祖父と祖母が東京にやるのを嫌がったんですのよ。津和野に少しでも近い大阪であればと、許しが出たようです。無理もありませんわ。あの家では百年目にようやく生まれた男の子、大事な大事な跡継ぎですもの。

百年目かどうかは知らないが、伊藤家が長年、男子に恵まれず、夫婦養子や養子を繰り返してきたことは事実だ。佐喜雄の父、治輔も、縁戚《えんせき》から養子に入った身だ。

それを考えたら、あなたの親御さんは頭が進んでおられたのね。明治の頃にアメリカに渡るのに反対なさらなかったんですもの。

うちは地主だからね。商家とは感覚が違うだろう、と内藤が返す。

伊藤家も地主ではありましたけれど、津和野は旧弊な盆地ですから。

しかし高津屋《たかつや》伊藤薬局といえば、山陰道屈指の薬屋だ。あの、一等丸《いっとうがん》だろう。

佐喜雄は小さな革袋に入れて持ち歩いている薬の粒々を思い泛《うか》べ、それも旧弊だと言われたような気がして不愉快になった。

氷水を食べたら、一等丸を口に含みんさい。

帰郷して再び津和野を発《た》つ時、祖母はいつも汽車の窓に取り縋《すが》るようにして新しい革袋を渡す。そして継母は祖母の後ろで弟の手を引いて、「お達者で」と手を振る。その隣に父の姿はない。

父は東京で結核の新薬開発事業に失敗した後、故郷に引き上げ、そして母に出て行かれた。そののち、旧家から若い娘を後添《のちぞ》えに取ってまた男子を儲《もう》けたものの事業欲は治まらない。伊藤家は近在でも抽《ぬき》んでた大地主でもあるので、祖父は家作の経営についても倅《せがれ》に引き渡したいのだが、父は大阪の北浜《きたはま》に出ては株に湯水のように金を注ぎ込む。佐喜雄が山口で中学生活を送っている間もほとんど大阪の宿に居続けであったようで、盆暮れに顔を合わせてもいつも寡黙《かもく》で、継母は気兼ねばかりを強いられている。

おとなしい継母は白粉《おしろい》や香水も知らず、祖母や父の気息を窺《うかが》って生きている。そして佐喜雄に「これ」と、大丸の包装紙に包まれた箱を差し出す。

お父さんが、佐喜雄さァにお見立てなすったものですよ。

大阪土産の大きい箱は帽子や襯衣《シャツ》で、小さい箱の場合は万年筆や筆入れの類《たぐい》だ。内藤と佐喜雄を交互に見やって笑う母の姿を見ながら、それにしてもと息を吐く。

女の人はなぜ、取り持ちたがるのだろう。夫と義理の息子、愛人と息子の間柄を。僕にとっては、この人が僕のことを好こうが気に入らなかろうが、どうだっていいことなのに。

伯父に促されて腰を上げ、共に前に出た。僧侶《そうりょ》らの後ろに設えられた台の前に進み出る。

指先で香を摘《つ》まんだものの、あとの所作がわからない。右手に立って控えている伯父を見ると、額に向けて香を近づけている。見様見真似《みまね》で大きな香爐にそれを落とし、手を合わせた。背後に並ぶ数百人が自分の一挙手一投足を見つめる観客のように思えて、また身が硬くなる。口許《くちもと》を引き結び、おざなりに辞儀をしてから場を離れた。

束《つか》の間《ま》、前列の内藤と目が合った。重々しくうなずいて返されたが、すぐさま目を逸《そ》らした。母の葬儀の場で愛人にどんな表情で接すればいいのか、家でも学校でも習ったことがない。

ほどなく伯父が隣席に戻ってきて、鼻をスンと鳴らした。

虎平は新宿でジャスミンという名の喫茶店を営んでいて、すぐ近くに活動写真の武蔵野館がある。武蔵野館は伊藤家の遠い親戚に当たるという弁士、徳川夢声がいる小屋で、母に連れられて楽屋を訪ねたことがある。内藤と引き合わされた翌日だったように記憶している。

大きくなりましたなあ。

初めて会ったにもかかわらず、大きな目を瞠《みは》っていた。佐喜雄が驚かされたのはその声で、あれほど響きの深い音を発する人間を他に知らない。ただ、昼間から酒臭いのには閉口した。

母が死んだのは、東京で一週間ほど共に過ごした、わずかひと月後のことだ。六月七日、芝居の稽古《けいこ》に出る前に湯屋に行き、自宅の階段を上がる途中で倒れたらしい。翌八日、病院で息を引き取った。大阪の下宿で内藤からの電報を受け取った佐喜雄は臨終には間に合わなかった。上京後はジャスミンの二階の六畳で起居させてもらいながら、病院や火葬場を行き来した。死因は脳溢血《のういっけつ》であったと聞かされた。

そして二日前の十日、佐喜雄は母の骨を拾ったのである。浜松の旅館の風呂場《ふろば》で見た裸はみっしりと肉がついて首なども意外と太かったのに、骨は頼りないほど細く、灰白色の頭蓋骨《ずがいこつ》も小さかった。腰回りの骨は、なぜか直視できなかった。

弔問客すべての焼香が済んで、料理屋に場を移して精進落としの会食になった。大広間にも祭壇が設えられ、母の写真が薔薇《ばら》と共に飾ってある。伯父や佐喜雄の膳《ぜん》の前には銚子《ちょうし》や麦酒《ビイル》を手にした男女が坐《すわ》り、悔やみを述べた。名乗られても判別がつかず、しかし啜《すす》り泣きでも声の通りがよいのは俳優で、そうでない者は劇作家や演出家、文士や記者だと見当をつけた。

やがて内藤の音頭《おんど》によって、弔辞なるものが次々と読み上げられた。

「あなたは、母のような女優でありました」

劇作家であるらしい和服の男が、写真に向かって朗々と告げた。

「松井須磨子の後、まさに次の時代を産む母体であったのです。そしてあなた自身も、新時代の女性でありました。平凡で地味で、リアルな悩みを深く蔵する女性だった」

平凡で地味で、リアルな悩み？

お母さん、今の言葉は嬉しいですか。それとも。

「あなたは常に我々のよき友であり同志であり、時に姉でありました。蘭子さん、あなたがいなくなった新劇協会はいかなる芝居を打つことになるのか。我々は行き暮れるばかりであります。いったい、どうしたら」

言葉を詰まらせた俳優は、そのまま馬のようにいなないた。度を失うほど泣いていた。そのさまを受けてか、次に立った老齢の紳士は紋付き袴《はかま》の総身から怒気を放つように音声を発した。

「伊澤さん、あなたはまったく母性の人であった。常に、母のような愛で若い人々を包んでいた。いかなる苦境に陥っても新劇協会を見捨てず、そこに留まって若い役者らを鼓舞し続けた。離合集散の激しい新劇界において、あなたの通した信義は実に大いなる功績であろう。新聞でいかに大女優と謳《うた》われようとあなたは貧しく高潔であった。しかし私は、その立派さを惜しむものである」

紳士はしばし口を噤《つぐ》んだ。会食の場も水を打ったかのように静まり返り、佐喜雄の前にいる男も銚子を手にしたまま釘付《くぎづ》けになっている。

「その人間味が、人情が、あなたの芸術の障碍《しょうがい》になってはいなかっただろうか。私は惜しいのだ。あなたの女優生活はわずか十年であった。あと十年、生きて欲しかった。四十代のあなたは茨《いばら》のように己を縛る情や信や義、かようなものから解き放たれ、真なる芸術の花を熱く冷たく咲かせてのけたであろうに」

紳士が席に戻っても、しばらく誰もが黙っていた。啜り泣きがやがて小声になり、そこかしこでざわめきが立つ。

「あれじゃあ、我々が蘭子さんの足を引っ張ったと言わぬばかりじゃないか」

「先生は、『マダムX』の大成功を認めておられないんだよ。仲木さんの脚本、蘭子さんの人生に寄せ過ぎていると、陰で酷評していたらしい」

「まったく、弔辞で本人を批判しちゃ世話ぁない」

劇団の連中らしい若者らは憤懣《ふんまん》やる方ない様子で酒を呷《あお》っている。次の弔辞が始まったが、もう誰も聞いているふうがない。虎平が誰かに呼ばれて席を立ち、一人になった。少しほっとして膝《ひざ》を崩しかけると、内藤が現れて黙って腰を下ろした。途端に気づまりになったが、どうしようもない。内藤は女中に指を上げて呼び、まもなくグラスが運ばれてきた。

「飲みたまえ」

勧められて口に含めば、冷えた紅茶だった。胸の穴から背中に抜けて零《こぼ》れることもなく、久しぶりにちゃんと身中に下りていく。

「君は、『マダムX』を観《み》たか」

「いいえ」

この夏、大阪での再々演が決まっていたので、その時は観にいくつもりだった。

「蘭ちゃんは、あの芝居に心底、気を入れていた。そもそも、大正の頃だったか、島村抱月の脚本と演出で松井須磨子がやるはずの芝居だったんだ。しかし島村はスペイン風邪で急死して、須磨子は後追い自殺した。それで畑中が」

内藤は背後を少し振り返って、幾列か向こうに目をやった。黒い巻毛で髭も黒々としている男が先ほどの紳士に喰ってかかっていて、

「お蘭は真の大女優だったさ。あなたに何がわかる」

胸倉を摑《つか》もうとして、周囲から羽交《はが》い締めにされている。

「畑中蓼坡がその企画を惜しがって、仲木貞一という脚本家に依頼した。それが『マダムX』三幕だ。元はフランスの戯曲だがアメリカが映画化して、それが本邦でもヒットしたからね。仲木の脚本はそのアメリカ版を踏襲している」

母の舞台の成功は新聞や雑誌でも随分と採り上げられていたので、佐喜雄もあらましは知っている。

原作はアレキサンドル・ビッソン、フランスの大女優、サラ・ベルナアルが出演して好評を得た戯曲だ。

日本で翻案された『マダムX』は、幼い我が子を捨てて家を出た蘭子が外地で零落の末、日本に帰ってくる。別れた夫は検事総長という地位に上りつめており、それを知った蘭子の愛人が脅迫にかかるのだ。蘭子は夫と我が子の名誉を守るため愛人と争い、短銃で殺してしまう。名を隠してマダムXとして臨んだ公判で蘭子の弁護人として立った若者が、切々と蘭子の心情を訴えて弁護する。その若者こそが、かつて捨てた我が子であった。それを知った蘭子は卒倒し、結句、我が子の腕の中で息を引き取る。

折しも昭和三年から陪審員制度が日本でも取り入れられることになっており、そのさまを芝居の中で見られるという点も話題性があったようだ。

内藤は佐喜雄の膳の上の猪口《ちょこ》を手にして独酌を始め、香《こう》のものをひょいと指で摘まんで口中に放り込んだ。歯がいかにも丈夫そうな音を立てて咀嚼《そしゃく》する。初めて、微《かす》かな親しみを覚えた。

「主人公の名が蘭子なんだな。まったく、そういうことをするから観客は蘭子ちゃんの実人生と重ねて涙するし、批評家はその分を割り引いて評価する」

伊澤蘭087の演技は、新聞にこう評してあった。

——迫真を極め、観る者にヒリヒリとした感情を催《もよお》さしめるものだ。その痛みは本物だ。

——その人物になり切るという領分に入り過ぎたため、冷静なる形式美を表現することが疎《おろそ》かになった感は否《いな》めない。

表現者としての蘭奢は「幾分かの客観性があり、そこが言うに言えぬ味であった」にもかかわらず、『マダムX』では「主観のみが働いていた」と評された。

「俳優、女優は評価されねばならない稼業《かぎょう》だ」

慰めるような言い方をするので、佐喜雄は小さく首を振った。

「気にしないでください。僕はママが大女優であろうとなかろうと、かまわないんです。ただ」

そこで言い淀《よど》んでしまい、内藤は猪口を干した。

「ただ？」

「はい。ただ、以前、ママはこんなことを言いました」

浜松の旅館で会った時だ。

巧《うま》いけれど、熱がない。

あの評を受けた時はこたえたわ。そんなの、もう白旗よ。降参よ。

「そうか。そんなことを君に言ったか」

その「熱」とやらを一心に籠《こ》めて演じたのが『マダムX』ではなかっただろうか。ふと、そんなことを思った。それは一般の観客を見事に感動せしめ、再演、再々演まで決まる大成功を収めたが、今度は「主観のみが働いていた」などと言われた。

それを口には出せなかった。内藤もしばらく黙って酒をやり、伯父が戻ってきたのと入れ替わるように席を立った。祭壇の前では六、七人が肩を組み、歌い始めている。たぶん劇中歌なのだろう。ロシア民謡のような節回しで、足を踏み鳴らしている。

その踊りの向こうで、母があでやかに笑っている。

明るい双眸《そうぼう》だ。今にもあのアルトで歌いだしそうだ。

浜松で「何かを歌って」「校歌を聞かせて」と母にせがまれ、しかし佐喜雄は頭を振ったのみだ。代わりに母が『埴生の宿《はにゅう》』を歌ってくれた。一生分の子守唄《うた》になった。

写真の中の母を見つめ返した。

お母さん。

あなたはあらん限りの情熱でもって、芸術の階《きざはし》を上ったんだね。

でも、その指先は届かなかった。あともう少しで、何かを摑めそうだったのに。

ふいに瞼《まぶた》の中が熱くなって、グラスを持ち上げた。紅茶はもうぬるくなっていた。


扉が開く音がして、窓辺のカアテンが風を孕《はら》んだ。

白襯衣《シャツ》に小倉袴《こくらばかま》の青年はやはり福田清人で、店内を見回し、ややあってこちらに顔を向ける。眩《まぶ》しそうに目を細め、風呂敷包みを小脇に抱えて静かに近寄ってきた。

「お待たせしたかな」

「いいえ。今、下りてきたばかりです」

今回も、ここジャスミンの二階に滞在させてもらっている。伯父の虎平が銀盆で水を運んできて、「いらっしゃい」と言った。

「たしか、帝大の福田君だったね」

母が何度か連れてきたことがあるようで、清人は神妙な顔をして頭を下げる。

「珈琲《コオヒイ》、モカのいいのが入ってるよ」

「では、それを」

清人は肯《うべな》い、水のグラスを口許に運んだ。一気に飲み干し、「九月に入ったのに、まだ暑いね」と言った。「はい」と、佐喜雄は小さく返す。清人は腰の手拭《てぬぐ》いを引っ張って額や首の後ろを拭《ふ》いた後、「昨日はどうも」と佐喜雄を見た。

「はい」と、またうなずく。

八月の末に内藤から招きを受け、昨日、九月一日は土曜日であったので、佐喜雄は再び上京した。東京駅まで迎えに来てくれたのは徳川夢声で、すでにしたたかに酔っていた。タクシーに乗り込んで着いたのは西洋風の邸宅で、そこで内藤は昼餐《ちゅうさん》会を催したのだ。招かれたのは夢声と清人、そして佐喜雄だった。最初から気づまりな食事で、佐喜雄は内心で悔いていた。

母を偲《しの》んでの集まりであるとの文面であったし、盆を過ぎてからというもの、母がもうこの世にいないということが、ようやくというべきか、言い知れぬ寂寥《せきりょう》に迫られて母の夢ばかり見ていたのだった。心の片づけようがわからなかった。ゆえに何を迷うでもなく大阪の下宿を出てきた。ほんの少しでも母の体温を感じられるような気がした。

しかし庭の中の円卓で交わされたのは皮肉やあてこすりの応酬で、「愛人」や「恋人」や「火遊び」などといった言葉が飛び交った。挙句の果てには内藤と夢声が摑み合いを演じ、およそ大人だとは思えぬ仕方で芝草を撒《ま》き散らした。

そして夢声は言った。彼女は自らの意志で、我々の前から去ったんだ。

私、四十になったら死ぬの。それが母の口癖であったらしい。

佐喜雄は母の癖など一つも知らない。そんなものに気づくほど一緒に過ごしていない。浜松で一晩、五月に東京で七日。物心がついて以降に母と過ごした、それがすべてだ。

ただ、内藤の様子は尋常ではなく、妻子のある身だと聞いていたが、母の死がまだ受《う》け容《い》れられないほど憔悴《しょうすい》していることはわかった。増上寺での葬儀や会食は精一杯、己を保って差配していたのだろう。あの時とはまるで人が変わったかのように頰が削《そ》げ、顔色も悪かった。その内藤が、母の遺稿集を出したいと言った。

大きな柳行李《やなぎごうり》が二つ、その中に原稿用紙や紙片が山と詰め込まれていた。雑誌や新聞から依頼された随筆の下書きや演技プランの書付、自叙伝の草稿らしきものもあったらしい。そして男たちとのやりとりも日記のつもりであったのか、克明に書き残していたようだ。

それでも佐喜雄は読んでみたいと思った。清人はしばし迷う素振りを見せていた。彼こそがまったく、佐喜雄が想像してきた「大人」らしい思慮の持ち主だといえた。東京帝国大学文学部国文学科の学生で、同人誌にも参加しているらしい。佐喜雄が望んで得られず、今も憧憬《しょうけい》してやまない身の上だ。

その清人が遺稿集の編纂《へんさん》を手伝うと約束し、昨日、彼の下宿に行李が運び込まれたはずだった。

清人はまた手拭いを持ち上げ、瞼の上を擦《こす》っている。眉がくっきりと濃く、目は細く切れ長だ。顎《あご》から薄青い無精髭が見て取れて、徹夜したのではないかと推した。

伯父がモカを運んできて、バタ色の西洋菓子が入った皿も並べた。佐喜雄の前にも同じものが置かれ、「有難うございます」と辞儀をした。

「佐喜ちゃん、いつまでも他人行儀な真似はよしなよ」

そう言いつつ、隣に腰を下ろす。

「福田君、葬儀にも来てくれたんだったかい」

「はい、伺いました。本当に、今でも残念です」

伯父は銀盆を膝の上に立ててその上に腕をのせ、小さく頭を下げて返した。

「で、君たちがジャスミンで会合とは、いったいどういう？」

清人と佐喜雄の顔を順に見る。昨日の出来事は伯父には話していなかった。隠し立てをするつもりはなかったが、何をどう話せばいいのかわからない。夜には一緒に風呂に行き、伯父の背中を流し、帰りに蕎麦《そば》屋で蕎麦を食べた。それは旨《うま》かった。昼餐の仰々しい西洋料理は喉《のど》につかえて、何を喰ったのかわからずじまいだった。

「蘭子さんの遺稿集を出そうということになったんですよ」

清人が率直に打ち明け、伯父はしばし黙して「そうかい」と呟《つぶや》いた。

「有難いなあ。あれも果報者だ」

何を口にしても、どこかしら江戸っ子めいた明るさがある。大学が東京であったので、青年期に土臭さが抜けたのかもしれない。

佐喜雄は母と再会する前、この伯父とは郷里で何度か会ったことがある。伊藤家のすぐ近所に山崎旅館という大きな宿屋があり、そこが三浦の祖母の実家だった。当時、すでに三浦家は家屋を閉じて津和野を離れていたから、伯父も墓参りの際にはこの広大な敷地を持つ旅館の離屋《はなれ》に逗留《とうりゅう》していた。むろん実母の兄だとは知らず、ただでさえ縁戚の多い土地のことで、遠縁の一人だとくらいにしか捉《とら》えていなかった。

「四十で逝《い》っちまうとはなあ。いや、去年の十二月にも稽古中に昏倒《こんとう》したんだ。芸術もいいが無理はするな、せっかく佐喜雄とも会えたんだからと言うてきかせておったのに、あれは子供ン時からきかん気が強いから」

伯父は問わず語りに語る。清人は珈琲茶碗《ぢゃわん》を傾けながら黙って聞いている。

「ママは、どんな妹だった？」

「そうさなあ」伯父は腰を上げてカウンタアの中に入っていく。飴色《あめいろ》の一枚板で、壁が造りつけの棚だ。そこに青磁や白磁の茶碗が並んでいる。

佐喜雄は他者の前で母のことを口にする時、なぜか「お母さん」と言えないでいる。母に対しては「お母さん」と呼びかけ、母も自らをそう呼んでいた。だから少しばかり生々しくなる。母の掌《てのひら》や唇や腕の匂《にお》い、胸の柔らかな厚みを思い出す。

洋酒瓶とグラスを手にして、伯父が戻ってきた。

「この酒、繁が好きだったんだよ。いくらでも呑《の》んで、平気な顔をしていた」

母と泊まった浜松の旅館では、麦酒だった。佐喜雄があまり相伴しなかったので二瓶ほど空けただけで、風呂に入ることになった。一緒に入ろうと誘われた時、意識していると思われるのも癪《しゃく》であったので断らなかった。

豊満な躰《からだ》が目の端でたゆたっていた。

「福田さん、よかったらやっておくんな」

グラスを取りに腰を上げかけるのを、清人が止めている。「そうかい」と腰を据え直し、自身のグラスに洋酒を注ぐ。

「綺麗《きれい》だったよ。幼い頃から綺麗な娘だった。大人になって丸顔になっちまったが、昔は瓜実顔《うりざねがお》でね。きりっと目の端が上がって鼻筋が通って、三浦の娘は別嬪《べっぴん》じゃと近在でも評判だった。あれが女優になりたいと言い出した時、俺はちっとも驚かなかった」

「三浦家は紙を扱っておられたんですね」

清人が言うと、「そんなことまで知っているのか」と伯父は目を丸くする。佐喜雄も驚いた。伊藤家では母のことはもちろん、三浦家のことを口にするのは禁忌《タブー》だった。長じてから少しずつ、周囲から耳に入る断片しか承知していない。

伯父が言うには、三浦家は石州半紙の製紙場を営み、主《あるじ》は代々五郎兵衛《ごろべえ》を名乗り、帯刀を許されていた家柄であったらしい。

「石州紙は虫がつかないというんで、旧幕時代、それは重宝されたようだ。目録や証書、商家の売り買い帳にも使われた。水に濡《ぬ》れたって乾かしたら元通り、何の不都合もないほど強い紙だ」

清人が「ほう」と感心したので、伯父は「でな」と身を乗り出す。

「繁が生まれる数年前だったか、文部省から教科書用紙の発注があって、それが何と四枚綴《つづ》りで三百六十万枚のご注文だ。屋根の瓦《かわら》にも家紋が入っていたのは、俺もよっく憶《おぼ》えているよ。しかし世はやがて洋紙の時代になった。うちの親父《おやじ》はその転換期にうまく乗れねえで、家業は一気に傾いた。石州紙なんぞ古い、ペン先がひっかかって書けねえってんだな。当たり前だよ。元々、毛筆と墨に適した紙なんだから。で、繁が数え十三の頃には事業が行き詰まった。親父は新事業に賭《か》けて九州へ渡って、おふくろは津和野に残って小さな紙屋を開いた。俺はちょうど広島の鉄道会社に勤めていたから繁は俺を頼って広島にきて、女学校もあの地で入った」

「その後、東京に出られたんですね」

「そう。俺が仕事の都合で外地に出ることになって、しかし女学生の繁を連れていくわけにはいかない。ちょうど伯母が東京にいたんでね。あれはその家に身を寄せた。その後、縁談があって、郷里の名家である伊藤家に嫁いだ」

伯父は父、治輔の名は口にしなかった。

「ご主人は薬学部を出られた俊才で、結核治療の新薬製造に取り組んでおられたんでしたね」

「そう、たしかアル」

「アロイトン」佐喜雄は思わず口に出していた。

「佐喜ちゃん、知ってるのか。そんな古い話」

「ううん。祖父《じい》様と父さんがそんな薬の名を出して話していたことがあったから」

実際には話していたのではなく、揉《も》めていたのだ。父の事業欲は今も治まることがなく、祖父が事業資金を出してくれぬゆえ株で稼いで元手を作るのだという料簡《りょうけん》であるらしい。が、投資の才にも恵まれている様子はない。

「夫の世話から家庭の悉皆万端《しっかいばんたん》に明け暮れ、工場の竈《かまど》の火を焚《た》き、薬石を砕いたり練ったりして、書生と共に一心に夫を扶《たす》けた」

清人が暗唱するように言ったので、伯父はキョトリと首を傾げる。

「近所の若夫婦が睦《むつ》まじげに湯屋に行き、女学校時代の同級生から長閑《のどか》な家庭生活が窺える消息が届いたりすると、我が身が何となく不思議に思われた」

窓から風が入ってきて、感じるものがある。手触りだ。母のあの乳房の奥にあった感情の手触り、その履歴。

清人は佐喜雄に眼差《まなざ》しを落とし、かたわらの風呂敷包みを卓の上に置いた。

「まだ一部だが、時系列に沿って整理しておいた」

「有難うございます」

伯父はまだ要領を得ぬ顔つきだが、己が立ち入ってはいけないとでも思ったのか、膝の間にグラスを下ろした。清人がまた口を開いた。

「明治四十三年八月三日、津和野の伊藤家で佐喜雄君が誕生したんでしたね」

そうだと、伯父はグラスを両の手で包むようにしながらポツリと返した。

「繁は数え二十二だった。三ヵ月経《た》った頃、亭主からの電報で東京に呼び戻された。病であるというので仕方がなかったが、義父母はどうしても乳飲み子を手放さねぇんだ。置いていかざるを得なかった。その後、亭主の事業がどうにもならなくなって津和野に引き上げた。数年ぶりに会った我が子は繁を厭《いや》がって寄りつきもせず、日がな大所帯の家事に追い回された」

伯父はそう言い、「いや」と顔を上げた。

「佐喜ちゃんに罪はない。無理もない」

「わかっています、伯父さん」

子供は残酷だ。

違う、芝居に出てくるお母様みたいじゃ。そんなことを言い張って突っぱねて、皆はそれで笑ったらしい。母がその時どんな顔をしていたか、むろん知らない。

「祖母《ばあ》様から聞かされましたが、僕は甘やかされ放題のきかん坊で、見たこともない綺麗な女の人にいきなり引き合わされて動転したんだ。神社の境内で派手な幟《のぼり》を立てて興行を打つ一座があるでしょう。たぶんママの容子《ようす》がそこの人たちのように派手やかで、それで芝居みたいだと言ったんだと思います。実際、僕はいつも祖母に抱かれていれば安心でした。他の者の入る余地はないほどに」

後年、祖母が他人に話しているのを偶然、耳にしたことがある。

佐喜坊は子供の頃、母親に、違うと言ってのけましてねえ。賢い子でしたよ。子供心にわかっておったんでしょう、誰に育てられたのかをね。

まるで佐喜雄が母親に引導を渡したかのような話にすり替わっており、勝負事に競《せ》り勝ったような顔つきをしていた。後に事情が明らかになるにつれ、あの穏和で上品な祖母にかような底意地が潜んでいたのかと慄然《りつぜん》とした。母は我が子に「本物でない」と手を払われ、それからたぶん祖母との間もうまくいかなくなったのだろう。

「蘭子さんは深く絶望したようです」と、清人は口を添えた。

「今の境遇がただ煩《わずら》わしく厭《いと》わしく、夫も親も子も財産もみんな要らない、独りになりたい、独りで東京で暮らしたい、そして自由な生活がしたいという念願で一杯になった。躰が膨れ上がりそうになるほどに。そして家庭に対する一切の気持ちが消え去ったのでしょう」

「だが亭主にしたら、離縁なんぞとんでもないことだ。佐喜ちゃん、お前は女房を翻《ほん》意《い》させたい父親の手紙を持って、何度も三浦の家に往復させられてなあ」

そんなことがあったのかと、たじろいだ。

「憶えていません。たぶん数えで七歳頃でしたから」

そう言いつつ、息を弾ませて走った己の下駄の音が聞こえるような気がした。道の左右には秋草が朦々《もうもう》と伸びていて、女郎花《おみなえし》や吾亦紅《われもこう》が揺れている。山は澄んだ緑で、よく晴れている。石州紙で包まれた封書を手に握り、ただ「大事なお遣い」を果たすことに懸命な子供だ。その時の母の顔と姿はまったく記憶の埒外《らちがい》だ。

協議離婚が成立したのは大正五年十月十一日。それは山口の中学校に上がる前、役場で受け取った書類で知った。

「お父さんと別れる時、女優になりたいという念願はすでに持っていたのかな」

誰にともなく言ったが、伯父は「どうかなあ」と引き取った。

「ただ、おふくろから文が来た時、俺はなるほどと思うた。子供時分から、妙に人の目に立つ娘だった。本人も進んで周囲の視線を集めたがった。大抵の娘は嫁いだらそんな我《が》を納めるもんだが、あれは結局、納まりきらんかったんだろうなあ。おふくろもまた気丈なところのある女だから、どうせなるんなら須磨子みたくなれ、と。子があるのに嫁ぎ先から帰ってきてしもうて半分は自棄《やけ》になっておったのかもしれんが、島村抱月は同県人だからな。津和野でもあのカチューシャの唄がえろう流行《はや》っておったらしゅうて、おふくろは須磨子を買っていた。俺も大学は慶應《けいおう》で、いわば福澤《ふくざわ》さんの弟子だ。兄としては妹の一念発起を阻《はば》む理由がない。人生は芝居のごとし、だ」

他人事《ひとごと》みたいに肩を揺すり、フハハと笑う。

「まあ、俺は結局、いろいろやったさ。土地売買の斡旋《あっせん》をしたり、観光バスの支配人をしたこともあった。今は喫茶店だ。満鉄にも誘われておるから、いずれ満洲に渡ることになるかもしれん。その伝で言えば、繁は己の道を突き進んだ。ひたすらにね。お前には、可哀想《かわいそう》なことをしたけれども」

佐喜雄は黙って頭を振った。その言葉は当たらない。

僕は決して可哀想な子供ではなかった。祖父と祖母に守られて、継母も今から思えば気の毒になるほど優しく接してくれた。

「ママのことは何一つ知らずに育ちましたから」

しかし小学三年生の時、思いも寄らぬことを突きつけられた。帰省した母と引き合わされたのだ。近所の呉服屋の婆《ばあ》さんによる密《ひそ》かな差配、同情心によるもので、山崎旅館の離屋に母はいた。

こん人が、坊の生みの親ですよ。

婆さんはしきりと耳打ちをして、母も手を伸ばしてきたけれど、わけもなく腹が立った。突如、己の背中にあった糸という糸が裁《た》ち鋏《ばさみ》でブツリとやられたような気がしたのだ。若く遠慮がちな母が血のつながりのない継母であることは承知していたけれど、それは使用人や近所の者らの物言いで何となく浸みてくるもので、しかし祖母と祖父の愛情は盤石《ばんじゃく》だった。何にも困っていなかった。にもかかわらず、実母という存在がふいに現れた。よく憶えていないけれども、田舎では珍しい耳隠しの髪形やヌラヌラと光る紅に抱いた嫌悪《けんお》だけは躰に残った。

今から思えば、それが母を傷つけた二度目である。

「マスター、お勘定」

客に呼ばれて、伯父が席を立った。

清人が「本当にいいのかい？」と訊《き》く。

「何がです」

「蘭子さんの書いたものを、本当に読んでいいんだね」

うなずいた。

「傷つくことがあるかもしれない」

「でも、僕もママを傷つけてきました」

佐喜雄は包みを手前に引き寄せた。

だから確かめたいのだ。我が子に立てられた爪《つめ》によって、母がどんな血を流したのかを。

伯父がカウンタアの中に入ったのを目の端で捉えて、清人に眼差しを戻す。

「福田さんは、ママの死をどう思っているんですか」

小声で訊くと、清人は眉の下を指で掻《か》く。

「わからないよ。遺稿もまだ整理をしただけだ」

「でも、読んだのでしょう」

「目についたところはね。今はまだ何も判じられない」

清人は「いつまでこっちにいる？」と、話を転じた。

「今夜、汽車に乗ります」

「そうかい。じゃあ、また手紙を書くよ。目を通したものは順に送る」

「では、お願いがあります」

「何？」

「福田さんの同人誌も送ってください」

「そうか」と、清人は目尻《めじり》を下げた。目が細くなり、急に人懐《ひとなつ》こい表情になる。中学の同級生にもこんな雰囲気の少年がいた。マンドリンが巧かった。

「わかった。同封するよ」

立ち上がった清人は伯父に声をかけ、珈琲豆とサンドウイッチを土産にもらって恐縮していた。

拝復
遅くなりましたが、母の原稿の一部を清書し終えましたのでお送りします。まったく母の文字は男のような達筆で、読み取りにくいことこのうえない。福田さんにはご苦労をおかけします。百箇日法要の際もお世話になりました。
卒業論文は進んでおられますか。硯友社《けんゆうしゃ》の文学運動について論じられるとのこと、僕は「文芸倶楽部《くらぶ》」を時々読んだ程度ですが、いつか御論を拝読できれば有難く存じます。時事新報に童話が、読売新聞にも短編が入選されたとの由《よし》、僕は福田さんの、いいえ、ここは筆名の水城茂人《みずきしげと》さんとお呼びするべきでしょうか。水城さんの童話が大好きです。昔、祖母が僕を抱きながら語ってくれた昔噺《むかしばなし》を思い出して、けれど後味には刃物で切り取ったような現実感があって、とても心に残りました。
さてお訊《たず》ねの件ですが、僕が母の出演している活動写真を観たのは山口です。中学校ではむろん禁止されていましたが、級友と共に小屋に入って、そこで松竹蒲田映画の『噫無情《ああむじょう》』を偶然観たのでした。

当時、実母が女優であることは知っていました。郷里に帰った時、近所の者がどこかで母の出演している活動を観たらしく、それを祖母に話をするのを耳にしたのです。あん人は別嬪じゃったが、銀幕の中じゃ、なお綺麗じゃった。

その時、三浦繁子という芸名で出ていることを知りました。近所の人もその名を目にしたゆえ、かつて伊藤家にいた若嫁の容貌《ようぼう》を思い返したのでしょう。ですから僕が『噫無情』に出ている母を観た時も、あれは『レ・ミゼラブル』を支那《しな》劇に脚色したものでしたから、母は中年の阿媽《あま》という ほんの脇役で、たしか、主役の五月信子《さつきのぶこ》さんが扮《ふん》する女主人と銀の燭台《しょくだい》のことで問答するだけの登場でした。そこに三浦繁子という名を見つけなければ、女優になった母だとは気づかぬままであったでしょう。

のちに母と再会した時、あれは浜松の旅館でした。夜、風呂上がりに窓辺で涼む母に僕は訊ねたことがあります。何ゆえ、伊澤蘭奢という女優名を持ちながら本名で出たのですか、と。

母は胸許をあおぐ団扇《うちわ》をふと止めて、痛いような顔をしました。

佐喜ちゃん。活動に出ていた頃、とても不遇だったの。今、思い出しても胸が詰まるほどに。

母にとっては気に染まぬ役柄ばかりだった。しかし劇団の主宰者が活動に傾倒していて、舞台をなかなかやらない。食べてもいけない。それで母は伊澤蘭奢を封印して、活動の仕事を受けた。浜松で会った時もロケーションだとのことでしたから、たった十年の女優生活の中で不遇でなかった時期がいかほどであったのか、僕はそこに考えを至らせることができません。悲しくなる。

ともかく『噫無情』に三浦繁子を見つけたのが大正十三年、僕は中学二年生でした。それから二年後、四年生の時のことです。近代座という劇団が山口を訪れました。劇団を率いているのが五月信子さんでした。仲のよい級友には母のことを打ち明けていましたから、その友人が僕を引き摺《ず》るようにして五月さんに会いに行かせてくれました。地元が劇団を歓迎して、五月さんを囲む会のようなものを開いたのです。それはもう大変な歓迎ぶりで、幾重もの人垣に囲まれていました。近づきがたい思いをこらえてようやくお付きの少女をつかまえて事情を話したら、五月さん本人が僕に話しかけてくれました。

僕は母にとてもよく似ているらしく、手紙を書きなさい、預かって渡してあげると勧めてくれました。しかしその後、劇団は九州を回って外地でも興行したので、僕の手紙が母の手に渡ったのは昭和二年の三月半ばだったようです。そんな事情は僕にはわかりませんでしたから、母からの返事がないことに失望し、後悔さえしました。支那服の阿媽が僕の手紙をひきちぎって屑籠《くずかご》に捨てるさまを想像して、怨《うら》みにも思いました。

でも、手紙は来ました。五月さんがちゃんと約束を果たしてくれたことにも感激しました。母の手紙はとても清潔で、そして僕の知らない豊かさに溢れていました。生まれて初めて母の声を聞いた。そんな気がしました。

それからはもう堰《せき》を切ったように話をしました。むろん手紙でです。僕は京都に移って予備校に通っていたので、祖父母や継母に気をかねる必要もありません。そしてある日、母から電報を受け取りました。東京と京都の間、浜松で会いませんか、と。それが八月でした。

その数ヵ月前の五月、帝國劇場で岸田国士の『温室の前』という作品で母がヒロインの牧子《まきこ》を演じたことは、新聞の記事で知っていました。そう、各紙が「大女優」の名を捧《ささ》げた瞬間でした。予備校の同級生の間でも、伊澤蘭奢の名を知る者が少なくありませんでした。もちろん、母であることを僕は言いませんでした。

浜松での夜については母も書いていますから、福田さんもご存じでしょう。僕は不思議な心持ちで母のあの文章を読みました。まるで客席から舞台を観ているようだったのです。夜風が含んでいた湖の匂いや湖面に映った星の光はたしかに現実であったのに、青い蚊帳《かや》の中で共に枕《まくら》を並べて眠ったのも僕だったのに、こちらでそれを観ている僕がいる。

母が僕を抱きしめて眠った件《くだり》は、脚色ではなく事実です。正直に申せばとまどいの方が大きかった。早く母の腕から逃れたかったけれど、でもあの夜がなかったら僕は母の肌の匂いを知らぬままでありました。

その四ヵ月後の十二月、ご存じの通り、新劇協会は第二十二回公演の『マダムX』の稽古に入りました。年が明けて昭和三年の一月十四日から十日間、帝國ホテル演芸場で上演。母は、いえ、伊澤蘭奢はヒロインである江藤《えとう》蘭子を演じました。その評価については僕が触れる必要のないことですが、ともかく興行は大好評で、三月一日から四十日間、浅草公園劇場で再演されました。

僕が上京したのは、その公演が終わって少し経った五月上旬のことです。あの時は福田さんもご一緒に東京を案内してくれたのでしたね。母は子供のようにはしゃいで、市電の停車場でも台詞《せりふ》みたいな物言いで話していましたっけ。

母は僕を方々に連れて行ったけれど、夕飯だけは手料理でした。大家さんと共同の台所で狭いながらも楽しそうに菜っ葉を刻んで、家の前に七輪を持ち出して僕に焼き魚の番をさせたり、煮物の味見を何度もねだったりしました。筍《たけのこ》ごはんに青柳《あおやぎ》と胡瓜《きゅうり》の二杯酢、鶏肉《とりにく》と野菜の炊《た》き合わせといったささやかな食卓でしたが、あの味は今も忘れることはありません。意外なことに、とても美味《おい》しかったのです。

浜松では緊張して打ち解けることができなかったけれど、この東京での一週間は僕も自然と笑うことができました。母が嬉しそうにしていることが嬉しかった。

大阪公演での再会を約束して別れ、もう二度と会うことはかないませんでした。

五月十日、新劇協会は帝國ホテル演芸場で『默禱《もくとう》』を十日間上演。伊澤蘭奢は看護婦の役を演じ、これが最後の舞台となりました。

これもすでにご承知の通り、六月七日に脳溢血を起こして倒れ、翌八日午後九時、永眠。女優を決意して上京してから十一年、数え四十歳。

僕にとっては、たった一幕の母でした。

でもこれは、母の望んだことです。僕が東京の大学に入りたいと相談したことがあって、母がうなずいてくれたら、郷里の祖父や祖母を何としてでも説得するつもりでした。しかし母は反対したのです。東京の学生は不良も多いから、津和野に近い大阪や京都の学校がいいんじゃないかと言ったのは母でした。その時は何となく腑《ふ》に落ちないながらも僕自身、理由はよくわからなかった。

母はおそらく、母の演技に夢中になっていたのでしょう。でも僕が東京に出て身近に存在してしまったら、彼我《ひが》の区別はなくなってしまう。演技ではない本物の母になることを無意識に避けたのかもしれません。穿った見方でしょうか。でも僕は拗《す》ねてそんなことを想像するのではありません。

母が亡くなってのち、悲しむよりもあれこれと考え、そして母が書き遺したものを読むにつれ、女優であった母への思いは増しているのです。僕は結局、母の舞台を観なかったけれど、やはり観ていたのだと思います。観せられていたのかもしれませんが。

長くなりました。最後に一つだけ、母が自殺であったかどうかの疑念については、僕は「否」という考えをここに明らかにします。

亡くなる前日に質屋に行ってお金を借りていたことや、台本の読み込みに気を入れていたことなども理由ではありますが、女優として真価を問われる時期であることは誰よりも母は、彼女はわかっていたと思うのです。ですから前年の十二月に倒れて、医者にも伯父にも養生を勧められていたのに舞台から降りようとしなかった。

死んでもいいという覚悟はできていたと思います。自らの芸術のために。その意味においては、緩やかな自殺であったのかもしれません。

本望でしょう。


読み返した手紙を封筒に仕舞い、窓外に目をやった。

革鞄《かわかばん》の中には、浄書した母の原稿が入っている。清人へのこの手紙と共に、町の郵便局から出すつもりだ。

まもなく盆地に下る山峡に差しかかる。汽車はのろのろと喘《あえ》ぐように進む。山は秋の色に染まっている。目が覚めるほど鮮やかな緋色に黄色、緑も濃淡が深い。間近に見える山崖《さんがい》には野葡萄《のぶどう》の青い粒々が揺れている。いくつものトンネルを抜けると、汽車は急に速度を速め始めた。線路が曲がりくねり、やがて郷里の町が見え始める。薄《すすき》の銀色が波打つ向こうに鳥居の朱色が静まっていて、大榎《おおえのき》が枝を伸ばしている。森が続き、川の流れが秋の陽を受けて光っている。

いつものように窓を開けて頭を出した。いつもそうするのだ。田圃《たんぼ》は金色に色づいて、葉と穂を揺らしている。その匂いを胸一杯に吸い込みながら、真正面の城山を眺める。

静かな、旧《ふる》い町だ。

けれどお母さん、僕はこの盆地が好きです。あなたが息苦しかったこの町が、僕は好きなんだ。屋敷の深い軒先も古めかしい蔵も、近所の口さがない人々も。

佐喜雄さァ、戻りんさったかいの。

僕はいちいち「はい」と愛想よく応《こた》え、橋を渡る。家に入ったら皆に囲まれ、祖母の矢継ぎ早の問いに丁寧に応じ、継母の心づくしの芋煮や埋《うず》め飯を食べる。夕暮れには弟と一緒に中庭に出て、柿《かき》の木を見上げる。

兄さん、もうええじゃろう。

まだまだ。熟したら甘い匂いが下りてくるんじゃ。慌《あわ》てたらいけん。

そういえば、と佐喜雄は目をしばたたいた。

去年の秋の夕暮れ。中庭に面した縁側に腰掛け、背を丸めてぼんやりとしていた。机の前でノートを開いても、浜松で会った母のことがしきりと思い出されて勉強に集中できなかった。虫が鉦《かね》を叩《たた》くように鳴いている。気配がして顔を動かせば、鉤形《かぎがた》に折れた縁側の向こうを人影が通りがかった。父だ。足を止め、老松《おいまつ》の枝越しにこなたを見ている。動悸《どうき》がした。母と再会したことが露見したのだろうか。町の噂《うわさ》は滲《にじ》むように届く。叱責《しっせき》を予感して身構えた。気圧《けお》されてもいた。そう、あの時の父はなぜか違っていた。いつもと変わらぬ着物であるのに、老舗《しにせ》の名家の主《あるじ》らしい威厳をさえ感じさせた。とまどい、黙礼だけをして早々に視線を剝《は》がした。

ふだんなら、父もそのまま無言で通り過ぎる。けれど白足袋が近づいてきた。そばに片膝《かたひざ》をついたかと思うと、目の前で羽織の袖《そで》が動いた。薬種の匂《にお》いがする。

お母さんによう似てきたなあ。

佐喜雄の頭をくしゃくしゃと撫《な》で、また大股《おおまた》で縁側を引き返した。ただそれだけのことであったから何を思うでもなく、忘れてしまっていた。けれど今、まざまざと瞼《まぶた》の中に甦《よみがえ》る。

目を細めて笑んでいたのだ。あんな笑顔は初めて見た。懐《なつ》かしそうで悲しそうで、無垢《むく》であった。

もしかしたら、父さんは許していたのだろうか。腕の中から飛び去ってしまった妻を。

佐喜雄は座席に坐り直し、片手で鞄を抱き寄せる。いつしか頰を濡らしている一筋に気づいて、指先で摑んで投げた。

桜の枝の面影

停車場で汽笛が響くのを、茫然《ぼうぜん》と眺めていた。

これが、正真正銘のトーキーなのか。

部分的な有声映画は観《み》たことがあったし、オール・トーキーについても上陸前から何かと耳にし、自身でも努めて知識を仕入れてはいた。しかし夢声は衝撃を受けていた。映像と音声が見事に同調している。

試写会の場内が明るくなっても椅子《いす》の背に凭《もた》れたまま、もう何も映し出されていない映写幕を見つめる。目に馴染《なじ》んだ幕だ。当たり前だ。この稼業《かぎょう》に入って十六年になる。しかし今日はまるで別の物に見える。鉄レールを進む列車、太鼓、そのどれもが自前の音を伴って迫ってきた。そして何よりも役者たちの声だ。男は男の、女は女の声で語り、笑った。

私は私、代弁などお断りだ、とばかりに。

周囲の同業者たちも沈黙したままだ。が、誰かが咳払《せきばら》いをしたのを機に気配が動き始めた。大仰に伸びをしたり、煙草《たばこ》に火をつける者もいる。

「こいつァ、雑音が多いやね。聞きづらくて仕方がねえ」

呆《あき》れ混じりに煙を吐いたのは、浅草の映画館で江戸前の喋《しゃべ》りを売りにしている男だ。牧師でも姫君でも巻舌のベランメエで捲《まく》し立てるので婦人層に受けが悪いが、職人層には熱狂的な支持者がある。

「まったくだ」すぐさま数人が尻馬《しりうま》に乗る。

「音が小さくなると思やあ、いきなり高音になるのも厭《いや》だね」

ふだんの無声映画は舞台脇《わき》に陣取った楽士らが生で伴奏をつけるので、弁士には耳のいい連中が多い。聴力というよりも、音に対する勘働きだ。楽士の奏《かな》でる音楽を導くように言葉を繰り出し、時にはせめぎ合いもして観客の手に汗を握らせ、酔わせ、沸かせる。それが弁士の「映画説明」という仕事だ。生の演奏があることで安心して自身の声を聞かせることができるし、観る側も音楽が楽しみの一つ、弁士と同じように楽士にも贔屓《ひいき》筋があるほどだ。

しかしいずれこうして音を伴う写真が増えれば、弁士と楽士は不要になるだろう。以前からその危機感を持ってはいたが、先頃、アメリカ映画の大会社が「今後はトーキー映画しか製作しない」との方針を明らかにした。雑誌の「キネマ旬報」にもトーキーの予告宣伝が続々と並んでいる。いずれと覚悟していたよりも早く時が迫っている。

弁士にも生活がある。トーキー映画に対抗すべく、浅草の連中が中心になって「映画芸術員親交会」なるものを結成した。ここ新宿の武蔵野館の試写会にも不安と反感を露《あら》わにして押し寄せたのだが、照明の下の顔に泛《うか》んでいるのは嘲笑《ちょうしょう》だ。

「こんなもの、客が納得しねえよ」

「まったく。拍子抜けしちまった」

「トーキー、恐るるに足らず」

失職せずに済みそうだという安堵《あんど》ゆえか、勝鬨《かちどき》のごとき声が飛び交う。

「徳川さん、一杯やりに行きませんか」

顔を上げれば、古巣の赤坂葵館の若者が立っていた。夢声は「いや」と、顎《あご》を横に振る。

「今日はよす」

「今日はって、いつもじゃありませんか。たまにはつき合ってくださいよ」

するとと浅草のベランメエが、「ええ、野暮な片恋はよしねえ」と洋帽を指で振り回す。

「暗闇《くらやみ》の詩人さんは、文士や評論家、俳優、女優が集まる高尚なバーがご専門だ。むさくるしいカツベンどもと一緒に、縄暖簾《なわのれん》なんぞお潜《くぐ》りにならねえよ」

活動弁士、カツベンなる呼称は大の嫌いだ。見知りの新聞記者に抗議したこともあるのだが、さりとて「映画説明者」との呼び名もしっくり来ないままだ。

「そうですか。残念だなあ」さほど残念そうでもなく若者は軽く会釈《えしゃく》をして皆に連なり、出口に向かっている。

「だいいち、徳川の酒は陰気でいけねえや」

ほざけ。俺はいつだって陰気だぞ。

夢声は前の椅子に足を投げ出し、首の後ろで腕を組んで映写幕を見返した。

同業者の境遇からは一人抽《ぬき》んでているのだ。いつのまにやら「暗闇の詩人」などと奉《たてまつ》られ、べらぼうな収入を得《よ》るようになった。名の通った会社に勤める男の月俸にあたる金額が週給で、他にも余禄《ろく》がある。大したギャランティではないがラジオ出演の要請は引きも切らず、雑誌からの依頼で随筆や漫文も書いている。望む以上に稼いだ金で家移りを繰り返し、とんでもない家賃の邸宅にも住んだ。好みの赴くまま、思いつきでそれができる身の上だ。そして土地を買い、家を建てた。あの程度の妬《ねた》み嫉《そね》みはご愛嬌《あいきょう》、駄賃のようなものだ。

それよりも気にかかるのは、やはり映画だった。勤めているこの武蔵野館などは洋画専門の小屋であるので、そのうちトーキーばかりになるのは必至だろう。観客はどうやって台詞《せりふ》を解し、筋書きを把握するのか。

もはや二十世紀、昭和四年ではあるけれども、英語がすらすらとわかる日本人はまだほんの一握りだ。今日の試写は『南海の唄《うた》』と『進軍』の二本で、『南海の唄』などは歌と踊りだけであるので良しとしても、『進軍』には筋と台詞がある。少しは説明を施してやらないと、観客は理解できないのではないか。

ではどうするのだと問うてみても見当がつかない。俺が考えたところでどうなるものでもない、輸入元の映画会社が考えることったと溜息《ためいき》を一つ落とし、腰を上げた。

呑《の》もう。呑まなきゃ、やってられねえ。

一般公開を始めてほどなく、客から苦情が出た。

「徳川さん、少し説明を入れてください。何を喋ってんのかわからねえものを見せやがって、木戸《きど》銭《せん》返せって怒ってんですよ」

あんのじょうだったが、いきなり頼まれてもこちらも困る。

「少しって、どうすりゃいいんだよ。知らねえよ」

「いや、そこを何とか」

館の営業部長は蒼褪《あおざ》めて、拝み手をする。

本邦初のアメリカ・トーキー映画興行は大方の予想を裏切り、初日の第一回目から不入り続きだ。押すな押すなの大盛況に備えて出入口の前には丸太の柵《さく》を巡らせたというのに、館内は空席の方が目立つ。このうえトーキーの不評が噂《うわさ》になれば、大火傷《やけど》を負いかねない。

「お願いしますよ。これ、粗筋《あらすじ》ね」

邦訳の紙一枚を押しつけられてざっと頭に入れ、ともかく舞台脇に出た。が、まるで呼吸が摑《つか》めない。画面の中の役者が喋っている最中、こちらが声を発するわけにはいかないのだ。その間はともかく黙って見守り、役者が黙る場面で筋の説明を入れる。しかしすぐに役者が喋り出す。説明で追う。今、何を話していたのかを観客が呑み込む暇もなく、次の場面が現れる。

こちらは大弱りだが、観客も気の毒だ。洋画の愛好家は映画の中の台詞を、弁士の語る言葉で理解してきた。台詞のみならずストーリーについてもだ。山場となればこちらも間合いを取って声色を変え、あおりにかかる。音声と映像が二手から発せられても、能や人形浄瑠璃《じょうるり》に馴染んできた日本人には違和感のない形式だ。情感を存分に味わうことができる。だが、あたふたと細切《こまぎ》れに後付けしていく説明では何の感興《かんきょう》も催さない。

二月後の七月に新たな映画を掛けると決まった際は同じ館に勤める弁士と鳩首《きゅうしゅ》し、知恵を絞り合った。

「ここぞという重要な台詞が出る時は機械部に合図を送って、音声を止めさせてはどうだろう。そこですかさず日本語の台詞を発する。ああ、あなたは去ってしまうのね」

「いいね、徳ちゃん。そいつぁ妙案だ」

「英語を喋ってる間に日本語を埋め込んだから芸当が必要だがね。ボヤボヤしてたら、先に女優が笑い始めちまうぞ」

「それでも、やってみるしかないだろう。他に手はない」

だが折しもアメリカの製作会社の重役が来日しており、この妙技を目《ま》の当《あ》たりにした。

「途中で音を止めるとは、作品を虚仮《こけ》にする気でありますか。完全なるトーキー映画を完全に発声させぬのなら、フィルムを引き上げますぞ」

白い肌を血色に染めて、そんなことをわめいた。激怒していた。そんなら仕方あるまいとこちらも引っ込んで、次から全くの説明なしで上映した。すると客から「何もわからん」と突き上げられる。また営業部長に拝まれて、今度は静かな場面でまとめて粗筋を説明してみた。あるいは台詞と台詞の間を縫い、早口で説明を挿入する。誰も喜ばない。

客の入りは落ちる一方だが、秋になって武蔵野館はパラマウント社と提携契約を結んだ。毎週のように新作を掛け、十一月からは十三本立て続けという。

「とんでもない度胸をお持ちですな。それとも、自棄《やけ》の勘八《かんぱち》ですかな」

この数年、日本は深刻な不況に喘《あえ》いでいる。発端は二年前の金融恐慌《きょうこう》だ。以来、毎年、「最悪」「どん底」が更新され、各地で労働争議が勃発《ぼっぱつ》している。映画界の不況も尋常ではなく、武蔵野館は新装して客席も大幅に増やしたというのに日曜日の売上げが四割も減った。

「徳川君、君はわかってるんだろう。この映画不況を脱するにはトーキー様に頼るしかないんだよ。アメリカの起死回生ぶりを見たまえ」

不景気はアメリカも同様で、今年はまた大規模な金融恐慌が起きたらしい。そこで映画にまつわる企業家たちが目をつけたのがトーキーだと、支配人は弁士顔負けの熱弁で聞かせる。

　トーキーの技術の雛形《ひながた》、つまりフィルム録音技術そのものは二、三十年前にすでに開発され、試作も終えていた。アメリカのみならずドイツやフランスでも同様で、しかし誰も興行に結びつけては考えなかったらしい。その、研究室で眠ったままであった技術に目をつけたのがワーナー・ブラザース社で、他社も負けじと手をつけた。

「映画会社の株がウォール街で暴騰《ぼうとう》したんだよ。大不況が一転、大好況だ。笑いが止まらない。な、日本にも同じ奇跡が起きるはずなんだ。それまでの辛抱だよ。観客を慣れさせるしかない。ともかく演《や》ってくれ、何とかしてくれ」

　尻を叩《たた》かれ、夢声は暗闇に立つ。役者の台詞を邪魔せぬように匍匐《ほふく》前進の心地で語ってみたり、役者が咆哮《ほうこう》すればこなたも負けじと吠《ほ》えてみる。ジタバタと一年を過ごした。昭和五年十二月、武蔵野館はついにパラマウント社の直営館になった。

　何のことはない、トーキー映画は黒船だった。いったん受け入れた以上、お引き取り願うのは不可能だ。しかも、ひとたび音声を獲得した映画が再びサイレントに戻るとは思えない。弁士稼業がこれからどうなるのか、それは未《いま》だにわからなかった。

　ゆえにうんざりと腐りながらも、説明を工夫する。甲斐《かい》のない工夫を重ねて、また腐る。酒量がなお増えた。銀座で呑んでいたはずであるのに、目覚めたら終点の車輛《しゃりょう》庫の中であったり、道端の溝《どぶ》に顔を突っ込んでいた日もある。

そして今夜のように珍しく自邸で晩酌をして寝床につけば、まったく眠れない。遠くに列車の警笛が聞こえて、夢声は飛び起きた。初めて耳にしたトーキーの、あの汽笛の音を思い出していた。

胸が騒いで蒲団《ふとん》をはねのける。廊下を出て自室にしている洋間に入り、机の抽斗《ひきだし》から睡眠薬の瓶を取り出した。蓋《ふた》を開けて掌《てのひら》に何粒か置き、洋酒で流し込もうと辺りを見回す。妻の信子《のぶこ》は酒瓶を隠したりはしない。家で呑めなければ外で酒量を過ごすだけだと知っているからだ。

あなた、睡眠薬とお酒は別にしてください。自殺しちゃいますよ。

数日前にも注意されたばかりだ。根の明るい女だけに非難めいた口ぶりは使わず、どことなくおどけている。ゆえにこちらも「へへい」と、頭を掻《か》く。しかしこうして眠れない夜は仕方あるまい。どこかに呑み残しはないものかと部屋の中をうろうろと探り歩き、すると躰《からだ》が冷えてくる。寝巻の上に洋物のガウンを引っ掛けているだけなので前を合わせ直し、肩をすくめながらも酒瓶を探す。まるでコソ泥だ。何かの拍子に自身の名が目の端に入り、ふと引き返した。

封筒だ。郵便物は毎日のようにあって、出版社からも寄稿した雑誌や寄稿依頼の手紙が届く。それらに目を通すのは休みの日と決めているのでふだんは気にも留めないのだが、机の上に雑然と積み上げたその上で佇《たたず》むように白い封筒がある。手に取れば、憶《おぼ》えのある手触りだ。律儀《りちぎ》に漉《す》いた石州和紙で、裏返してみれば差出人はやはり伊藤佐喜雄だった。左手に睡眠薬を握ったまま封筒を押さえ、ペーパーナイフで開封した。折り畳んだ便箋《びんせん》を取り出し、椅子を引いて坐《ざ》した。机上の小さな洋燈《ランプ》を点《とも》し、すぐさま目を通す。

時候の挨拶《あいさつ》や無沙汰《ぶさた》を詫《わ》びる文言の後、自身の消息に入っている。大阪高等学校を休学して、今は郷里の津和野に帰っていると書いてある。

お医者の診断では、肺結核だそうです。

さらりと、他人事《ひとごと》のように記してある。

ご安心ください。休学はしましたが大事を取ったまでのことで、命にかかわる状態ではありません。しばらく故郷でのんびりと過ごします。本を読み、小説も書くつもりです。

何てことだと目を閉じ、肩を落とした。

佐喜雄は病気をわざわざ知らせてきたのではない。来年の二月に武蔵野館でまた新作を上映することになって、上京の折があればと大阪の下宿宛てに案内を出しておいた、その返信だった。父親はよく大阪に滞在していると佐喜雄に聞いたことがあったので、下宿の郵便物をまとめて持って帰ったのだろう。

ああ、酒が要る。だが目はすでに続きへと走っていた。

いつか、ママの人生を小説にしたいと念願しています。遺稿集に載せた文章は甚《はなは》だ不出来で、汗顔《かんがん》の至りでした。ただ棒きれを並べただけの文章だと、自分でも承知しています。あれでは追悼にもなっていないけれど、どうにもなりませんでした。福田さんにも相談したんですが、下手に手を入れるよりこのまま載せよう、今の君に書ける精一杯でいいのだと励ましていただきました。

それにしても映画は残念でなりません。僕はまだトーキーを観たことがないのです。しかも、ママが演じたあの『マダムX』！

夢声は椅子を引いて立ち上がり、廊下に出た。玄関脇の客間に入り、造り付けの飾り棚の扉を引く。洋酒を小脇に抱えてグラスを持ち、大股《おおまた》で自室に引き返した。再び机の前に坐《すわ》り、瓶の蓋を開ける。グラスに注ぎ入れると数滴が辺りに零《こぼ》れたが、睡眠薬を口の中に放り込み、ガブと呷《あお》った。

まだ二十じゃないか。満で言えば十九の青年だ。なのに、肺病とは。

髪に手を入れて掻き毟《むし》った。それもこれもトーキーのせいであるような気がしてきて、薄暗い窓を睨《ね》めつける。

もとは舞台の戯曲であった『マダムX』はすでに映画化され、日本でも上映されたことがあった。それがトーキーとして再映画化され、日本に輸入されたのだ。二年前の舞台の成功、つまり伊澤蘭奢による『マダムX』の成功を当て込んだことは明らかで、人々の記憶が薄れぬうちに本家本元を披露しようとの目論見《もくろみ》なのだろう。

主役はルス・チャタートンという女優で、蘭奢とほぼ同年配だ。アメリカの女流作家であるジーン・ウエブスターによる児童向け小説『ダディ・ロング・レッグズ』の舞台化で、主人公のみなし児《ご》、ジュディ役で成功し、映画にも多く出演してきた。ただし日本ではあまり知られていない。

このトーキー版『マダムX』が何の因果か、夢声の武蔵野館で掛かることになった。努めて思い出さぬようにしているのに、彼女はいつも思いがけぬ方法で目前に現れる。これまでもずっとそうだった。もう諦《あきら》めよう、忘れようと決めると、あの大きな瞳《ひとみ》に搦《から》め捕られる。

佐喜雄がそれを観たいと思うか、観れば母親を思い出して辛《つら》いと思うか、わからなかった。むしろ夢声が案内を出す気になった契機は、『ダディ・ロング・レッグズ』だ。佐喜雄が文学を志していることは蘭奢から聞いていた。その志がいかほどのものかは承知していないが、この『ダディ・ロング・レッグズ』を初邦訳した東健《ひがしけん》而《じ》は旧知の間柄である。

健而は翻訳家であり映画評論家であり、滑稽《こっけい》小説の作家だ。知り合った時は松竹キネマ合名社の外国部長を務め、輸入物の配給や宣伝、弁士が用いる説明台本を担当していた。キネマ俳優学校の校長に就任した小山内薫の招聘《しょうへい》で、俳優学校の講師陣にも加わっていたことがある。

健而は人柄がすこぶる良い。あれほどの文才と学識を持ちながら高説を垂れるという態度が微塵《みじん》もなく、いつも気軽で、夢声にも英文学や俳優の歴史のみならず、樹木や花の名もなぜか懐《なつ》かしげに笑いながら教えてくれるのだ。

夏には逗子《ずし》を訪ね、一緒に釣りを楽しんだ。そうだ、健而も療養中なのだったと、夢声は次の一杯をガブリと口中に放り込む。

逗子は転地療養先だ。夢声は誘われるまま妻と三人の娘たちを連れて二週間ほども遊んだ。療養はもう四年ほどになり、最初は単なる躰の不調と聞いていただけだった。今も病人とは思えぬほどで見舞いに馳《は》せ参じたつもりは互いになく、健而は釣りでも大いなる名人だった。逗子の気候が合ったのか、躰はもう随分と良いのだと、健而の妻女も信子に話したらしい。

だから、佐喜雄を引き合わせてやりたいと思った。トーキーの『マダムX』を観に上京した佐喜雄を逗子に案内して、健而の人柄に触れさせてやりたかった。冬の海岸で三人で焚火《たきび》をして、火を囲んであれこれと話し合う。そんな場面を思い描いていた。

「どうしてだ。何でこんなことになる」

またグラスに注ぎ足してガブリとやる。背後から引っ張られるようにして、夢声は振り向いた。

あれはどこに仕舞ったのだったか。

去年の五月に刊行された蘭奢の遺稿集だ。内藤から届いた包みを解きもせず、机の上に放置していた。いつだったか、書棚の奥に突っ込んだような気もする。

遺稿集といいつつ本は大きく二部構成を取り、二部では生前の蘭奢を取り巻いた演劇界、文学界の者が追悼文を寄稿する形にしたいのだと、楽屋を訪ねてきた福田清人は説明した。

「三十人ほどの方にお願いしようと思っています」

「私は辞退する。何も書けん」

「内藤さんが、あなたにも寄稿していただきたいとおっしゃっているんです」

あの時、何と断ったのだったか、楽屋ですでに酩酊《めいてい》していたので記憶は曖昧《あいまい》だ。清人が内藤の名を口にした途端、油が水を弾《はじ》くがごとき反応をした。だが清人は引き下がらず、今度は佐喜雄を持ち出した。

「高校生の彼が、母親の遺稿集の編集を懸命に手伝っているんですよ。あなたは大人じゃありませんか。もういい加減、蘭子さんの死に向き合ったらどうです」

大学生の若造に臆病者《おくびょうもの》呼ばわりされたも同然だった。

たしかに臆病で小心だ。いつも鬱々《うつうつ》と、洞穴《ほらあな》のような心を抱えて生きている。しかしこの台詞は内藤の入れ知恵に違いないと気づくと、鼻先に人差し指を立てていた。

「ちょっと待ってろ」

楽屋の隅にある小机の前に移り、ペンを手にした。彼女の鼻の穴について、そして彼女の家で喰った大根と豚肉の煮物のことを書き散らした。その後、校正刷りが郵便で届いたが目を通すのも気鬱で、そのまま放置していたらいつしか出来上がっていた。タイトルは『素裸《すはだか》な自画像』としたらしい。いかにも素人《しろうと》臭い。

その後、清人から礼状が届いた。無事に東京帝国大学を卒業し、第一書房という出版社に勤めることになったと記してあった。

清人は佐喜雄を弟のように可愛《かわい》がっているふうだった。病気のことは知っているのだろうか。そして奴《やつ》は、内藤は知っているのか。

内藤さんよ、福田君よ。佐喜雄君をどうにかしてやってくれ。助けてやってくれ。

頭が重くなり、ガクンと前のめりになった。もう目を開けていられない。机に突っ伏した。酒と薬がようやく回ってきたようだ。

映画『マダムX』は他のトーキーと同様、大した評判も呼ばぬまま他の作品に銀幕を明け渡した。夢声は説明担当を要請されなかったので試写を観ただけだ。これは原作の戯曲通り、フランス人によってフランス語でやるのが最もよいのではないか、仲間とそんな話をするに留まった。蘭蓍を想起せずに済んで安堵したのが半分、そして半分はやはり落胆がある。

蘭蓍が演じた『マダムX』はかほどに原作から離れ、しかし日本の世情や家族制度、裁判制度に完璧《かんぺき》に置き換えられているわけでもない。何より、主役の蘭蓍自身が未消化であった。捨てた我が子を想《おも》う母性愛の表現に賞讃《しょうさん》が集まったが、彼女の人生があと数年、いや、たとえ一年でも残されていたら、もっと解釈を深められたのではあるまいか。

伊澤蘭蓍は自分を売り物にせず、素直に人物を造り上げていく女優だったのだ。自身の人生と重なる生き方が多い役柄は、かえって蘭奢を苦しめただろう。何か、異なった者になりたいという欲求に突き動かされて、彼女は女優になったはずだった。幼い子供は皆、自分以外のものを真似《まね》、懸命に扮《ふん》する。親やきょうだいや王様や兵隊に扮して、自由に世界を行き来する。多くの子供はやがて長じるにつれ、その欲求をコントロールする術《すべ》を身につける。しかし長じても、その欲求が減じない者がある。

山々に囲まれた美しい町も、彼女にとっては倦《う》むべき日常、平凡だった。そうではない場所で、自分以外の者に彼女はなりたかった。そのためには我が子も捨てた。夢声も母に捨てられた子供だ。ゆえにわかる。子を捨てることのできる女が、それを悔いて生きるとは限らない。蘭奢が佐喜雄に注いだ愛情は、後悔から発したものではないだろう。佐喜雄が自分によく似た美しい、しかも少し内気で聡明な男子であったことは、彼女にとって幸運ともいえるものだった。

しかしあの舞台では、蘭奢自身の来し方が二重映しとなった。脚本も演出も、ある種のスキャンダル性を狙《ねら》ったのだ。観客は泣く準備を整えて押し寄せた。蘭奢は抗《あらが》った。稽古中に何度も卒倒するほどに。しかし蘭子という役に、どうしても勝てない。もっと淡々と演じるべきだと思っているのに、芝居のうねりに引きずり込まれてしまう。

いつしか、人々の求める通りの母性を演じている。まるで、己の人生にしっぺ返しを受けているかのようだ。

夢声はもうわかっていた。蘭奢は自殺したのではない。彼女は女優なのだ。いかほど行き詰まろうとも、明日の舞台ではほんの一寸でも今日を越えられるかもしれない。だから舞台に立ちたかったはずだ。願いはそれだけだった。今はそう思っている。

しかしこれからも自説を変えるつもりはない。

私、四十になったら死ぬの。

彼女は予告通りの運命を生きた。他人に訊かれれば、そう語り続ける。

佐喜雄は療治が進んで四月には復学したが、六月になってまた休学した。関節が痛んで歩行が困難になり、結核性の膝《しつ》関節炎という診断らしい。再び津和野に帰り、近いうちに九州の大学病院で手術を受けるとの手紙が来ていた。

夢声も決定的な打撃を受けた。『マダムX』上映の直後、『モロッコ』という映画が封切られた。これがオール・トーキーの上に邦文の字幕が入っているという、日本版トーキーだった。映画のオリジナリティを傷つけず、かつ台詞を日本人にほぼ百パーセント理解してもらうという試みで、外国人俳優の喋る台詞を縦書きにしてある。配給会社も日本人の識字率の高さを見込んでの苦肉の策、少なからぬ費用を投じての賭《か》けだった。が、一行が十三字、それが多くて三行までで、本来の意味をニュアンスまで含めて伝えるのは至難の業だ。内容の三分の一程度が伝われば上出来だと、翻訳にあたった者の弁解も聞こえてきた。

だが『モロッコ』は成功を収めた。日本の洋画愛好者は字幕を読まねばならない面倒を厭《いと》うことなく、正真正銘の声に酔った。弁士の説明抜きで、映画の鑑賞が成立するようになったのである。

これはもう、いけねえや。

夢声は臍《ほぞ》を固めたが、弁士、楽士らは警戒し、結束を強めた。昭和七年の春、映画会社は直営館で雇用している弁士の全廃を計画し、解雇を申し渡した。中には説明の最中に突然支配人に呼び出され、解雇を告げられた者もいる。弁士はストライキも辞さぬ労使交渉に及び、新聞には「トーキー無情　説明者群の顚落《てんらく》」という大見出しが並んだ。闘争の果てに自殺した仲間もいる。

ついに夢声も呼び出され、丁重に退職を勧告された。

数え三十九歳だ。ラジオ出演がますます増えているので、仕事には困らない。とうに覚悟はできていた。しかし何とも侘《わ》びしかった。よもや己の稼業がこの世からなくなる日がこようとは。

夜は久しぶりに家族と夕餉《ゆうげ》を囲み、娘らと遊んでやってから自室に入った。書棚の方々に手を入れ、あの包みを探す。信子が顔を覗かせて「あなた」と呼んだ。

「探し物ですか」

「ああ、ちょっとね」

「お手伝いしましょうか」

「いいよ、先におやすみ」

「さようですか。では、おやすみなさい」

信子が寝間に引き取ってまもなく、見つけた。包みを解き、手に取って廊下に出た。洋酒とグラスを供にして、庭に面した和室の縁側に腰を下ろす。いざ膝《ひざ》の間で本を開いてから気がつき、自室の机の上の洋燈を運んでくる。やれやれと灯りを点し、表紙を繰る。

口絵の写真が現れた。

断髪の彼女がそこで頬笑んでいる。

ロシア風の帽子と外套《がいとう》を着込んでいるので、これは内藤が撮った写真なのだろう。

舞台の写真もある。こちらはいずれも感心しない。表情が人形のように硬く、あるいはパサパサしている。なぜこんな写真を選んで載せたのか気が知れないやと、一杯目を呷った。今夜は睡眠薬はやめておくつもりだ。うっかり目が醒《さ》めなかったら間違いなく新聞沙汰になる。誰もが失職をはかなんでの自殺だと推するだろう。

蘭奢の遺《のこ》した文章に目を通していく。いずれ出てくると思っていたが、やはり夢声らしき青年との恋愛沙汰に触れている。夢声の記憶とはかなり喰い違っているが、それはどうでもよいことだ。蘭奢が何をどう捉《とら》えて記憶しようと、いかに書こうと、誰も口は出せない。もしこれが純然たる日記であったとしても、心情を文字にした途端、その一行はたちまち創作性を帯びる。

しかしやはりN、すなわち内藤民治との人生に頁《ページ》の多くが割かれている。さほど面白くない。何も隠さず率直に書いてあるようで、読む者がいることを前提にした計算が見えてうとましい。こんなもの、至って平凡な愛人生活だ。露悪趣味的な条《くだり》もあって、戯曲の悪影響も感じられる。

福田君はこの編集で、さぞ苦労しただろう。佐喜雄君もよく頑張り抜いたものだ。

前半の『素裸な自画像』を読み終えた。端《はな》からさほど期待をしていなかったので失望もない。この本は主な出版社や新聞社にも配られたはずであるので、誰かの目に留まれば口の端《は》に上っただろう。しかし上梓《じょうし》から丸三年は経たはずだが、彼女の文才についての噂はついぞ聞かない。

後半の『蘭奢の人と藝』と記された扉も、大した期待をせずに開いた。庭から夜の匂《にお》いが流れてくる。青葉や花の匂いがいったん土に落ちて冷やされ、月明かりに引かれてまたうっすらと立ち昇る。

秋田雨雀《あきたうじゃく》、谷崎潤一郎、岸田国士、池谷信三郎《いけたにしんざぶろう》、前田河広一郎《まえだこうひろいちろう》と錚々《そうそう》たる文士が原稿を寄せている。何でもない想い出話や女優としての早世を悼《いた》んだもの、深刻ぶったり軽んじたり、伊澤蘭奢の一生は美しい闘争であったと捉える文章もある。

闘争でない人生などあろうか。

頁の端に『鼻の穴』と奇妙な題が見え、筆者は徳川夢声だ。鼻の穴。俺は題までそれで押し通したのかと額を掻き、慌《あわ》てて頁を繰った。

「何てこった。読むに堪えないぞ」

独りごち、また酒を口中に放り込む。水谷八重子のあどけない文章を走り読みし、やがて福田清人の番だ。さすがに手堅い文章で、彼女のいた風景の一コマがありありと泛んでくる。徳川夢声氏という名が出てきて、ここもまた読み飛ばす。しばらくすると伊藤佐喜雄が現れた。いつの手紙だったたか、本人は思うように書けなかったと告白していたが、母としての蘭砦の横顔はちゃんと切り取ってある。

鼻の穴を書いた俺より、数段上等だ。

しかも妙なことに気がついた。文章が母親に似ている。少しぎこちなく、けれど誠実な文章だ。ここで確信を持った。蘭砦の文章には誰かが手を入れたのではないかと疑う節があったのだが、あれは生来のものだ。いや、ほとんど一緒に暮らしていない母と息子の文章が似るなど、そんなことが起きるものだろうか。こんなところに血が作用するのかと、夜の空を仰ぐ。

もくもくと広がる庭木の梢《こずえ》の彼方《かなた》で、小さな星々が瞬《またた》いている。月はどこかに動いて黙っている。

夢声が引き込まれたのは、花柳はるみの文章だった。

あれほど小山内薫に誘われても築地小劇場の舞台に立たなかった蘭砦とは、対照的な女優だった。はるみはどんな劇団の誘いも面白そうだと思えば堂々と出て、新劇協会では蘭砦としのぎを削って看板女優の名を争った。恋愛においても奔放で知られ、太腿《ふともも》に腕時計を巻いているとの噂で有名だった。誰かが時間を訊くと、パッと裾《すそ》を捲《まく》って見せるのだという。

武蔵野館では上映前にアトラクションを催していて、新劇協会にも上演を依頼したことがある。畑中蓼坡や蘭奢はむろんのこと、はるみも出演した。

「どう、徳川さん。私の芝居、良かったでしょう？」

どうでしたかではなく、良かったでしょうと言ってのける女だった。蘭奢の取り巻きは文学青年が多かったが、はるみは不良と呼ばれる派手な若者らに人気があった。実際、舞台からはみ出すような圧倒的な演技を見せた。

はるみは蘭奢との、舞台上での小競《こぜ》り合いについて書いていた。

伊澤さんとの、舞台以外のおつきあいは、とても稀薄《きはく》でした。もっともっとお親しくしておけばよかったにと、女のけちな心を、今さらに悲しく思います。

これは金子洋文《かねこようぶん》氏の『牝鶏』の時のこと。二日目か三日目だったと思います。何心なくいつものように、すっと舞台に私が現われますと、二言三言伊澤さんのおっかあと私のおっかあとの小ぜりあいははじまりました。その伊澤さんのセリフが前の日とちがって、何だか真剣味を帯びているのに、ふっと気がつきました。

そのうち、伊澤さんの役が、だんだん激昂《げっこう》してつっかかってくるところとなりました。その時、そのイキ、その調子に、おそろしく、ものすごい、芝居を離れた妙な或る物をたじたじと感じさせられました。私はどきっとして、ぎょっとして、癪《しゃく》にさわって、カチンと来た次の瞬間に、私の負けず嫌いが、一たまりもなく爆発しました。

そうでなくってさえ、どうかすると調子のはずれそうな私のセリフが滅茶苦茶《めちゃくちゃ》になってきたのは、躰の烈《はげ》しい武者ぶるいみたいなものといっしょに、自分にもわかりました。

私はありっ丈《た》けどなりまくりました。僭越《せんえつ》にも、芝居をはなれてまで、私は負けてはいませんでした。

でも、帰りがけに、伊澤さんと顔をあわした時、何故か、「さようなら」という挨拶が素直には出てきませんでした。

けれど家へ帰って、その夜ひとりで考え込んでいるうちに、ふっと、自分のばかが解《わか》ってきました。

伊澤さんが、初日があいて、ちょうどその日ごろ本イキが出てきて、芝居がいよいよ手にはいっていらしったのだ、私の芝居は、いつでもたいてい、どこまで行っても芝居は芝居なのに、伊澤さんのは、すっかりその役のひとになり切っておしまいになる。そう相違のあることに気がつきました。

そして、どなりまくったりした自分の浅ましさを、うなだれて恥じました。

美しい横顔と、日本のお召《めし》の時の裾さばきの魅力のあったのが、いつまでも私の記憶のうちにのこっています。

夢声は唸《うな》った。あれほど個性の強い女優であるのに文章には外連味《けれんみ》がなく、真率さに溢《あふ》れている。同じ板の上に立ち、それこそ命懸けで演技をぶつけ合った者にしか書けぬ心だ。

そういえばと、顔を上げた。三年前、新劇協会が帝國ホテル演芸場で「伊澤蘭奢一周年忌、創立十周年記念公演」と銘打って『クレオパトラ』を上演した。蘭奢はいつかクレオパトラを演じてみたいと口にしていたことがあったが、畑中らもそれを知っていたのだろう。主役のクレオパトラを演じたのが、はるみだった。そしてそれを最後の舞台として演劇界を去った。まさか、ああも押し出しの強い彼女がと信じられなかったが、結婚して名古屋に移り、誰が手紙を出そうが頑《がん》として会おうとせず、見事なまでの引き際《ぎわ》を演じてのけた。

気の毒であるのは主宰者の畑中蓼坡で、蘭奢とはるみという二大女優を立て続けに失い、ついに新劇協会を閉じてしまった。映画不況と同じく劇団経営も大波に揉《も》まれた。その苦労は並大抵ではなかったはずで疲弊しきったのだろう。今は新国劇に身を寄せ、芝居は続けているらしい。

しかしかつて菊池寛に「新劇の志士」と呼ばれた畑中だ。いつかまた、新劇の看板を高々と上げる日がくるかもしれない。その劇団の仲間であった中堅どころの俳優や女優も原稿を寄せ、蘭奢の舞台裏の顔も紹介している。脚本家の仲木貞一や村山知義《むらやまともよし》、正宗白鳥《まさむねはくちょう》、演出家で蘭奢の信奉者でもあった八田元夫もむろん登場している。

まるで舞台のようだ。次々と袖《そで》から現れ、銘々勝手に蘭奢を語る。

皆の言葉が、伊澤蘭奢という女優を彫琢《ちょうたく》していく。だんだん鮮やかに姿が現れてくる。華やかで地道で、嘘《うそ》つきで誠実で、美しくて醜くて、情熱的で冷静だ。そして母のようにあたたかく、淪落《りんらく》の女のように妖《あや》しい。されど口絵の写真の蘭奢は何と初々《ういうい》しく、瑞々《みずみず》しいことか。少しはにかんだような目をしている。

繁さん。あんた、俺にはついぞ、こんな顔を見せたことがなかったね。

やがていくつもの蘭奢が、繁が輪になって踊り出す。幾重もの輪が夢声を囲み、音になる。遠い過去が囁《ささや》く。

私、あなたのことが好きになってきたみたい。

丸髷《まるまげ》が重たいとでもいうように伏し目で、肌はいつも冷たかった。けれど躰を重ねれば、狂おしいほどに熱い。

僕たちはただ、互いが欲しかったんだ。それだけでしたね。

待てども、声は聞こえてこなかった。

楽屋の鏡の前に坐って、顔にクリンシングクリームを塗りたくった。

舞台用のドーランはなかなか落ちにくいもので、ある日、いい加減に落として銀座に繰り出したら、電信柱の陰から出た出前持ちが自転車から落ちた。化粧ムラで怪人の形相に見えたようだと、バーの止まり木で大笑いをした。

「先生、お客様にござんすよ」

手を止めずに鏡の中を見れば、内暖簾の前で着流しの男が両膝をついている。歌舞《かぶ》伎《き》芝居から流れてきたという俳優の付け人で、声も所作も女のように嫋《たお》やかだ。

「お客。はて誰だろう」

サイン欲しさの一般客をこうして取り次ぐわけもないので、夢声は顔の上で三本の指をぐるぐると回しながら「名前は告げましたか」と訊いた。

「はい。伊藤佐喜雄様とおっしゃっています」

「そいつぁ大変だ」

「追い返しますか」

「違う、違う。少々、お待ち願って。大事なお客だ」

「あとのお二人もですか」

「二人？」古い手拭《てぬぐ》いの端布《はぎれ》でクリームを拭《ふ》き取りにかかる。「お名刺をお預かりしていますが」と付け人は懐《ふところ》から取り出し、「内藤さん」と呟《つぶや》く。

ドーランと化粧墨でまだらになった己の顔が斜めに歪《ゆが》んで、チッと舌を打った。蘭奢が亡《な》くなった後は内藤との縁も切れている。もうほとんど思い出しもしなかった。にもかかわらず佐喜雄を伴って突然現れるとは、また何を企《たくら》んでいやがる。いや待てよと、夢声は後ろを振り向いた。

「もう一人は福田君か」

「それはあいにく伺っておりませんけれども、あの内藤さんという紳士、随分と強腰な方にござんすねえ。俺は徳川夢声の親友なんだって言い張って、杉村春子《すぎむらはるこ》さんの楽屋に押し入っちまいましてね。お引き取り願うのに、てんやわんやでござんしたよ」

あの山師め、何をしでかしてくれる。

腹を立てながら手荒に着替えて劇場のロビーに出ると、葉巻を手にした内藤民治はソファにふんぞり返っていた。

「どうだい、俳優稼業は。板についたかね」

今日は昼の部だけの公演であるので、客もすっかり引けた後だ。正面の玄関も閉まっており、声がやけに響く。

「十年ぶりの再会にしては、出し抜けですな」

「いや。君と殴り合いをしたのは昭和三年の九月一日だ。だから、九年と半ってとこか」

皮肉を無視して、己の言いたいだけを言い放つ。三ツ揃《みぞろ》いを着込んだ躰はやはり小肥《こぶと》りで、口髭《くちひげ》をたくわえている。髪はさすがに少し薄くなったようだが、銀縁の眼鏡の奥の目つきは変わらない。相変わらず横柄《おうへい》で無礼だ。返答をする気にもならず、あとの二人に目を向けた。清人と佐喜雄は内藤のかたわらに立ったままで、頭を下げる。

「突然お伺いしまして申し訳ありません」

「いや。どうせ内藤さんが徳川をからかいに行こうって、無理に誘ったんだろう」

清人は三十も半ばで、第一書房を辞めた後、日本大学で芸術科の教職に就いたことは手紙で知らせてよこしていた。

「佐喜雄君、君こそ坐って待っていれば良かったのに」

脚の手術をしたことを暗に指し、内藤を横目で睨《にら》む。佐喜雄のことは正視できない。目の端に杖《つえ》が見えて、それだけで鼻の奥が潤《うる》んでしまう。結核性の膝関節炎で幾年も臥《ふ》せり、手術も何度も繰り返したようだったがとうとう片脚を切断したとのことだった。それも清人からの手紙で知った。

「大丈夫ですよ。手術をしたのはもう七年も前のことですから、慣れています」

あの佐喜雄も三十前で、苦笑交じりに頬を緩める。

「立ち話も何だから、どうだい。食事でも」内藤が提案した。

「ロシア料理は勘弁していただきたいですな」

「君はほとんど喰わなかったじゃないか」

よくもそんなことまで憶えているものだと呆れると、内藤はニヤリと口の端を上げた。

タクシーから降りたのは新橋の駅前で、内藤はつかつかと夕暮れの通りを歩き、小さな食堂の暖簾を潜った。

意外だった。また金に飽かせて気取ったレストランか料亭にでも連れていかれるのかと辟易《へきえき》していたからだ。食堂は古いタイル張りの床で、年季の入った板壁には洋食のメニューに支那蕎麦《しなそば》、饂飩《うどん》、丼物《どんぶりもの》のビラも張りつけてある。内藤は勝手に麦酒《ビイル》を頼み、刺身の盛り合わせに豚のカツレツ、コロッケ、きんぴら牛蒡《ごぼう》もオーダーする。

「何でもあるんですなあ。ボルシチもあったりしてね」

「さよう、ここの親爺《おやじ》はボルシチもピロシキも作れる」

またも皮肉をやり過ごされて、夢声は「そいつぁ結構」と鼻白んだ。

麦酒で乾杯することになり、内藤がからかうような目をした。

「文学座の徳川夢声に」

「私にはかまわんでください。それより、福田君の同人誌『インテリゲンチヤ』に。

そして佐喜雄君には、やはり芥川賞に乾杯だな」

「いや、それこそ勘弁してください。候補になっただけですから」

「まあ、まあ。ともかく諸君、再会を祝そうじゃないか」

内藤の音頭《おんど》で「乾杯」と、小さなコップを寄せ合った。きんぴら牛蒡の小鉢が運ばれてきて、清人と佐喜雄はさっそく箸《はし》をつけ、「旨《うま》い」と顔を見合わせている。

「昔、この近くに平民食堂ってのがあってね。ここの親爺はその店で働いていたんだ」

内藤が奥に向かって顎をしゃくるようにして言う。

「その食堂の名前、聞き覚えがあります」清人が呟くと、内藤が「ん」と返した。

「安くてともかく腹一杯になれるってんで、喰えない連中がよく集まった店だからね。

駅前に近代劇協会があったんだ。上山草人の。劇団の連中もよく、平民食堂で丼飯をかき込んでいた」

明日のことも考えずに、芝居にひたすらになっていた頃のことだ。

上京したばかりの彼女も、その仲間の中にいた。

夢声は手酌で麦酒をガブガブと呑み、佐喜雄を見返した。

「いや、つくづくと一昨年の芥川賞は残念でしたな。あの時は、結局、該当作なしでしたか」

佐喜雄が首肯し、清人は目を細めた。

「いい作品だったですよ。『面影』も『花の宴』も」

すると内藤は麦酒の追加を注文し、「陸軍の奴らのせいだ」と吐き捨てた。

「青年将校らがクーデターなんぞ起こしやがるから」

「そうか。選考会はあの日でしたか」

「そう、二月二十六日。せっかくの選考会が流会になった」

「それでも、選考委員十一名のうち六名は出席したそうですよ」清人が言い添える。

菊池寛は「文藝春秋」昭和十年新年号において、芥川賞と直木賞の制定を宣言した。

その翌年、第二回芥川賞の選考日に事件が起きた。

三月七日に二回目の会が開かれたものの、候補作品を未読の委員がいたため期日を設けて読了し、各自が推薦文を書いてこれを投票に代えることになったらしい。結果、「受賞作なし」と発表された。選考委員は川端康成《かわばたやすなり》に久米正雄、小島政二郎《こじままさじろう》、佐佐木《ささき》茂索《もさく》、佐藤春夫、瀧井孝作《たきいこうさく》、室生犀星《むろうさいせい》に山本有三、横光利一、そして佐喜雄の母親と少なからぬ縁のあった菊池寛と谷崎潤一郎もメンバーだ。

しかし佐喜雄の作品を高く評価したのは、小島政二郎と佐藤春夫だったらしい。

「今回の佐喜雄君の上京でも、佐藤先生にお目にかかるそうですよ。後進の面倒見がいいことで知られていますから、川端先生と太宰《だざい》さんにも引き合わそうとおっしゃっているそうです」

「佐藤に川端、太宰ってことは、日本浪曼派《ろうまんは》ですな」

「佐喜雄君、同人会に参加するんですよ」

清人は我が事のように嬉《うれ》しげに話す。豚のカツレツとコロッケが運ばれてきて、夢声は酒を頼んだ。

「君は相変わらず喰わないね」内藤がまたどうでもよいことを口にする。

「喰う時は喰いますよ」

「そりゃそうだろう。芝居は腹が減るものだ」

内藤はカツレツを盛んに喰い、麦酒のコップを口に運び、「ところで」と箸を置いた。

「君は何でまた俳優になった」

清人と佐喜雄も顎を動かしながら、こなたを見る。

「あなたは、それを訊きたくて押しかけてきたんですな」

「なかなか評判じゃないか。十年後はさぞ風格のある役者になっていることだろうって」

やはりそれかと、酒を呷った。

「褒め言葉が見つからん時の常套句だ。十年後とか、風格とかってのは」

「もっともだ」

まったく、他人を嫌な気分にさせる腕は衰えを知らぬものらしい。

「お察しの通り、平凡な成り行きですよ。弁士が駄目になってラジオに移った。で、ラジオドラマの脚本を手掛けていた久保田万太郎氏と交誼《こうぎ》ができましてね。去年の夏に文学座ってえのを結成すると聞かされて、まあ、此度《このたび》の第一回公演に漕《こ》ぎ着けたってわけです」

「君の女房役の杉村春子は抜群だね。築地小劇場にいた時分にはさほどとは思わなかったが、彼女はいいよ。実に巧《うま》いし、巧過ぎて厭だという気持ちも起こさせない。あれは天性の女優だな」

「楽屋を訪ねて、そうおっしゃったらしいですな」

当て推量で皮肉ったが、内藤はびくともしない。

「面と向かって褒め上げたりはしないよ。若い時分にモスコウで観た芝居をね、少し教えて差し上げただけだ」

ああ、ああ、素人がまた余計なことを。

「俳優としての才は未知数だが、それにしても君の芸域は広いなあ。一時、古川緑波《ふるかわろっぱ》とも軽演劇をやっていたんじゃなかったか」

「『笑《わらい》の王国』ですね」清人がうなずいた。

「僕は夢声さんに笑劇《コメディ》の才があることを、あれで知りました」

「遅いよ。弁士の頃から客を笑わせていたんだ」

その『笑の王国』の初めての公演を終えた翌月、妻の信子が肺結核と診断された。昭和八年の五月も末のことだ。その二月前には逗子で療養していた東健而が亡くなって、泥酔しているか客を笑わせているか、そのどちらかの日々を送っていた。信子は入院したものの冬には退院できたので、夢声は舞台に立ち続けた。

漫談もやったし、久しぶりに無声映画の説明も務めた。チャップリンの『街の灯』だ。あの説明は我ながら出色の出来栄《ば》えだったと思う。だが説明は世に残らない、刹《せつ》那《な》の芸だ。それでいい。ついでに随筆集も出版社から出し、出演した映画も封切られた。傍から見れば洋々たる活路を拓《ひら》いたごとくであっただろうが、妻は昭和九年の晩夏に亡くなった。数え三十五、十五歳の長女を頭に三人の娘が遺された。葬式のことはよく憶えておらず、内藤と清人が焼香に訪れ、佐喜雄からも香典と献花があったことを随分後に、親戚《しんせき》がつけておいてくれた帳面で知った。

再婚したのは二年前、昭和十一年のことだ。不思議な縁で、健而の未亡人である静《しず》枝《え》と一緒になった。夢声は酒を断《た》った。俺は長生きをしなければならない。連れ合いに先立たれる辛さを、このひとにもう一度味わわせるわけにはいかないと思った。昨年の一月に長男も生まれ、春には英国に向かった。ジョージ六世の戴冠《たいかん》式を見物してそれを記事にせよという出版社の依頼だ。その航路でシェリー酒を口にしたことで、断酒の最長記録は終わった。

「今度、福田君と旅に出る」

やにわに話柄を変えたので、内藤をまた睨みつけた。

「どこへです」

「詳しいことは言えんね。機密事項だ」

「危ない目に遭わせるんじゃないでしょうな」

「まあ、北洋航路とだけ言っておこうか」

「やっぱり危なそうだ」

佐喜雄はすでに話を聞いているようで、「大丈夫ですよ」と宥《なだ》めにかかる。

「内藤さんには、福田さんがついていています」

「なるほど、それは安心だ」

男が四人揃って声高に笑い、夢声はまたしたたかに呑んだ。やがて店が立て込んできて、長居するのも迷惑だろうと腰を上げることになった。「最後に献盃《けんぱい》しよう」と、内藤が大将らしく立ち上がる。

「徳川君、発声は頼む」

珍しく花を持たせる。「では」と、夢声は背筋を立てた。

「ここに集いし四人、盃《さかずき》を捧《ささ》げん」

そこでいったん口を噤《つぐ》んで、再び発声する。

「我らが、伊澤蘭奢に」

思いがけず、久しぶりにその名を口にすることになった。

十年近い歳月は酷だ。演劇界も様変わりをして、水谷八重子や夏川静江《なつかわしずえ》に続き、東山千栄子と村瀬幸子《むらせさちこ》、そして杉村春子の時代が到来しつつある。松井須磨子が亡くなった後に演劇界を支えたのは間違いなく、伊澤蘭奢と花柳はるみであった。しかしその名は人々の口の端《は》にかからず、新聞や雑誌の記事にもならない。今は文学座の中に身を置いているだけに、余計に身に沁《し》みる。もはや、忘れられた女優なのだ。なればこそ、今日は集えて良かった。

彼女が女優人生を始めた、新橋の食堂で。

「伊澤蘭奢に」

三人もそれぞれ声を高め、指紋で曇ったコップを持ち上げた。

「献盃」

暖簾の外に出ると桜が満開だ。幹や枝は宵闇に沈み、花だけが幻のように広がっている。声もなく見上げると、三人も同じように黙って眺めている。

風は冷たい。それも好もしい。

「お客さん」

背後から遠慮がちな声が聞こえて、振り向くと白い上《うわ》っ張《ぱ》りの男だ。

「どうした。勘定、間違えたか？」

内藤が懐から財布を取り出した。どうやらさっきの食堂の親爺らしい。

「いえ、そうじゃありませんので」

頭にかぶった白帽をはずし、胸の前で揉むようにしている。

「いつもは、お客さん方のお話しになることに聞き耳を立てるなんてこと、しやしませんのです。厨房で懸命に作っておりますので。ええ、手伝いの小僧は雇ってますが、まだ役に立ちませんので、あたしが気張るしかなくって」

何を言いたいのか、不得要領《ふとくようりょう》だ。しかし内藤と清人、佐喜雄も口を挟まず、親爺を見つめている。辺りの店の軒先に並んだ提燈《ちょうちん》で、実直そうな面貌《めんぼう》であることは夢声にも見て取れた。

「ですが、あの、あなたはたいそう響く声をお持ちで、さっきの、献盃の音頭が聞こえちまったんですよ」

「あんなに混んでたのにかい」内藤が訊く。「はい」と親爺は首を縦に振り、半歩前に出た。

「あなた方はもしや、伊澤蘭奢さんのお身内ですか」

「身内もいますが、他人もおりますよ。しかし、とてもよく知っている間柄です。それぞれにね」

内藤の説明に親爺は白帽をさらに揉み、「そうですか」と口ごもる。

「親爺さあん、お客さん、待ってんです。饂飩三杯」

暖簾から顔を突き出した小僧が大声で呼ぶ。「あい、わかった。いや、たまにはお前が作ってみなよ」

親爺もいい加減なことを言い散らす。

「すいやせんね。いえ、あたしがお伝えしたかったのは、蘭香さんのことでして」

「あんた、見知りの人だったのかい」

夢声が訊くと、「いえね」と口ごもる。

「あの、震災の後でした。あたしはもう行き暮れちまってたんですよ。女房も子も死んじまってね。ええ、火事でね。もうあたしも死んでしまおうかと焼野原を歩き回って、それでね、死ぬ前に何か一つ贅沢《ぜいたく》をしてやろうと思って、帝國ホテルに足を踏み入れたんですよ。あたしは田舎から出てきて、喰えればいいやと思って洋食の食堂の下働きに入った身です。料理人とも言えぬ修業しかしてませんが、洋食の最高峰が帝國ホテルのレストオランだってことは知ってました。それでね、死ぬ前にあすこの料理を喰ってやろうって、有り金を握り締めて決めたんですよ。ところが、ものを知らないってのは恐ろしい。入口で木戸銭を取るってな法、さすが高級なホテルは違うと思いながら入ったら演芸場だった。口惜しいし腹は減るしで、どうしようかと思いましたが、ここが貧乏人の浅ましさ、木戸銭分くれえは観て帰ってやろうって、椅子に尻を沈めました」

親爺は時々振り向いて店の様子を窺《うかが》いつつも、早口で話し続ける。内藤と清人、佐喜雄の顔つきが変わっている。夢声もいっぺんに酔いが醒めた。

「初めはまったくわけがわからねえんで。名前も日本人じゃねえし、服装も明らかに外国人ですよ。でも演じてるのは日本人なんだな。何でこんなややっこしいことをするんだろうって中《ちゅう》っ腹《ぱら》になりながらも、だんだんと筋についていけるようになって。あたしは小作人の倅《せがれ》ですからね。地主の横暴や非道しか見て育ってませんが、最後は胸が引き絞られるようになりましてねえ。ラネーカヤ夫人に」

清人が「ラネフスカヤ」と洩《も》らしたが、親爺には届かぬほどの小声だ。そのまま、誰も訂正しようとはしない。

「私のいとしい、懐かしい桜の園。私の命、私の青春、私の幸福。さようなら。永遠にさようなら」

親爺は一礼して、「忘れられません」と呟いた。

「ですから、伊澤蘭奢さんにお伝えいただきたいと思いましてね。洋物の芝居などあん時こっきりで、たぶん生涯でただ一度の観劇です。でも私はこの桜が咲くたび、ラネーカヤ夫人のことを思い出しますって」

佐喜雄が「有難うございます」と、深々と頭を下げた。

「必ず伝えます」

親爺が去った後も、しばらく誰も動かなかった。ようやく口を開いたのは、やはり内藤だ。

「日本の桜とは、種類が違うんだがなあ」

ゆっくりと歩き始める。その後に従いつつ、「野暮ですなあ」と言ってやった。内藤は振り向いて小さく笑い、清人と佐喜雄も共に並んで歩く。

杖の音が響き、枝が風に揺れ、花は散りながら舞い上がっていく。夢声は夜空を仰いだ。

主要参考文献

『演劇の季節』上村以和於　関西書院
『演劇の魅力――明治・大正・昭和の東西演劇――』小畠元雄　臨川書店
『片山潜遺稿　搾取なき社会への熱情　親愛なる同胞に訴う』片山潜　国際出版
『脚本　復活』トルストイ／島村抱月脚色　新潮社
『グランドホテルの演芸場――帝国ホテル演芸場とその時代――』中野正昭「大正演劇研究」第八号
『櫻の園（附）叔父ワーニヤ』チエホフ／瀬沼夏葉訳　新潮社
『桜の園』チェーホフ／小野理子訳　岩波書店
『女優の系図』尾崎宏次　朝日新聞社
『新劇女優』東山千栄子　学風書院
『新劇年代記　戦前編』倉林誠一郎　白水社
『帝国ホテル百年史　一八九〇―一九九〇』帝国ホテル
『伝記叢書319　素裸な自画像』鷹羽司編　大空社
『夢声自伝（上）』徳川夢声　講談社
『夢声自伝（中）』徳川夢声　講談社

『徳川夢聲の世界』三國一朗　青蛙房
『日本現代演劇史　明治・大正篇』大笹吉雄　白水社
『日本浪曼派とはなにか　復刻版「日本浪曼派」別冊』　新田満夫　雄松堂書店
『俳優座　日曜劇場　7』1960年
『白梅と紅梅と』内藤民治　アジア出版社
『花の宴』伊藤佐喜雄　ぐろりあ・そさえて
『春の鼓笛』伊藤佐喜雄　大日本雄辯會講談社
『二つの非劇評』高田保「演劇新潮」大正十三年十二月号
『福田清人著作集　第一巻』福田清人　冬樹社
『福田清人・人と文学　――「福田清人文庫の集い」講演集――』立教女学院短期大学図書館編　鼎書房
『雄文閣藝術叢書　第一輯（戯曲篇）マダムX』仲木貞一　雄文閣
『森鷗外記念館館報　ミュージアム・データ20　津和野が生んだ芥川賞候補作家　伊藤佐喜雄の母、新劇女優　伊澤蘭奢』森鷗外記念館
『森鷗外記念館館報　ミュージアム・データ20　鷗外忌講演会　母と子の絆　女優伊澤蘭奢と作家伊藤佐喜雄』高橋一清　森鷗外記念館
『忘れられた人物　内藤民治回想録〈上〉　日ソ関係の裏面史』内藤民治「論争」一九六二年十二月号

後の記

――あとがきにかえて

津和野を訪ねた。

伊澤蘭奢《いざわらんじゃ》が生まれ育ち、嫁ぎ、子供を置いて婚家を出た土地である。

駅に降り立つと、一月の寒空は晴れ渡っている。遠くに見える山影は薄青、頂の稜線《りょうせん》は平たく柔らかで、あどけない姫御前《ひめごぜ》がふわりと手を丸めて伏せたかのようだ。あれが青野山だろうか。

冬にこの城下町を訪れるのは初めてだ。やっと来れたという気持ち、そして懐《なつ》かしさもある。私が女子大生だった頃はいわゆるアンノン族の時代、日本各地の〝小京都〟を巡る旅が流行した。私が暮らす大阪からは決してアクセスが良いとは言えないのだけれど、萩と津和野も幾度か訪れた。大阪万博と「ディスカバー・ジャパン」の国鉄キャンペーンを小学生で経験し、中学生からロックやソウルに馴染《なじ》んだ世代であるから、旧《ふる》き城下町の佇《たたず》まいをいっそ新鮮に感じる素地は充分にできていた。

ただし、その町の歴史に思いを馳《は》せる感受性は持ち合わせていない。友人と旅をすることそのものが旅の目的であったから、どこを歩いても話題は変わらないのだ。お洒落《しゃれ》と恋、音楽、そして小説。あの頃は古典と漱石を好んで読む他は、ベストセラーの純文学や翻訳小説に夢中になっていた。津和野で森鷗外が生まれたのだということに感慨はあったけれど、当時、森鷗外記念館はまだ設立されていない。

そして伊澤蘭奢のことも、あの頃の私はまったく知らなかった。

――世の中からは、すっかり忘れられた人だと思っておりました。

本作『輪舞曲《ロンド》』を上梓《じょうし》したのは二〇二〇年の春である。季節が初夏を過ぎんとする頃、版元である新潮社にHという婦人から一通の手紙が届いた。まもなく私の元に転送されてきて目を通すや、動悸《どうき》がした。

ご子息が「伊澤蘭奢のことを書いた作品だから」と、『輪舞曲』をプレゼントしてくれたのだという。手紙の主・Hさんは、蘭奢の兄・三浦虎平《とらへい》のお孫さんであった。お母様が虎平の長女、Hさんにとって蘭奢は大叔母にあたる。

御年九十とのことだが、文章も文字もそれは明瞭《めいりょう》だ。子供の頃の家の書棚に蘭奢の

『素裸の自画像』が並んでいたこと、押入れの中の小箱には舞台写真やブロマイドなどが何枚も保管してあったこと、お母様がそれを時折開けて蘭奢のことを語っていらしたことも綴《つづ》られている。

蘭奢の兄・三浦虎平は大学は慶應《けいおう》の理財科（今の経済学部）でボート部に所属し、妹同様に容貌《ようぼう》の優れた美男子であったという。新宿でジャスミンという喫茶店を経営していた頃のことは私も作中に書き、帝大の学生・福田清人と蘭奢の息子・伊藤佐喜雄が落ち合う場として設定した。

Hさんの手紙によれば、蘭奢が笄町《こうがいちょう》で暮らしていた頃、若い帝大の学生がよく訪ねてくるのでその護衛役として、お母様はしじゅう駆り出されていたらしい。内藤民治や畑中蓼坡《りょうは》、徳川夢声とも会っていて、後年もよく口にされていたという。

私がつい苦笑したのは「民治が家の中で小鳥を放し飼いにしていた」というエピソードで、いかにも彼らしく、チャーミングで傍迷惑だ。

胸が詰まったのはやはり、次の条《くだり》である。

――母は話してくれたものです。夫や子供を捨てて上京し、女優を目指した叔母のことを、津和野では親戚《しんせき》の恥として口にするのはタブー視されていたことなど……。

山陰の盆地の暮らしを蘭奢は息苦しく感じて離縁を願い、東京で名女優に成りおおせたわけだけれども、生家の三浦家にも縁戚がある。人々はそこで生きている。濃密な人間関係の中で。

さらに読み進めて、また目を瞠《みは》った。

Hさんは結婚してのち、夫君が銀行にお勤めであったことから新宿区矢来の社宅に住んでおられた。新潮社は目の前、それで一時、社外校正員をなさっていたという。そして校正員の名簿に「伊藤佐喜雄」の名を見つけた。

佐喜雄は昭和十六年、佐藤春夫の世話で結婚、太平洋戦争時は妻の郷里の紀州に疎開していたが、のち津和野に再疎開。その後、山口に転居して昭和二十四年、三十八歳にして単身上京する。小説執筆のためだった。二十五歳にして『花の宴』『面影』により第二回芥川賞候補になってのちも、ほぼ毎年、作品を発表している。彼は書くことから決して離れなかった。ただ、出版のためには東京在住の方が有利であった時代のこと、胸に期するものがあっての単身上京だったのだろう。昭和三十年代には、児童用の読みものを次々と上梓した。偕成社の偉人物語文庫では森鷗外、北原白秋、与謝野晶子、島崎藤村らを担当、少女世界文学全集では『罪と罰』『女の一生』『即興詩人』他、多くの名作を手がけている。

Hさんが彼の名を見つけたのは昭和四十年代半ば頃というから、校正の仕事をしたのは口を糊《のり》するためだけではなく、小説修業の意味合いもあったのだろうと思われる。

Hさんはお母様が自宅に遊びにいらしている時に、佐喜雄を招いた。

——母が「佐喜ちゃん、佐喜ちゃん」と嬉《うれ》しそうに話していたのを思い出します。

お手紙を頂戴《ちょうだい》してから二年半も経て、昨冬、やっと東京でHさんとお目にかかることができた。なにしろ都府県をまたぐ移動ができなかった。国内でコロナウイルス第一例が報告されたのが、今から三年前の二〇二〇年一月、『輪舞曲』の刊行が四月である。感染者数、死者数が毎日ニュースになり、ステイホームを余儀なくされて街から人が消えた。私はもともと自宅が仕事場であるから執筆そのものは続けられたが、図書館での調べものや対面での取材、打合せは自粛せざるを得ない。自身のことだけではなく、相手にうつす可能性、他県に持ち込む可能性を考えれば動けない。それは奇妙な時代であったと、後の世の小説家は戯画的に書くだろう。

Hさんとも、互いにしっかりとマスクをしたまま挨拶《あいさつ》を交わした。蘭奢のこと、そしてご自身の来し方も話してくださった。本が好きで学生の頃は出版社に勤めたかったが「あなたは教師に向いている」と恩師に勧められたことで舵《かじ》を切り、大阪の中学校で教鞭《きょうべん》を執っておられたようだ。結婚を機に上京し、外国人の子弟が通うスクールの日本語教師になり、退職後は海外でも教えていたという。単身赴任だった。今の時代ならあり得る話だが、夫君もよほど理解が深く、夫妻の絆《きずな》も感じる。Hさんは妻、母としてのみならず、自身にしかできぬ為事《しごと》を持ち、貫いた人だった。

「演劇に興味をお持ちになったことは？」訊《たず》ねると、少し笑むような声で返された。

「難しい。打ち込もうとは思いませんでした」

マスク越しではあったけれども、顔の骨格、とくに顎《あご》のあたりの線が蘭奢に似ていた。佐喜雄にも。


石を畳んだ津和野殿町《とのまち》の通りが、やけに広いように感じられる。

年が明けたとはいえ桜の季節には遠い一月、コロナ禍の余波もまだあって、人の往来が少ないせいかもしれない。一抹の寂しさを感じながら白壁沿いを歩き、ふと堀割を見下ろした。赤や白、黒、金銀が流れるような景を記憶していたが、ずいぶんと違う。冬は鯉《こい》も泳ぎ回らないのだろうか、何匹もが重なって大山椒魚《おおさんしょううお》のごとくじっとしている。思わず屈《かが》んで見つめた。あれ、まあ。独り言が出た。観光客がえさをやり過ぎたのではあるまいか。私の憶《おぼ》えよりも数倍の大きさがあって、底に腹がつかえそうなほど丸々としている。

今や有名なこの津和野の鯉は、昭和九年頃、「花草会《はなそうかい》」の発起によって堀割に放流されたのが端緒だ。「花草会」は昭和の初めに活動を始めた地元有志の文化的な集まりで、そのメンバーの一人が佐喜雄だった。

津和野は歴史と自然、そして文化の町だ。幕末から明治にかけてこの土地からいかほど多くの傑物が出たことか。森鷗外はあまりにも有名だが、哲学者・啓蒙思想家である西周《にしあまね》、国学者の福羽美静《ふくばよししず》、劇作家の中村吉蔵、口演童話家の天野雉彦《あまのきじひこ》、雉彦の甥《おい》で『輪舞曲』に登場する徳川夢声、そして伊澤蘭奢。

佐喜雄たちの花草会は中村吉蔵を囲んでの座談会や、天野雉彦を招いて童謡と童舞、音楽会なども催した。さらに、この会の発議と佐喜雄の実家である高津屋《たかつや》伊藤家の尽力によって、鷗外の生家が修理復元、保存された。

鷗外は父と共に明治五年に上京、その翌年、祖母と母、弟妹も東京に居を移した。屋敷は高津屋伊藤家が購入するも、その後売却。しかし人が住まなくなって空き家になっていた。放置された家は傷《いた》む。そこで、高津屋七代目伊藤利兵衛《りへえ》が私財を投じて屋敷を買い戻し、大修理を行なったうえで津和野町に寄贈したのである。

高津屋伊藤博石堂は寛政十（一七九八）年創業の薬種問屋で、津和野藩の御典医であった森家との親交が深く、五代目は鷗外の幼馴染みであった。昭和二十九年、鷗外の三十三回忌にあたる年に屋敷は元の位置に移築復元され、昭和四十四年には国の文化財（史跡）に指定されている。森鷗外記念館はその鷗外旧居に寄り添うように建設された。

折しも昨二〇二二年は鷗外生誕百六十年、没後百年でもあった。

私が鷗外の末子・類の人生を『類』という作品に書いて刊行したのは二〇二〇年八月、『輪舞曲』刊行から半年も経《た》っていないときだ。文芸雑誌での連載もほぼ同時進行で、書き上げた順から刊行の運びとなった。両作とも主に東京を舞台にしていたので、こんなにも津和野に縁のある作品を同時に書いていたとは自身でも意識していなかった。だが、その『類』によって、森鷗外記念館から鷗外生誕記念講演会に講師としてお招きいただいたのである。

白状すると講演はとても苦手で、辞退申し上げることが多い。けれどこのご依頼は辞退できなかった。理由はさまざまあるけれど、とにもかくにも私は津和野を訪ねたかった。ご依頼がなくとも、私には訪問すべき家があった。

到着した日の夜はひどく冷えて、翌朝は通りの家々の屋根で雪が光っていた。津和野の雪は音もなく降るというけれど本当だ。それともよほど眠りこけていたのか、まるで気づかなかった。講演は講談みたいになってしまったけれど聴衆はあたたかかった。

さらにもう一泊して大阪に帰る日、いよいよ念願を果たす。

高津屋伊藤家の前の通りに立った。

店構えは間口が広く、壁は白漆喰、石州瓦《がわら》は深い赤、二階の窓の総格子《そうごうし》の翳《かげ》が深い。蘭奢を書くとなれば挨拶に伺う筋であるものを、『輪舞曲』の雑誌連載の前に私は当家を訪問できていなかった。あまり詳細に構想を立てずに書き始めてしまうのが常の癖で、しかもぼんやりとではあるが蘭奢を取り巻く男たちの章だけでやれないものかと考えていた。男たちの輪舞だけで蘭奢の人生を浮かび上がらせよう、と。だが、結局は蘭奢の視点でも書きたくなった。

妻と母の役柄を捨てて身を投じた、演劇という芸術を。

虚構の舞台に立つ彼女そのものを。

ロンド形式を採ったのは初めてで、視点人物は章が進むごとに変える。時系列も複雑に交錯する。ラストはどの時点のいかなる場面になるのかは、最後の一行を書くまで私にもわからなかった。だが結局は、蘭奢の夫であった伊藤治輔と高津屋を書いたのである。蘭奢、あるいは佐喜雄の視点を通して。一度も挨拶をすることもせぬままに。

あまりに遅きに失した訪問だが、数週間前に担当の編集者さんが電話を入れてご意向を伺った。「会ってもよい」というお許しをいただいて胸を撫《な》で下ろした。拒絶される可能性も充分にあった。

通りから中に足を踏み入れればまた、木の色が深かった。天井を何本も渡る厚い梁《はり》、帳場、薬種の百目箱、瓶に入った植物の根と実、鹿《しか》の頭の骨や石、本草学の書物の数々も棚に並んでいて、まるで江戸時代の薬種商に立ち入った心地になる。けれど古色蒼然《そうぜん》とはしていない。恬然《てんぜん》と長い時を越え、今も呼吸しているのがわかる。

今の当主、九代目伊藤利兵衛は女性だった。早逝された兄上の後を継がれたという。眼光は厳しかった。私は頭《こうべ》を垂れて、お詫《わ》び申し上げた。ただそれだけのために訪れている。

九代目がようやく私に目を合わせ、噴くようにおっしゃった。

「どれほど悲しかったか。苦しかったか」

言葉は少ないけれど、『輪舞曲』の連載と刊行の波紋は私の想像以上に大きかったのだ。こんな小説が書かれているのを知っているのか。作者に会ったのか。書くことを許したのか。そんな言葉が泛《うか》んでぐるぐると回り始めた。

「挨拶に見えても、私は書くなとは申しませんでしたよ」

書くなと言われることを恐れて訪ねなかったわけではない。ひとえに私の心が足りなかった。そして今日、詫びること以外には何もしないと決めていた。弁明、言い訳を発するつもりはなく、ましてそんな言葉などどこにも持ち合わせていない。小説の仕事には誠実に向き合って生きてきたつもりだったが、私のしたことは礼を失し、傲《ごう》慢《まん》だった。

九代目はやがて、「もう、これでよしましょう」と深い息を吐いた。

もう、これ以上は言うまい。気持ちを一つずつ折り畳むような沈黙が流れた。ややあって、店内の一隅へとまなざしを移された。私も数歩近づいた。

蘭奢の写真パネルが飾られている。季節の花も大壺《おおつぼ》に活《い》けられて、一月らしい彩《いろど》りだ。毛皮をつけた蘭奢も華やかに微笑《ほほえ》んでいる。資料で何度も目にした写真だったが、これは九代目が古書店で発見したもので、毛皮店の広告だったのだという。

「生計のために、こういう広告にも出たのでしょう」

女優の生活の厳しさを私は小説で書いたつもりであったけれど、想像を超えた事実がそこにあった。

民治の小鳥、そして毛皮。

現実に生きた彼たちが、「どうだ」と私にウインクをよこす。

ショーケースにも蘭奢にまつわる品々が大切に並べられ、店の一部をギャラリーにしておられるようだ。九代目が蘭奢を語る声はやわらかく、まなざしも温かい。ようやく気づいた。

九代目は髙津屋伊藤家として、蘭奢を許したのだ。この町で長い間、タブーであった彼女を許し、理解し、解き放つのは、伊藤家にしかできないことなのである。九代目はそれをした。

そうと察して胸がいっぱいになった。けれどこれも言葉にならない。

お暇《いとま》を告げたとき、まっすぐに私を見つめられた。そして夏樹静子先生が『女優X』執筆の前に訪問された折に九代目がお話しされたという、あるエピソードを教えてくださった。蘭奢の夫、伊藤治輔についてのことだ。夫妻が別れた後のこと。

ああ、そうか。そうだったのか。

けれど夏樹先生は、「それは書かないでおきましょう」とお答えになったそうだ。とても大切な真実だから、小説にはあえて盛り込まないでおきましょう。たぶんそういうお心だったのだと思う。伊藤家の人々への配慮を感じた。小説家としては書かずにいられないエピソードだ。けれど夏樹先生はあえて封印された。

私は未《いま》だに『女優X』を読んでいない。先行作品は編集者さんだけに読んでおいてもらい、作品が完成したのちに読むのを慣いとしている。影響を受けてしまう恐れからではなく、影響を避けて書く不自然さを恐れる。私なりに推測し、想像を巡らせた結果、先行作品と重なる部分があったとしても、それは胸を張っていられる。かといって、先行作品を執筆された先達《せんだつ》に対して敬意を抱いていないわけではない。この日、その意は揺るぎないものになった。文庫版を刊行したら、ようやく『女優X』を読める。楽しみだ。

九代目は微笑んで送り出してくださった。

名家の矜持《きょうじ》と靱《つよ》さ、深い寛容に見送られた。

津和野からの帰りのこと。

お昼を食べぬままであったので乗り換え駅で軽い食事を摂《と》った。しばらくして、にわかに胸焼けに襲われた。おいしかったのに、少し胃腸が弱っていたのかもしれない。このあとの新幹線もそれなりに時間がかかる。すぐにバッグの中に手を入れた。

お詫びだけを目的として伺ったのに、髙津屋の丸薬「一等丸《いっとうがん》」はちゃっかりと購《あがな》っていた。古くから有名なこの薬は即効を謳《うた》われる漢方胃腸薬で、鷗外も日露戦争出征時に懐中し、その後も長く愛用したという。この薬のことは小説の中でも書いたと思い返しながら、さっそく袋から取り出し、服用した。

津和野の景色をつれづれに思い返しながら車窓を眺め、けれど気がつけば、なんとか書けぬだろうかと考えている。そう、夏樹先生があえて「書かない」としたあのエピソードだ。お二人のやりとりで結論は出ている。けれど、違う形でやれないだろうか。

私の胸に立ち昇っていたのは一人の男性の姿だ。蘭沓の夫であった伊藤治輔、高津屋六代目伊藤利兵衛。彼の人物像については『素裸の自画像』に拠《よ》り過ぎていたかもしれない。そう思うほどに、衝撃を受けていた。

孫にあたる九代目の面差しが過《よぎ》る。

そう、彼も寛《ひろ》やかな、大きな人だったのではないだろうか。

そのことを、たとえ数行でも入れられないだろうか。エピソードそのものではなく、形を変えて、治輔の真情を。

まだ文庫化の作業中だ。今なら間に合う。書いてみよう。

そう決めて、私は目を閉じた。

車中で気分が悪くなることもなく、そういえば胃の中は爽快《そうかい》だ。一等丸、本当に効いた。即効だ。また叱《しか》られるかもしれないけれど驚いて、そして嬉しかった。

文庫化に際して、こうして「あとがき」を記すのは初めてのことだ。

まさかこんなにも長々と書くことになるとは思いも寄らず、こういう内容になるとも想像していなかった。けれどこの『輪舞曲』ほど後日譚《たん》の多い作品も初めてなのだ。

小説の読後感を削《そ》ぎはせぬかと心配ではあるけれど、作中の人物は縁者の中で生き続けている。書く行為は、良きにつけ悪《あ》しきにつけ縁者の人々をも巻き込んでしまう。時に傷つける。私はそれを忘れてはならない。

最後に、もう一つ述べておきたい。

作家の大先輩である高橋義夫氏と数年間、ある文学賞の選考会でご一緒したご縁があって、本作の単行本を刊行した際に献呈した。すると送ってきてくださったのが『日本浪曼派《ろうまんは》とはなにか　復刻版「日本浪曼派」別冊』であった。奥付を見れば昭和四十七年二月の刊行、その四か月ほど前に佐喜雄は満六十一歳で亡《な》くなっている。

大阪高等学校からの友人、「日本浪曼派」の同人でもあった保田與重郎《やすだよじゅうろう》が辞を寄せていて、佐喜雄の人柄の一片を紹介している。——彼は軽口や冗談をいふことが少く、おちついた重い口つきで、冗談をいふやうな人だつた。

佐喜雄の告別式の葬儀委員長が福田清人であったことも、この本で知ることができた。感謝に堪えない。

今、『輪舞曲』にまつわるすべての縁、巡り合わせに感謝している。

後の記の最後までおつきあいくださった読者にも、心からの謝意を捧《ささ》げる。

二〇二三年一月

朝井まかて

＊参考文献
『津和野をつづる　生粋の津和野人による津和野覚書』山岡浩二　モルフプランニング
『森鷗外記念館館報　ミュージアム・データ20　津和野が生んだ芥川賞候補作家　伊藤佐喜雄
付伊藤佐喜雄の母、新劇女優　伊澤蘭奢』森鷗外記念館
『日本浪曼派とはなにか　復刻版「日本浪曼派」別冊』新田満夫　雄松堂書店

この作品は二〇二〇年四月に新潮社より刊行された。
なお文庫化にあたり改稿を行った。